스크린과의 대화

스크린과의 대화

유리 로트만, 유리 치비얀 지음 / 이현숙 옮김

우물이 있는 집

| 차례 |

일러두기

1. 지은이 주는 각주로, 옮긴이 주는 본문 중 [ ] 안에 작은 글씨로 표시했다.
2. 본문 중 고딕체로 강조한 부분은 지은이의 강조이다.
3. 영화, 연극, 그림의 제목은 ⟨ ⟩로 표시했고, 문학작품이나 저서는 『 』, 논문은 「 」, 신문
   과 잡지는 《 》로 표시했다.
4. 영화와 저서의 제목은 가장 잘 알려진 우리말 제목을 쓰고 원제목을 함께 적었다.

머리말

영화관에 들어간다. 불이 꺼진다. 당신 앞에 누군가 나타난다. 그는 하얀 화폭에 아른거리는 그림자놀이로, 배우의 몸짓과 성우의 목소리로 나타난다. 그리고 자기가 중요하다고 생각하는 무언가를 전달하고, 그것을 아는 것이 얼마나 중요한지 당신을 설득하려 한다.

허버트 조지 웰스Herbert George Wells의 공상과학소설에서, 화가는 화폭에 악마의 초상을 그린다. 그런데 그 악마가 그림에서 나와 자신의 '창조주'를 유혹하며 직접 대화를 하려 든다. 이야기의 끝은 이렇다. 화가는 물감통을 들고 캔버스의 모든 공간을 똑같이 꼼꼼하게 색칠한다. 그런데 입이 있던 자리에는 오랫동안 에나멜 거품이 일고 있다. 유혹자는 무언가를 이야기하고 이해받기를 원하지만, 끝내 말을 맺지 못한다…….

이 이야기는 영화의 본질에 대한 어떤 서술에 있어서도 서론이 될 수 있을 것이다. 웰스가 한 번도 영화관에 앉아본 적이 없다면, 이와 유사한 줄거리는 아마 머릿속에 떠오르지 않았을 것이다. 스크린을 바라보면서 상대방의 의식에 동화되는 느낌은, 감독뿐 아니라 관객도 어느 정도 느낄 수 있다. 공상의 산물인 이 인공의 상대방은 독립적인 개체로 변신하여 이야기하고 당신의 마음에 들려고 애를 쓴다. 이때 무엇보다 중요한 것은, 그가 이해를 갈망한다는 것이다.

　모든 대화는 이해를 갈망하며, 이를 위해 공통적인 언어를 찾는다. 영화 제작 초기에 영화는 '위대한 벙어리'라고 불리었다. 적절한 표현이다. 벙어리는 말하는 것도 침묵하는 것도 아니면서, 말없이 이야기한다. 영화예술은 이야기하고 이해받기를 원한다.

　상대방을 이해하기 위해서는 그의 언어를 알아야 한다. 이 책을 초보자를 위한 영화언어 사전, 영화예술의 기본 강의로 정의하자. 모든 사전이 기본적으로 알파벳을 설명하고 이에 간단한 읽을거리를 첨가하는 것처럼, 이 책은 영화언어를 구성하는 알파벳을 소개하고 영화예술에 대한 이야기를 전개한다. 이 책은 스크린과 대화하고 영화언어를 이해하고 싶어 하는 사람을 위한 영화 입문서이다.

　여기서 독자는 다음과 같은 의문이 생길 수 있다. 만약 스크린이 대담자라면, 그는 나와(나 개인과) 대화를 하고 나의 질문에 답해야만 한다. 그런데 상대방은 할 말을 미리 녹음해놓고 2시간마다 어김없이 이를 반복하고 있지 않은가? 이 물음에 대해 다음과 같은 경험을 예로 들어 답하고자 한다. 언젠가 필자는 유명한 언어학자인 친구와 함께 알랭 로브그리예Alain Robbe-Grillet가 각본을 쓰고 알랭 레네Alain Resnais가 감독한 〈지난해 마리엥바드에서L'Annèe Dermière à Marienbad〉(1961, 프랑스)를 보러 간 적이 있다. 우리는 영화관을 나와 서로의 인상을 이야기했는데, 같은 영화관에 앉아 완전히 서로 다른 영화를 보았다는 것을 알았다. 줄거리조차 일치하지 않았다. 위대한 예술작품이 주는 인상이 다 그렇지만, 영화예술에 있어서 그것은 특별한 효력을 발휘한다. 스크린은 하나의 목소리로 이야기하지 않는다. 그것은 삶과 같이 여러 개의 목소리로 이야기한다. 그리고 모든 관객은 그중에서 자신의 내면의 음역에 답하는 표준적인 높이의 음을 듣는 것이다. 물론 이것은 진정한 예술작품에 한해서다. 이때 스크린은 이런저런 몸짓과 단어를 전달하는 무생물체가 아닌, 관객들 하나하나와 개별적인 관계를 맺고 대화에 참여하는 진정한 대화상대로 나타난다.

이해한다는 것 — 그것은 사랑한다는 것, 이해받기를 원한다는 것이다. 인간의 의사소통 초기 언어인 몸짓, 접촉, 표정, 외침 등 어머니와 젖먹이의 교류 언어를 연구하는 어느 학자가 그 언어 발생의 동인은 바로 사랑과 교제에의 충동이라고 지적한 것은 우연이 아니다. 영화에 대한 사랑은 영화예술을 이해하는 기본적인 전제가 된다. 그러나 사랑 하나로는 부족하다. 지식 또한 필수적이다. 영화를 사랑하고 영화관에 자주 갈 수 있다. 그래서 지적 경향을 요구하지 않는 경박한 코미디나 틀에 박힌 주인공, 진부한 줄거리의 추리물에서도 만족을 얻을 수 있다. 그것을 비난할 수는 없다. 그러나 진지한 음악, 혹은 진지한 문학(영화) 등의 고급예술을 이해하기 위해서는 주어진 예술법칙에 대한 지식, 예술교육의 결과로 얻어지는 교양이 요구된다.

이처럼 교향곡의 이해를 위해서는 특별한 준비가 필요하다는 사실, 영화의 이해를 위해 무언가를 배워야 하는 필연성에는 많은 독자들이 동의할 것이다. 그렇지만 특별한 '영화언어'의 존재 자체가 단순명료해 보이는 곳에서 복잡함을 추구하는 것이다. 모든 영화예술 — 기록영화뿐 아니라 — 은 삶 자체이다. 거기에 어떤 특별한 '언어', 어떤 특별한 '시각'이 있겠는가! 그냥 보고 이해하라. 우리는 집이나 거리 등 우리 주위에서 만나는 삶의 모든 것에 대한 특별한 이해를 위한 '보는 능력'을 배운 적이 없지 않은가. 스크린과 창문에는 어떤 차이가 있는가? 이 둘은 우리의 의식 속에서 긴밀하게 엮여 있다. 그래서 페테르부르크의 오래된 영화관의 소유주는 커튼은 덧문 모양으로, 무대는 거대한 창틀 모양으로 구성했던 것이다. 그렇다면 예술영화와 뉴스는 무엇이 다른가? 무성영화 시대의 신문들은 이에 대해 논쟁을 벌이면서, 집에서 창밖의 거리를 내다보는 것이 뉴스라면, 예술영화는 낯선 창으로 비밀스레 바라보는 것이라고 했다. 1914년 시인 브류소프V. Bryusov는 창가에 앉아 다음과 같이 썼다.

> 웅성거리는 세계, 그것은 너무 멀고
> 내게 너무 낯설다! 그러나
> 삶 자체가 창문을 통해 동행한다.
> 마치 영화 필름처럼.

이 논쟁에는 답할 여지가 많다. 무엇보다 우리는 평범한 삶을 잘 보고 있었던가? "무관심한 눈에는 보이지 않는 것이 매순간 눈앞에 있다"는 고골리N. Gogol의 말을 상기하자. 보는 것과 아는 것은 동일한 것이 아니다. 예술은 고골리가 언급한 것과 같은 심오한 시각을 인간에게 부여한다. 영화 속의 삶, 스크린 속의 삶과 매일 거리에서 보거나 창문으로 관찰하는 일상 생활은 어떤 관계가 있는가 — 이 문제에 대한 해답은 특별한 고찰을 요구한다.

1
시작을 위한 몇몇 개념들

영화와 삶

영화관에 앉아 스크린을 바라보고 있는 관객에게는 '이것이 삶과 비슷한가, 그렇지 않은가?'라는 의문이 떠오를 것이다. 이때 우리는 '삶이란 무엇인가'를 이미 알고 있고, 따라서 영화와 삶을 아주 간단하게 비교할 수 있다는 것을 전제로 한다. 여기서 스크린은 이미 알려진 법규에 따라 그 행동을 평가받는 피고의 역할을 맡게 된다. 우리는 뚜렷한 요구사항을 제시하고, 스크린은 어느 정도 당혹해 하며 이 요구에 응답해야 한다. 비평가는 자신이 이미 '삶이란 무엇인가'를 알고 있다는 전제하에, 스크린이 이것을 어떻게 '반영'해야 하는지도 알고 있다고 생각한다. 관객 또한 '반영이란 무엇인가'를 어느 정도 확실히 알고 있다고 전제한다. 이때 알고 있다는 것은, 첫째 그것이 어떻게 구성되었는가, 둘째 그것은 어떤 역할을 하는가, 그리고 셋째 아주 가까운 미래라 할지라도 그것이 다음에 어떻게 될 것인가를 아는 것을 의미한다. 그렇지만 상대적으로 삶에 대해 말하자면, 우리는 이러한 문제들에 대해 답할 수 있는 것이 하나도 없다. 우리는 삶이 어떻게 구성되어 있는지 알지 못하고, 왜 존재하는가에 대한 가정조차 할 수 없다. 그리고 우리들 중 그 누구도 몇 분 후에 어떤 일이 벌어질 것이라고 말할 수 없다.

'삶'이란 그 자체가 우리가 상상하는 것보다 훨씬 더 난해한 개념이다. 그러므로 스크린에서 일어나는 일들을 삶과 비교하는 것은 아주 어려운 일이다. 실제로 '삶과의 비교'라는 것은 잘 알려져 있지 않고 이해할 수 없는 총체를 이해하려 하거나, 혹은 어떻게든 그것에 침투하려는 노력을 의미한다. 그렇다면 침투하려는 노력은 무엇을 의미하는가? 영화와 삶을 비교하려는 관객의 열망, 이것은 스크린뿐 아니라 삶에서도 제기되는 요구이다. 그것은 영화의 본질과 관계된 것으로서, 원시적 예술관으로도 답할 수 있다. 우리에게 알려진 가장 오래된 표상은, 회화는 거울이나 물 표면의 시선, 손가락 그림자 등의 반영에서 발생했고, 운율은 메아리에서 발생했다는 것이다. 다른 여러 민족에게 공통적으로 존재하는 이 오래된 신화는 '예술은 자동적이고 기계적인 삶의 이중화'라는 소박한 전제를 그 속에 깔고 있다. 여기에서 "그렇다면 과연 삶의 이중화란 무엇인가?"라는 질문을 던질 수 있다.

거울의 묘사를 보자. 오른쪽은 왼쪽, 왼쪽은 오른쪽이 된다. 위/아래, 오른쪽/왼쪽이 서로 다른 의미를 지니고 있다는 사실은 모든 문화가 가진 공통적인 특징으로, 오른쪽은 올바름·견실함·똑바름과 관련되고, 왼쪽은 교활함·거짓됨과 관련된다. 오른쪽과 왼쪽을 바꾸어보라. 진실과 거짓, 남성과 여성, 현실과 비현실의 관계가 바뀌게 된다. 거울을 통해 두 개의 표상, 즉 바른 것(오래된 성화에서 성모 마리아의 상징)과 거짓된 것(내세의 힘과 교류하는 고대의 주술체)이 형상화되는 것은 우연이 아니다. 즉, 이중화의 순간에 어떤 복잡한 의미가 내포되는 것이다. 사진은 순간을 정지시켜 그 순간을 이중화할 수 있으며, 사진에서 발전한 영화는 이미 그 속에 적합성과 비적합성을 동시에 내포하고 있다. 그러므로 예술적으로 구성하는 과정에서 이 두 측면이 서로 보강의 역할을 하는 것이 명백해진다.

예술은 다른 사유 형태들과 긴밀히 연관되어 끊임없이 교류하므로, 정밀과학 분야에서 도출된 개념을 살펴본다면, 이에 대해 무엇인가가 밝혀질 것이다. 이때 우리가 염두에 두는 것은 '여러 세계의 가능성'의 논리나 의미론의 영역이다. 그것은 어떤 공리(임의로 채택할 수 있다)를 가정하고, 그것에 기초하여 외부와는 완전히 차단된 자신만의 내부적인 논리 세계를 건설하는 것이다. 그 세계와 다른 세계를 대비하면서, 우리는 자신을 둘러싸고 있는 관습적 삶에 대한 시각을 바꾸게 된다. 이것은 특히 모든 척도가 뒤바뀌어 우주의 관점에서 세계를 바라보는 우리 시대의 특징적 현상이다. 모든 것이 이해되는 일상적이고 자연스러운 삶(누가 삶을 모르겠는가? 우리는 아침에 눈을 뜨고 저녁에 잠자리에 들면서 삶의 중심에 위치하고 있다. 그런데 삶을 모른다고 말하는 것은 우습지 않은가?)만이 유일하게 가능한 것, 유일하게 주어진 것으로 볼 수도 있다. 그렇지만 그 가능성을 변주시켜 우리의 관습적인 세계를 **가능한 많은 것들 가운데 하나**라고 가정해보자. 공상과학이나 판타지 소설가들이 이런 일에 종사한다고 하지만, 그 말은 그다지 믿을 만하지 못하다. 평범한 공상가들의 시도가 성공하지 못한 이유는, 유일하게 주어진 세계의 경계를 넘어서는 능력이 부족하여 이를 부분적으로밖에 공상화하지 못했기 때문이다. 흘레스타코프[고골리의 희곡 『검찰관Revizor』의 주인공인 하급 관리가 극도로 허풍을 떨 때, 궁정의 삶은 하급 관리의 삶의 아주 과장된 형태로 비춰진다. 그는 관습적인 인식의 법칙을 공상을 통해 폭로했다. 파리에서 오는 유람선의 수프, 7백 루블짜리 수박……수프단지 뚜껑을 들어올리면 지금껏 맡아보지 못한 황홀한 냄새가 난다. 하급 관리의 삶은 풍요로워진다. 이것은 현재를 극도로 확대시킴으로써, 오히려 미래의 공상물을 연상시키는 것이다. 현실에서 이탈하는 것은 어려운 일이다. 그러므로 관습적이고 한정된 우리의 경험세계에 숨겨진 가능성과 그 내적 변주 가능성은 관습과 같은 사실적인 삶의 상황을 취하는 사실주의라 불리는 영화들(물론, 훌륭한 영화들이다)에서 보다 성공적으로 밝혀질 수 있다. 그러나 그 사실적인 삶의 상황조차 가능성의 하나로 제시될 뿐이다. 오히려 영화 속이나 '영화의 이면'에서 세계의 무한한 변주 가능성을 감지할 수 있지 않은가.

그렇다면 영화와 삶의 대비는 자신만의 고유한 그 어떤 토대도 갖고 있지 않다는 것인가? 그렇지 않다. 가장 단순하고 통속적인 비교만이 직접적인 유사관계를 형성한다는 일반적인 인식 속에도 삶과 예술의 대비 가능성은 존재한다(여기서 '통속적'이란 단어는 비난의 뉘앙스를 지니고 있지 않다. 왜냐하면 예술은 항상 조야하고 단순한 요소들을 내포하고 있기 때문이다). 다만 말로 할 수 없거나, 인식할 수도 없고 조직할 수도 없는 잠재적 형태로 숨어 있을 뿐이다. 그것은 어떤 변수도 주어지지 않은 세계를 상상할 수 없는 것과 같다. 변수를 움직일 수 없는 것처럼, 우리는 이 고정된 언어에서 '뛰쳐나올' 수 없다. 궁정 발레를 감상하면서 그것을 지주제 농업 경영과 비교하는 것은 조잡한 일이 될 것이다. 그럼에도 불구하고 그들 사이에는 모종의 상관관계가 존재한다. 이를테면 궁정 발레를 관람하는 관객은 그 밖의 일들은 모두 잊게 되는

데, 그 이유는 그것이 삶에서의 예외성을 띠고 있기 때문이다. 잊는다는 것 역시 무엇을 잊느냐는 것과 상관관계를 갖는다. 이렇게 삶과의 비교는 불가피하다. 차이점은 전혀 다른 유형으로 대비될 수 있다.

사극에서 어떤 주인공이 위에는 창기병의 제복을 아래는 경기병의 바지를 입고 나왔을 때, 우리는 의복의 규범과 대비시켜 그것이 잘못되었다고 말할 수 있다. 그러나 그것이 어떤 예술적 동기에 의한 것이라면, 우리는 실제 세계와 영화 속의 세계를 대비하여 영화가 잘못되었다고 말할 수는 없다. 영화는 환상을 창출하고, 관객은 그들이 관찰하고 있는 사건들이 실제 삶이 아닌 예술적 형상이라는 것을 잊는다. 모든 예술 형태 중에서 이 정도의 능력을 갖는 것은 영화밖에 없다. 박물관에서도 극장에서도, 영화관의 어두운 공간에서처럼 그렇게 현실을 잊을 수는 없다. 우리는 "정말 생생한데!"라고 말할 수 있는 초상화를 갖고 싶어 한다. 연극 무대와 분장한 배우를 보면서는 "진짜 같은데!"라고 감탄한다. 영화에 대해서는 누구도 그렇게 이야기하지 않는다. 영화에서 일어나는 일이 '진짜'처럼 '생생'하다는 것은 자명한 일이기 때문이다. 무엇보다 스크린에는 그림자가 아른거리고, 하얀 사각형에는 사람들과 **물체들처럼 느껴지는** 빛과 어둠으로 얼룩진다. 움직이지 않는 낱개의 사진들로 이루어진 필름을 영사기에 끼워 넣으면, 이것은 고속으로 교체되어 마치 움직이는 **것처럼 느껴진다**. 영화의 모든 장면은 다른 사진에서 단편적으로 분리된 한 장의 사진이다. 움직이지 않는 화면—단절—에 이어 다른 움직이지 않는 화면이 계속된다. 그러나 스크린에서는 단편적으로 분리된 묘사들이 연속적인 하나가 되어, 마치 연속적인 **것처럼 느껴진다**. 즉, 우리가 스크린에서 보는 것은 ……**처럼 느껴지는** 것일 뿐이다. 그 발생 초창기에 영화를 오랜 시간 동안 '환영'으로 부른 것은 우연이 아니다.

이렇게, 처음부터 우리는 가장 사실적인 예술이 환영의 예술이라는 모순에 부딪히게 된다. 이 모순은 영화예술의 심오한 본질의 하나를 형성하게 된다.

모든 예술작품은 그 작품을 이루는 일정한 사상, 개념, 구상, 심리, 재료의 담지자로서 일정한 시대에 속해 있는 작가(혹은 작가들)를 갖고 있다. 조각의 재료는 돌이나 점토, 석고, 콘크리트이고, 음악의 재료는 다양한 악기의 음향이나 인간의 목소리, 시의 재료는 단어가 될 것이다. 그렇다면 영화의 재료는 무엇인가? 그것은 무엇보다 다른 사람의 역할을 하는 사람, 곧 배우가 될 것이다. 이런 점에서 영화는 연극과 유사하다. 연극과 영화의 유사성은 우리가 무대나 스크린에서 끊임없이 이런저런 사람의 얼굴을 본다는 단순한 사실뿐 아니라, 무대 위에서나 카메라의 렌즈 앞에서 행동하는 인간을 지칭하는 단어의 쓰임새 자체에서도 확실해진다. 우리는 똑같은 동사 '연기하다'를 사용하여 '연극에서 연기하다', '영화에서 연기하다'라고 말한다. 그러나 여기에는 근본적인 차이가 있다.

영화배우와 관객 사이에는 사진이라는 중요한 매개체가 있다. 이것은 예술의 속성을 전격적으로 바꾸어놓는다. 연극의 재료(사람)는 관객에게 이중적 의미 상황을 설정한다. 우리는 무대에서 살아 있는 사람을 본다. 인간인 우리는 인간이란 무엇인가를 알고 있다. 인간은 먹고 마시고, 괴로워하고 즐거워하고, 사랑하고 미워한다. 인간은 상처를 입으면 피를 흘리고, 한번 쓰러지면 영원히 죽게 된다. 우리는 무대 위의 사

18

람들에게 이러한 성격들을 귀속시킨다. 그런데 이 사람이 갑자기 '마치 인간인 것처럼' 변한다. 마치 왕인 것처럼, 마치 악당인 것처럼, 마치 주인공인 것처럼 행동하는 것이다. 그는 **마치 먹는 것 같고, 마치 마시는 것 같고**, 그리고 사랑하고 미워하는 것과 아주 흡사한 행동을 한다. 그는 상처를 입으면 '검붉은 액체를 흘리고'(러시아의 상징주의 시인 알렉산드르 블록Aleksandr Block의 시구), 죽었는데도 금방 일어나 인사를 한다. 그는 인간이다. 그러나 그는 인간을 **연기한다**. 인간으로서 그는 단지 '인간인 것처럼' 인식되기 위한 재료에 불과하다. 그러나 재료가 형상 속에 남김없이 용해되지 않는 것처럼, 역할을 맡은 배우가 관객을 위해 인간이기를 멈추는 것은 아니다. 자신을 연극의 주인공과 동일시하는 것은 자신을 화랑의 그림이나 조각품과 동일시하는 것보다 쉬운 일이다. 영화 속의 주인공과 동일시하기는 더 쉽다. 연기하는 배우가 아닌 실제 살아 있는 인간이 있는 스크린을 가정하는 것은, 연극의 제약성이 존재하지 않는 영화의 '반反연극성'에 기초한다.

한편 광학기기와 사진이 그 예술의 재료에 포함된다는 사실은 영화의 특성을 규정함에 있어 특정한 역할을 한다. 광학기기는 '사물:그것의 시각적 형상'이라는 관계의 자동화를 담보한다. '기기'라는 개념 자체가 무심한 객관성을 내포하고 있다는 것은 명백한 사실이다. 촬영기사가 '주관적 카메라' 기법을 사용했다면, 우리는 여기서 예기치 않은 모순된 표현에 주의를 기울이게 된다. 본질적으로 인간의 눈은 보이는 것을 임의로 왜곡시키는 주관성을 지니고 있다. 하지만 기기는 무정하고 냉담하게 '모든 것을 있는 그대로' 기록한다. 이때 광학기기의 매력은 사진의 매력에 의해 보강되고, 무심한 정확성의 명성은 바로 여기에서 형성되는 것이다. 인물의 묘사에 있어 카메라로 찍은 사진보다 전문 화가가 그린 초상화가 더 적확하고 설득력 있다는 것을 우리 모두 알고 있다. 그럼에도 불구하고 인물 각각의 외모를 증명하는 문서(재판에서 물증을 위한 것이나 여권 등)가 필요한 곳에서 우리는 분명히 사진을 선호한다. 왜냐하면 우리는 그것에 문서로서의 특징을 부여하기 때문이다. 사진이 영화의 재료라는 것 자체가 이미 스크린을 신뢰하고 그 정보에 신빙성을 부여하는 담보가 되는 것이다.

이렇게, 영화의 재료는 우리를 둘러싸고 있는 삶 자체이다. '사물(인간, 풍경)-광학기기-사진'의 연쇄고리는 객관성을 매개로 서로 침투해 있다. 이 재료들은 '원초'의 형상이 있다는 점에서 회화나 조각의 재료(물감, 돌)와 구별되고, 객관적-사실적 속성에 의해 제작된다는 점에서 문학이나 음악의 재료들과 구별된다.

허구와 실제

우리는 '어떤 영화에서 어떤 배우가 연기한다'라고 말한다. 그렇다면 '연기(놀이)하다'[play를 연상해보라]라는 단어는 무엇을 의미하는가? 『러시아어 사전Slovar' Russkogo Iazyka』에는 이 단어의 의미가 다음과 같이 기술되어 있다. "1. 오락하다, 장난하다…… 오락과 같이 심각하지 않은 활동을 하다, 흥미롭게 꾸미다…… 2. 휴식이나 여가 활동을 위한 일로 시간을 보내다…… 5. 심각하지 않고 경박한 것, 또는 그런 사람…… 11. 무대 공연에 참가하다……."

연기(놀이)는 배우에게 있어 일이다. 파스테르나크B. Pasternak[『닥터 지바고』의 작가]의 말을 빌면, 그것도 '진정 완전한 죽음'을 요하는 힘든 일이다. 그렇다면 왜 이토록 어려운 일을 지칭하는 단어에 가벼운 의미의 동사를 쓰는가? 이를 이해하기 위해서는 사전적 정의에서 벗어나 놀이가 '심각하지 않은' 일이 아니라고 전제해야 한다. 놀이는 고대부터 있었다. 그것은 인간보다 더 오랜 역사를 갖고 있다. 짐승들도 놀이를 한다. 오랜 역사를 지녔다는 것은 놀이를 존중할 수 있는 충분한 이유가 된다. 더군다나 놀이는 어린시절의 놀이에서 시작하여 죽음의 침상에 이르기까지 인간의 삶에 수반되는 것으로서, '여가 활용' 이상의 보다 본질적인 것이다. 이제 놀이에 대해 집중적으로 살펴보자.

놀이는 어떤 특별한 '놀이적인' 행위를 모방한다. 이 행위는 양면적이고 제약적이다. 즉, 어떤 실제상황의 놀이 모델을 창조함에 있어, 인간은 그것의 현실성을 믿고 심각하게 임하는 한편, 그 비현실성을 상기하고 그와 똑같은 상황이 현실에서 요구하는 정도로 심각하게 대하지는 말아야 한다. 아이들은 전쟁놀이를 하면서 적대감을 경험하는데, 이때 '적의'가 말뿐이라는 것 또한 잊지 말아야 한다. 첫 번째 경향이 우세하다면 놀이는 심각한 주먹다짐으로 변할 것이고, 두 번째 경향에 머문다면 재미가 없어질 것이다. 톨스토이L. Tolstoi는 『유년시대Detstvo』에서 아이들 놀이의 에피소드를 묘사했는데, 거기서 무서운 형 볼로자는 놀이에 참여하지 않은 채, 그 양면성을 손상시키고 파괴한다.

볼로자의 관용은 전혀 만족스럽지 않았다. 뿐만 아니라, 그의 게으르고 무료한 태도는 놀이의 즐거움을 파괴했다. 땅 위에 앉아 있었지만 어선에 타고 있다는 상상을 하면서 우리가 있는 힘껏 노를 젓기 시작했을 때, 볼로자는 고기 잡는 것과는 완전히 다른 자세로 팔짱을 끼고 앉아 있었다. 내가 그것을 지적하자 그는 대답하기를, 우리는 너무 크게 혹은 너무 작게 팔을 흔들고 있기 때문에 이기지도 지지도 않을 것이며, 어쨌든 멀리 가지는 못할 것이라고 했다. 나는 마지못해 동의했다. 사냥을 나간다고 상상하면서 지팡이를 어깨에 메고 숲으로 향할 때, 그는 팔베개를 하고 누워 말하기를 자기도 같이 가는 것으로 하자고 했다. 그런 말과 행동으로 인해 우리는 놀이에 대해 흥미를 잃게 되었다. 하지만 볼로자가 지각 있게 행동한다는 것에는 절대로 동의할 수 없었다.

지팡이로는 새를 죽이지 못할 뿐 아니라 쏠 수도 없다는 것을 나 자신도 잘 안다. 그러나 그것은 놀이다. 의자를 타고 다니는 것이 불가능하다고 생각해보자. 그러나 나는 기나긴 겨울 저녁 우리가 안락의자에 숄을 씌워 사륜마차를 만든 이유를 볼로자가 잘 알 거라고 생각한다. 사내아이 두 명은 마부와 하인이 되고, 여자아이는 가운데에 앉았다. 세 개의 의자는 삼두마차가 되었다. 우리는 거리를 향해 출발했다. 그 거리에서 얼마나 다양한 모험이 벌어졌던가! 그 겨울밤이 얼마나 즐겁게 빨리 지나갔던가!…… 지금 와서 생각해보면 다시는 그런 놀이를 할 수 없을 것 같다. 놀이가 없다면 무엇이 남았는가?……

연기를 하는 사람은 두 가지 상반된 행위를 동시에 수행한다. 그 상황을 진심으로 경험하는 동시에 그것이 '상황인 것 같다'는 것을 잊지 않는 것이다. 놀이는 현실 속에서 벌어지지만, 현실 그 자체는 아니다. 어떤 역할을 맡은 사람이 어린이들이나 미학적인 교육을 받지 못한 사람이 그렇듯 삶과 놀이를 구별하지 못하고 지나치게 심각하게 받아들이는 경우가 있다. 현실과 묘사를 구별하지 못하는 심리적으로 불균형한 사람은 영화의 양면성을 파괴하려는 노력을 지속한다. 양면성의 파괴는 놀이를 망친다. 놀이가 아무 것도 아닌 '가짜'라는 생각을 매번 한다면 재미가 없어질 것이다. 그렇지만 그것을 완전히 잊어버린다면 놀이는 삶이 된다. 말다툼과 주먹싸움으로 번지는 아이들의 놀이에서 경기장의 울적한 사건에 이르기까지, 그 예는 수없이 많다.

고대 비잔틴의 경마장에서는 열광적인 두 집단이 '녹색당'과 '청색당'의 헤게모니를 놓고 싸우는 경우가 벌어졌다. 현대에도 유사한 현상이 발생한다. 이탈리아의 열광적인 팬들은 정치생활과 놀이를 평행하게 설정하는 듯하다. 그들은 극단적인 좌우 테러 그룹을 모방하고 그 이름을 사칭한다. 젊은이들이 축구팀의 열광적인 팬들로 집단화되는 경우가 종종 있는데, 이 '금지된 놀이'가 성장하여 자연스럽게 테러 실습으로 이어지기도 한다. **놀이예술**은 진지함과 허구의 균형을 날카롭게 지탱함으로써 형성되는 것이다. 놀이는 쓸데없는 오락이 아니다. 놀이를 통해 인간은 삶의 커다란 모험과 치명적인 위험을 제한적으로 경험하며, 이때 놀이는 심리 훈련을 위한 학교가 된다. 동시에 놀이는 심리 완화의 한 방편이기도 한데, 그 '선택 영역'을 현저하게 넓힘으로써 실제 상태의 부자유성을 어느 정도 보상한다.

그런 상황에서 놀이와 예술은 본질과 과제의 특수성으로 인해 동일한 범주에 속하게 된다. 예술 또한 양면적 행위를 요구한다. 예술의 공식화에 있어 푸슈킨A. S. Pushikin의 시구는 오늘날까지도 탁월한 것으로 남아 있다.

……때로 조화에 심취한다.

허구를 보며 눈물에 젖는다……

　세상의 논리에 따르면, 허구와 눈물은 서로 모순되는 것이다. 허구에 대해서는 눈물을 흘리지 말아야 하고, 눈물이 흐른다면 그것은 허구임을 잊게 해야 한다. 현실에서는 그렇다. 눈물을 흘리기에 충분한 비극적 소식이 내게 전해졌다고 하자. 내가 신빙성을 믿느냐 안 믿느냐에 따라 그 소식에 대한 반향이 정해진다. 그 소식이 진짜라는 것을 믿는다면 나는 자연스럽게 비통해 할 것이다. 그렇지만 그 소식이 거짓이라고 알려진다면 눈물은 대상없는 웃음거리가 될 것이다. 예술은 거짓을 진실처럼 경험하게 하는 것, 즉 **진실인 동시에 거짓**이다. 그러므로 허구라는 것을 알면서도 눈물을 흘릴 수 있는 것이다.

　그것은 또한 예술의 일반적인 속성이기도 하다. 그러나 그 속성은 다른 예술에서보다 영화에서 더욱 위력을 발휘한다. 연극에 비해 영화가 삶 자체를 더욱 '사실적'으로 지각하게 한다는 것은 이미 이야기했다. 그러나 연극무대에는 혈관에 진짜 피가 흐르고, 관객의 웃음소리, 박수소리, 발소리와 휘파람 소리, 기침소리에 직접 반응하는 살아 있는 배우가 있다. 그는 매 공연마다 자신의 역할을 변주한다. 그는 인간이다. 그러나 스크린에는 역학적 설비의 창조물, 동그란 철상자 속에 숨어 우리의 환호나 비난에 무관심한 그림자가 있을 뿐이다. 그 그림자는 한때 공연을 하는 배우였을 것이다. 그를 붙잡아서 그림자가 간직하고 있는 형상을 떼어내고, 필름에 정착시켜 복사하고 복제시켰다. 그것은 직접 실연하는 것과는 다른 것으로, 가장 은밀한 영화의 감동은 바로 이

'거리두기'에 있는 것이다. 연극과 비교할 때, 영화 시학에 은밀하고 에로틱한 장면이 과감하게 도입된 사실은 잘 알려져 있다. 연극 무대에는 현대 영화에 일상적인 은밀한 사랑과 노출 장면이 거의 삽입되지 않는다. 이런 점에서 영화와 가장 가깝다고 생각할 수 있는 예술 형태는 고대 그리스의 조각이나 르네상스 이후의 회화일 것이다.*

영화만의 특수성이라고 지각되는 이러한 성격들은 소격효과를 창출하는 기술과 밀접한 관계가 있다. 연극에서는 살아 있는 배우가 살아 있는 관객 앞에서 은밀한 장면을 직접 공연한다. 그러나 영화에서 배우는 렌즈 앞에서 공연하고, 관객들과 이야기하는 것은 영사기와 스크린이다. 배우는 그림자로 변화하고, 인간의 신체는 메타포로 변화하는 이중의 소격효과가 발생하는 것이다. 피와 관련된 장면에 대해서도 똑같이 말할 수 있다. 연극에서 보통 거부되는 장면(고전적인 예로써, 오셀로는 관객들 눈앞에서 데스데모나를 질식시켜서는 안 되었다)이 영화 시학에는 아무 통증 없이 도입된다.

이렇게 영화에 있어 예술적 경험은 현실에 대한 최대한의 신빙성과 현실에 대한 최대한의 자유라는 불가분한 두 경향으로 구성되어 있다.

---

* 노출된 여성의 신체는 헝가리 감독 미클로샤 얀초Miklós Jancsó 영화의 지속적인 테마가 된다. 얀초의 영화에서 여성의 노출은 에로틱한 분위기를 상실하고, '무방비 상태'나 '희생양'의 이미지로써 유린당한 아름다운 조국을 상징한다. 〈검거Szegénylegények〉(1966)에서 율리는 처형당하기 전 옷을 벗는데, 이때 관객은 에로틱한 느낌이 아닌, 무방비 상태에 놓인 존재가 정상적인 사람에게 불러일으키는 감정을 경험한다. 노출된 신체의 무방비 상태는 빈틈없이 단추를 채운 군인의 제복에 의해 더욱 강조된다. 이러한 대비는 얀초의 후기 영화 〈폭군의 심장, 혹은 헝가리의 보카치오A Zsarnok Szive avagy Boccaccio Magyanroszgon〉(1981)에서 더욱 극단적으로 나타나는데, 여배우의 노출은 변함없이 지속되는 가운데 군인의 제복은 장갑차에 그 자리를 양보했다.

상상의 공간

1920년대 초에, 소련의 영화감독이자 이론가 레프 쿨레쇼프Lev V. Kuleshov가 행한 몇 가지 실험이 있다. 쿨레쇼프는 무성영화 시대의 유명한 배우 이반 모주힌Ivan Mozzhukhin의 무표정한 얼굴을 클로즈업으로 촬영하고, 이를 다른 여러 화면(수프접시, 노는 아이들, 죽음에 직면한 여인)과 편집했다. 이때 사진의 얼굴은 하나인데, 관객에게는 배우의 표정에 대한 다른 환영이 창출되었다. 즉 다양한 음영의 심리상태를 표현하면서, 모주힌의 표정이 바뀌는 것이다. 이 실험은 영화편집 이론의 대표적인 예로 등장하는데, 그 의미를 더 알아보자. 다른 계열의 쿨레쇼프 실험이 우리의 관심을 끈다. 실험에 참여한 여배우 알렉산드라 호홀로바Aleksandra Khokhlova의 기록이 보존되어 있다.

에피소드가 시작되자 오볼렌스키L. Obolenskii*는 현재 중앙백화점이 있는 모스크바의 페트로프카 거리로 나간다. 다른 화면에서 나는 오볼렌스키를 만나러 모스크바 강변의 도로를 걸어간다.

다음 화면에서 오볼렌스키는 나를 본다(클로즈업).

다음 화면에서 나는 오볼렌스키를 본다(클로즈업).

모스크바의 중심지에서 오볼렌스키는 서둘러 나를 향해 걸어온다.

다시 모스크바의 중심지. 나는 오볼렌스키를 향해 걸어간다.

이후 화면은 고골리 대로.

---

* 소련의 영화배우. 쿨레쇼프 실험의 참가자로서 호홀로바와 함께 실험극을 연출했다.

26

우리는 고골리 동상 주변에서 만나 서로에게 손을 내민다. (클로즈업 되면서) 악수한다.

고골리 동상 배경으로 오볼렌스키와 나는 카메라를 본다.*

오볼렌스키는 손으로 앞을 가리킨다.

그 다음 오볼렌스키가 손으로 가리키는 곳에 워싱턴의 백악관(뉴스에서 발췌한 화면)이 삽입된다.

다음 우리는 이야기를 나누면서 그가 가리키는 곳으로 걸어가 화면 밖으로 사라진다.

마지막에 우리는 미술 박물관의 계단에 다리를 올리고 있다.

편집 결과, 백화점은 모스크바 강변에 위치하게 되었다. 거기서 얼마 되지 않는 곳에 고골리 대로와 고골리 동상, 그 동상 반대편에 백악관이 위치하고 있다. 이렇게 해서 실제 존재하는 풍경의 '요소'들로부터 존재하지 않는 풍경을 끄집어냈다.

위의 실험은 풍경을 실내에서 세트로 촬영했다 하더라도 관객은 스크린에서 진짜 현실을 본다고 생각한다는 것을 증명한다. 관객은 촬영 전까지는 세트였던 것을 스크린에서 그대로 보게 되는 것이다. 영화는 **자신의 리얼리티를 창조**한다. 촬영은 자연의 품속이나 영화 스튜디오에서 하지만, 우리가 스크린에서 보는 풍경은 실제 자연이 아니고, 예술가나 목수가 아닌 감독과 관객이 만들어내는 것이다. 영화의 세계를 역동

---

* 이때 호흘로바는 '(우리가) 본다smotrim'라는 1인칭 복수형 대신 '(그들이) 본다smotriat'라는 3인칭 복수형을 쓰고 있는데, 이는 심리적인 말실수이다. 즉, 그녀는 그 시선이 자신과 오볼렌스키를 향하고 있는 몽타주화된 현실의 시점에서 이야기하는 것이다.

적으로 구성하는 것은 카메라, 편집 책상, 관객의 눈동자이다. 영화는 자신의 리얼리티를 창조한다. 물론, 자신의 예술세계, 자신의 리얼리티의 공간을 창조하는 것은 영화뿐이 아니다. 그러나 영화는 삶 자체에서 생겨나 예술활동으로 창조되는 '이차적 현실'을 받아들이게 하는 예술형태 중에서 가장 강력한 힘을 발휘하는 예술이다.

이렇게 관객은 두 개의 리얼리티 사이에 서게 된다. 인간으로서는 실제 삶의 세계에 속해 있지만, 관객으로서는 특정한 리얼리티를 지각하는 영화의 세계로 옮겨가게 된다. 삶의 리얼리티는 물질적이고 형이하학적이며, 그것은 사실들의 리얼리티일 뿐 사상의 리얼리티가 아니다. 영화예술의 리얼리티는 인간의 지성과 감성에 의해 만들어진 인간의 작품이다. 그것은 사고의 법칙에 따라 목적과 의미를 지니고 구축된, 인격화된 것이다. 영화 창조의 근본적인 목적은 그 세계의 공식을 관객에게 주입시키는 것이다. 관객은 예술의 목적이 두 세계를 분리시키는 것이고, 진정한 세계는 동화에만 있다고 하면서 그 세계에 접근하고자 노력할 수도 있다. 시와 산문, 진실과 거짓 사이에도 그런 관계가 창출된다.*

이와 달리 "영화는 관객이 자신을 둘러싼 삶이 아닌 다른 데로 주의를 돌리게 하기 위해 존재한다"거나, "관객으로 하여금 주위 삶을 이해하도록 하기 위해 존재한다"는 명제를 근본적인 활동 지침으로 삼는 감독도 있다. 그 세계와의 관계 공식은 다양할 수 있다. 그러나 그 관계 자

---

* 이러한 개념은 다방면에 적용된다. 시와 산문은 그 예술언어의 선택에 따라 구분되고, 진실과 거짓에 대한 판단은 영화와 영화 밖에 놓인 삶과의 소통에 달려 있다.

체는 관객이나 영화의 의식 속에 직접 혹은 무의식적으로 항상 존재한다. 그것이 곧 영화 시학이다. 한편 리얼리티의 세계와 스크린의 세계가 일치하여 영화가 직접적인 기록이 되는 영역이 있는데, 이때 관객은 창문과 같이 하얀 사각형을 통해 삶 자체를 바라본다고 말할 수 있는 것이다.

이것이 기록영화이다. 때때로 우리는 기록영화의 반대를 '오락영화'가 아닌 '예술영화'로 부른다. 종종 "예술영화를 다큐멘터리 식으로 찍다"라는 말을 들을 수 있는데, 그런 표현에는 두 가지 오해의 여지가 있다. 그 하나는 기록영화는 예술영화가 아니라는 것이고, 다른 하나는 예술영화는 어느 정도 허구이지만 기록영화는 객관적 실제에 고착되었다는 것이다.

'쿨레쇼프 효과'는 기록영화나 오락영화에 똑같이 보급되었다(그 경험 자체가 다큐멘터리 습작에 있어 전형적인 것이다). 고전으로 알려진 에피소드가 있다. 제2차 세계대전 중 반反히틀러 연합국의 스크린에는 점령국 독일의 뉴스 단편들이 담긴 기록영화가 보급되었다. 히틀러가 점령지 파리의 유명한 원형건물에서 환희의 무도회를 벌이는 것을 보고 수백만의 관객들이 전율했다. 역사적인 사실로서의 이 사건은 '식인종의 무도회'라는 제명 하에 역사가의 작업에 들어갔다. 10년이 흘러, 영국의 유명한 촬영감독 존 그리어슨John Grierson은 자신이 이 '역사적 사실'의 창작자임을 고백했다. 나치의 뉴스영화가 그의 손에 들어왔고, 그는 그중 한 장면에서 발을 들고 있는 히틀러를 식별해냈다. 이 다큐멘터리 감독은 이 장면을 수없이 반복한 끝에, 전 세계 관객들의 눈앞에서 히틀러를 춤추게 만들었던 것이다.

또 다른 예가 있다. 영화의 역사에서 가장 위대한 기록영화 감독의 한 명인 로버트 플래허티Robert Flaherty는 아일랜드 해안의 작고 황량한 섬에 사는 어부들의 삶에 관한 영화를 구상했다. 그는 이미 '바다 저편의 인간'이라는 제목을 생각해놓았는데, 막상 섬에 도착해보니 그 영화를 위한 재료는 아무것도 찾을 수 없었다. 생사를 건 자연과의 투쟁에 관한 에피소드가 필요했다. 어느 날 감독은 바다에서 커다란 물고기를 발견했다. 그 물고기는 플랑크톤을 먹이로 하는 상어의 일종으로 해롭지 않은 종이었다. 어획작업으로 인한 수익이 미미했기 때문에, 포획되지 않은 지 100년이 넘은 물고기였다. 플래허티는 이미 잊혀진 작살어렵을 부활시켰고, 이 물고기는 사나운 식인물고기의 역할을 맡았다. 그리하여 자연과 투쟁하는 극적인 에피소드가 만들어졌고(그림1), 진실성이 담긴 뛰어난 영화 〈아란 섬의 사나이Man of Aran〉(1934)가 탄생하게 되었다. 어부의 힘겨운 삶을 보여주는 이 영화는, 1930년대 영국의 존경스러운 영화계 인사들의 관점에서 보면 지나치게 사실적이기 때문에 상영에 어려움을 겪었다.

이렇게 어떤 영화든지 자신의 세계, 자신의 인간들이 거주하는 자신의 공간을 창출한다. 거기에서 본질적인 효과는 시각에 의해 고양된다. 만일 내가 무슨 이야기를 들었다 해도, 나는 그 보고가 전적으로 거짓일 수 있다고 생각할 수 있다. 그러나 내가 무엇인가를 보았다면, 상황은 달라진다. "너 이것을 어떻게 알았니?"라는 하나의 질문에 대한 다음 두 대답을 비교해보자.

"누구한테 들었다."

"내 눈으로 보았다."

그림1 플래허티는 〈아란 섬의 사나이〉에서 잊혀졌던 작살어럽을 부활시켰다.

아마 두 번째 말이 의심의 여지가 훨씬 적고 신빙성이 있을 것이다. 영화의 세계 — 그것은 모든 관객이 자신의 눈으로 보는 세계이다. 그것은 영화예술세계의 리얼리티를 확신케 함에 있어 특별한 힘을 갖게 된다. 물론 영화만이 그러한 믿음을 고무시키는 능력이 있는 것은 아니다. 왜냐하면 그것은 예술의 일반적인 속성이기 때문이다. 톨스토이는 『안나 카레니나Anna Karenina』에서 주인공 안나가 소설을 읽는 장면을 다음과 같이 묘사한다. "그녀는 소설의 여주인공이 환자를 간호하는 대목을 읽었다. 그녀는 소리 내지 않고 환자의 방 안을 걸어다니고 싶어졌다. 그녀는 의원이 의회에서 연설하는 대목을 읽었다. 그녀는 연설을 하고 싶어졌다. 그녀는 메리 양이 말을 타고 가축 떼를 몰고, 새색시를 약 올리고, 그 용기로 얼마나 다른 사람들을 놀라게 하는지를 읽었다. 그녀 스스로 그렇게 하고 싶었다."

리얼리티와 환영이라는 두 가지 극단적인 감정을 동시에 관객에게 불러일으킨다는 것, 현대의 그 어떤 다른 형태의 예술이 부여할 수 있는 것 전부를 능가하는 힘을 지니고 있다는 것 — 이것이 예술로서의 영화가 지닌 특수성이다.

예술화 과정

두 장의 사진이 놓여 있다. 그것을 바라보던 관객들은 직감적으로 하나는 '예술적'이고 다른 하나는 '비예술적'이라고 단정했다. "왜 그렇습니까?"라는 질문에 대한 대답은 일정하지 않다. "저기 사진기 앞에 있는 것은 단순한 데 비해, 여기 있는 것은 무엇인가 표현하고 싶어 하고 무엇인가 말하고 싶어 하는 것 같습니다. 보세요, 어떤 감정이……."

이것을 보다 구체적으로 표현해보자.

1. 비예술적 사진의 제작에는 풍경과 사진기가 참여했고, 예술적 사진의 제작에는 풍경, 사진기, 그리고 사진사가 참여했다.
2. 첫 번째 경우에는 사진이 렌즈의 시야에 맞도록 자동적으로 고정되었고, 두 번째 경우에는 실제 풍경에 무엇인가 덧붙여졌다.

덧붙여진 것으로는 작가의 해석, 묘사 대상에 대한 사고의 객관성 도입, 작가의 주관성 개입, 객관의 재현 등 뛰어난 예술을 가늠하는 특징들을 꼽아볼 수 있다. 예술적 묘사에 있어 '무엇인가 덧붙인다'라는 소박한 표현 속에는, 물질세계가 예술적 사실들이 될 때 인격화되고 고무되어 어떤 의미를 획득한다는 생각이 내포되어 있다. 의미 없는 것이 의미를 갖게 된다는 것은 특수한 예술 정보를 보유하게 된다는 것이다.

이것은 어떻게 생겨나는가?

말을 하기 위해서 예술은 자신의 언어를 가져야 한다. 영화에는 고유한 언어가 있다. 영화언어의 기본적인 요소에 대한 설명에 앞서, 다음 문제를 생각해보자. 어느 경우에 어떤 요소(또는 수학에서 말하는 것처럼 어떤 다수의 요소)가 정보를 보유하는가? 답은 '단 하나라도 선택의 여지가 있을 때'이다. "6시다. 1시간 뒤에 7시가 된다"라는 문구는 아무 일도 일어나지 않는 한 6시 이후에는 7시가 된다는 것 말고는 다른 어떤 정보도 전달하지 않는다. "1시간 뒤"라는 말에서 이미 듣는 이는 문구의 끝을 정확하게 짐작하기 때문에 더 이상은 사족이 된다. 그렇지만 "몇 시간 뒤⋯⋯"라고 말한다면, 듣는 이는 할 수 있는 모든 가정을 하게 된다. 이때 추측을 많이 할 수 있을수록 문구의 끝은 보다 많은 정보를 전달하게 된다. 따라서 무의식적으로 텍스트에 나타나지 않은 요소들뿐 아니라, 텍스트 작가가 선택한 결과로 나타나는 것도 정보를 보유하게 된다. 예를 들어, 시인은 시를 쓸 때 이런저런 단어를 선택하고, 화가가 그림을 그릴 때 물감, 자세, 배치 등을 선택한다. 이런 것을 결정함에 있어, 선택의 결과를 받아들이느냐 그렇지 않느냐에 따라 정보 차원에서 완전히 다른 의미를 가질 수 있다. 말하자면 그것은 실제로 두 개의 **서로 다른** 결정이 되는 것이다. 컬러필름이 발명되기 이전에 감독이 흑백영화를 찍었다면, 그것은 선택의 여지가 없는 불가피한 결정이다. 따라서 당시의 흑백영화는 오늘날 우리에게 아무 의미도 갖지 않는다. 관객은 이것을 감지해야 한다.

같은 맥락에서, 스크린의 침묵, 즉 유성영화 시대의 무성음은 가장 강력하고 적극적인 예술적 수단의 하나라고 말할 수 있다(갑자기 음향을 완전히 제거한다면, 현대 영화관은 위협, 비극, 비밀 등의 분위기에 사로잡혀 쇼킹한 인상을 줄 것이다). 그렇지만 무성영화에 있어 음향의 부재는 아무 의미도 없으며, 그것을 알아차릴 수조차 없다.

만일 이러한 생각을 받아들여 오늘날 '흑백시대'에 가까운 영화를 다시 감상한다면, 비록 이전에는 컬러필름으로 만들 수 있는 가능성이 없었다 할지라도, 관객들은 자연스럽게 이를 감독들이 컬러를 **거부**하는 탓으로 돌린다. 이로 인해 영화는 그 창조자나 처음 관객에게 있어서보다 오늘날의 관객에게 더욱 큰 의미를 갖게 된다. 관객은 영화를 보다 고양된 의미로 수용하게 되는 것이다. 이때 의미의 중요성이 관객의 주관성을 통해서만 전달되어서는 안 된다는 역설이 생겨난다. 영화는 자신의 의미론적 요소들을 수직적으로 확대시키면서 '현명해진다'.

이와 관련되어 중요한 현상을 예술의 역사에서 살펴볼 수 있다. 오래된 예술작품은 이후 세대의 눈에 생기를 잃고 흐릿하게 보이는 것이 아니라, 오히려 선명하게 타오른다. 예를 들면, 현대의 관객은 버스터 키튼Berster Keaton이나 찰리 채플린Chalie Chaplin의 옛날 흑백무성 영화들에서 더욱 큰 매력을 느낀다. 그 반대 상황이지만, 본질에 있어서는 예술적 의미의 확대 법칙을 확인케 하는 예를 하나 들어보겠다. 러시

그림2 흑백으로 본 〈민중 앞에 나타난 그리스도〉. 원본의 색채는 어떠할까?

아 화가 이바노프A. Ivanov가 그의 걸작 〈민중 앞에 나타난 그리스도 Iavlenie Khrista pered Narodom〉를 그렸을 때(1837~1857)는 아직 그림을 흑백사진으로 재생하는 기술이 존재하지 않을 때였다. 그러므로 당시에는 캔버스에 물감으로 그려진 것만을 회화로 간주했다. 그러나 19세기 말에 '컬러 그림의 흑백 재생'이라는 선택적 상황이 발생했고, 50년이 지난 후 또 다른 화가 바스네초프A. Vasnetsov는 자신의 저서 『예술Khudozhestvo』에서 다음과 같이 말했다. "이바노프의 〈민중 앞에 나타난 그리스도〉는 비록 훌륭한 윤곽을 지니고 있지만, 뻣뻣하고 불쾌한 색채로 그려진 무미건조한 회화이다. 그럼에도 불구하고 이것은 훌륭한 러시아 회화 작품의 하나이다. 이 뛰어난 그림은 흑백의 복사본에서보다 충만한 감동을 준다(그림2)…… 내가 아직 이바노프나 그의 천재적인 그림에 대해 어떤 개념도 갖고 있지 않던 어린 시절에 지방의 한 박물관에서 그 그림의 퇴색한 사진을 보았을 때, 그것은 당시 다른 사진과는 다르게 예사롭지 않게 보였다. 나는 지금까지 한 번도 그것을 잊어본 적이 없다."*

걸작들만 그런 것은 아니다. 1910~1920년대 초반의 무성영화들을 '다른 눈동자'로도 총체적으로 감상할 수 있다. 그리고 당대의 감독과 배우들이 자신의 창조물에 '70년 후에 공개한다'라는 자막을 넣은 것처럼, 거기에서 새로운 의미를 찾을 수 있다.

이러한 예술의 본질은 다음과 같은 역설에서 유래한다. 기술 발명에 앞서 지배적인 법칙은 생태계의 자연도태의 법칙과 유사하다. 새로운 단계의 모든 새로운 발명은 선행자보다 우수하고, 그 선행자를 변화시킨다. 낡은 기계는 박물관이나 쓰레기장으로 가게 된다. 그런 가운데 완성의 연쇄사슬을 보게 되고, 그 원칙을 예술의 역사로 전이시킬 수 있다. 우리는 푸슈킨이 몰랐던 것이 무엇이고, 그 다음에 배운 것이 무엇인자를 가정하고 그 발전과정을 살펴보면서, '사실주의가 낭만주의를 대체했다'고 말한다. 그러나 이 둘의 관계는 보다 복잡하다. 예술에 있어 모든 새로운 세대는 선행자로부터 떨어져 나와 앞으로 나가기를 열망한다. 그 선행자의 발명품에는 또 다른 결함이 있다. "어제의 양식만으로는 배부르지 않다" ― 18세기 초 교회의 설교자이자 작가 프로코포비치F. Prokopovich는 언명했다. '아버지'의 예술은 '자식'에게 있어 진부한 것이다. 그런데 '자식'은 새로운 것을 창조하면서 자신도 모르

---

* 얼마 전에는 흑백 스펙트럼을 컴퓨터로 분석하여 영화의 '실제' 색깔을 복원하려는 시도가 있었다. 물론, 결과는 처참했다.

는 사이에 옛것을 풍요롭게 한다. 그것은 마치 죽어 말소되어 고문서 보관소에 있던 것이 별안간 소생하는 것과 같다.

처음 이야기로 다시 돌아가자.

시는 펜으로 쓰고, 그림은 붓으로 그리고, 영화는 카메라로 찍는다. 카메라는 현실을 재현함에 있어 가장 적확한 도구이다. 이것이 바로 영사기의 이점이다. 그러나 펜과 붓은 그 선택 방법이 자유롭다. 그것들은 작가의 의지에 따라 마음대로 세계를 해석하고 진열하며, 충만한 의미로 다시 재현시킨다. 카메라는 객체에 묶여서 자동적으로 현실을 추적하기 때문에, 예술가의 창조성이 들어갈 자리가 남아 있지 않은 듯하다. 그럼 선택의 여지가 아주 없단 말인가? 카메라에는 능동적인 예술성이 개입될 수 없는가? 아니다! 다음 장에서도 계속 언급하겠지만, 우리가 영화언어라 일컫는 것들은 영화를 창조하는 영화작가에게 풍부한 표현력을 부여한다. 즉, 그 본성상 선택의 여지 없이 얽매여 있는 것, 따라서 그 어떤 정보도 갖고 있지 않던 것이 자유로운 예술적 선택의 결과로서 필름에 옮겨져 부동성에서 자유로워지고 포화된 의미를 갖게 되는 것이다. 학술어에서 건조한 단어 '정보'라 일컬어지는 것이 '자유'라는 다른 이름을 갖게 된다.

영화예술의 목적은 삶을 인식하는 것이다. 삶에 자유를 가져오고, 침체한 관계에서 그 요소들을 해방시키고, 그 상관관계 속에서 새로운 위치를 차지한다. 영화는 세계의 마법을 풀고 그 속에 숨겨진 진짜 얼굴을 드러낸다. 영화는 삶 자체에서 상상할 수 있는 것보다 더한 가능성을 삶에 부여한다. 그리고 리얼리티가 어떤 측면에서 이탈하는가, 그것이 자신을 어떤 방향으로 이끄는지 민감하게 관찰한다. 얽매인 사슬에서

세계를 해방시키면서, 감독은 환상의 창조라 불리는 마법의 도움으로
자신을 해방시킨다. '여러 세계의 가능성'을 창조하면서, 영화는 실제
를 인식한다.

몽타주

'쿨레쇼프 효과'는 "두 화면의 병렬이 그 의미들을 단순히 합치하
는 것이 아닌, 각각 개별적인 내용을 담지 않은 **제3의 새로운 의미를** 창조
해낸다"는 결론을 도출해냈다. 이는 모든 영화의 본질적 결론이라 할
수 있다. 화면을 병렬시켜 하나의 의미론적이고 통사론적인 총체로 연
결하는 것을 '몽타주'라 한다. 영화감독이 실습한 사실로서의 몽타주는
쿨레쇼프의 실험 이전에 등장했지만 — 특히 데이비드 그리피스David
Griffith의 영화에서 — 이론적으로 의미를 갖게 된 것은 이 실험에 의해
서였다. 세르게이 에이젠슈테인Sergey Eisenstein은 영화감독 작업을
수행하면서 이 이론을 자신의 논문에 전개했다.

몽타주의 이론과 실습은 혁명 원년 소련 사회에 격렬히 수반되었던
시어 연구와 밀접하게 관련되어 있다. 분리될 수 없는 총체로서 단일한
의미라는 단어의 개념이 스크린으로 이동한 것이다. 문예학자 티냐노
프Iurii N. Tynianov는 시어의 이론에 관한 글에서, 시 문장에서 단어는
그래프상의 경계를 넘어 주변 단어들에 그 의미를 감염시키며 시구에
골고루 퍼진다는 '시적 계열의 협소함'이란 사고를 도출했다. 이는 영
화에서 화면의 몽타주로 표현되었는데, 즉 단어의 몽타주 이론과 같은

것이다. 영화에 있어 색채를 논하면서 이탈리아의 거장 페데리코 펠리니Federico Fellini는 다음과 같이 말했다. "스크린에서 모든 종류의 색채는 서로가 서로를 감염시키는 것과 같다. 그 결과 그들 사이에는 방사선 교체가 발생한다. 즉, 밝은 부분이 왠지 어둡게 보이고, 예기치 않게 어떤 다른 것에 반사되고, 대상의 경계가 부단히 수식된다는 것을 알 수 있다."

펠리니는 대상이 서로서로 '감염'된다고 말했지만, 보다 정확히 말하자면 화면이 서로서로 '감염'되는 것이고, 문장으로 말하자면 시어의 '감염'이 일어나는 것이다. 몽타주는 영화언어의 수사학적 형상이다.

위에서 언급한 것과 관련하여 몽타주와 시적 전이 — 메타포와 메토니미** — 의 상관관계는 정확하게 대비된다. 몽타주는 그 속성상 시적이다. 시에서의 의미는 시간과의 싸움이다. 우리는 시간에 종속되면서 단어를 차례차례 발음한다. 단어나 문장을 읽을 때, 이미 발음된 텍스트의 선행 부분은 그 소리가 사라지고 시간에 의해 삼켜진다. 말은 앞으로 나아간다. 그러나 시적인 의미는 계속해서 뒤로 후퇴하고, 모든 새로운 단어는 이미 말해진 것에서 이전에는 알아차리지 못했던 새로운 의미를 획득하게 된다. 정확히 말하자면, 몽타주는 선행 화면의 감동을 지연시켜 우리가 그것으로 되돌아가 기억할 수 있는 것이다. 이때 인접 화면들은 서로서로 흔적을 남기고 결합한다. 이런 면에서 몽타주는 두 화면이 서로 다른 것을 통해 들여다볼 수 있도록 밝히는 기술과 친족관

---

* 메타포(은유)는 서로 다른 개념(단어)의 내적 유사성에 근거한 시적 대비이며, 메토니미(환유)는 인접성, 인과성에 근거한 개념의 시적 대비이다.

계에 있다는 에이젠슈테인의 주장은 옳다.

좁은 의미에서 몽타주는 두 화면의 접합이다. 넓은 의미에서는 예술적 의미를 지닌 모든 영화 테이프와 필름의 병치를 몽타주라고 할 수 있다. 이것은 둘, 혹은 그 이상의 연속적인 화면이나 에피소드가 병행되어 나타나는 것이다. 제스처, 포즈, 행위, 전체 프레임, 프레임 조합 등 영화의 요소들이 다른 요소들과 의미론적인 연관관계를 맺고 있는 모든 경우를 우리는 몽타주로 취급한다. 그들의 거리는 가까울 수도 있고 아주 멀 수도 있지만, 관객이 기억해낼 수 있을 정도는 아니다. 몽타주화된 두 번째 요소들은 우리의 기억 속에서 첫 번째 형상을 생생하게 불러일으켜야 하고, 이에 따라 복잡한 의미론적 관계를 형성해야 한다.

톨스토이는 『안나 카레니나』에서 소설 전체를 몽타주의 원칙에 따라 구성했다. 그는 소설에서 안나 카레니나와 콘스탄친 레빈의 운명을 나란히 전개시키는데, 이때 이들은 마치 서로 관계없는 것처럼 직접 플롯에 언급되지는 않는다. 소설을 각색하면서 플롯의 한쪽(예를 들어 안나의 이야기)만을 분리시키려는 시도가 거듭되었는데, 이는 톨스토이의 작품에서 철학적 음향을 제거하고 작품을 사교계 부인의 비극 수준으로 저하시켰다. 러시아식 『춘희La Dame aux Camélias』*에 다름 아니게 된 것이다. 이 예는 몽타주가 결코 영화만의 배타적 특성이 아님을 보여준다. 단지 영화에서 더욱 선명하게 나타날 뿐이다.

---

* 파리 화류계 여성의 비극적 사랑과 죽음을 다룬 소小 뒤마Dumas Fils의 희곡.

선택과 창작

우리는 지금 '영화란 무엇인가'라는 명제를 제기하고, 몽타주가 기본적인 영화언어의 하나라는 것을 알게 되었다. 그러면 영화언어(보다 넓게 예술언어)는 기본적으로 무엇에 기반하는가? 달리는 열차의 창가에 있는 우리 눈앞에 풍경들이 질주한다. 우리가 창가에서 바라보는 것이나 스크린에서 화면이 바뀌는 것이나, 둘 사이에는 별다른 차이가 없는 듯하다. 마음속으로 실험을 해보자. 푸슈킨의 친구인 시인 젤비그Del'vig는 어느 날 어떤 사람이 모르는 사람의 집 창문을 지나 매일 거리를 산책한다는 줄거리의 소설을 떠올렸다. 그의 눈앞에 낯선 삶의 에피소드가 무성영화처럼 소리 없이 펼쳐진다. 젤비그의 구상이 흥미 있는 영화의 축을 준비했다고 인정할 수는 없다. 그런 영화를 찍었다고 가정하자. 단순히 낯선 창으로 내다보는 것과 무엇이 다르단 말인가. 길 가는 행인이 우연히 보는 것이 스크린의 관객이 보는 것과 똑같다는 가정을 해보자.

첫째로, 답은 머리 속에서 저절로 떠오른다. 영화에서 사건은 감독의 생각에 맞춰 전개되지만, 삶에서는 '저절로' 일어난다. 즉, 삶에서의 **사건은 그렇게 되어야만** 하는 인과관계에 따라 전개되지만, 영화에서는 머리에 떠올라 전개되는 사건들의 여러 가능성 중 하나가 **감독의 선택**에 따라 전개되는 것이다. 그러나 학교에서 정보이론의 기초를 배우는 오늘날, 선택이 정보라는 것을 고려한다면 누구도 놀랄 것이 없다. 선택이 없는 곳에서는 정보도 없다. 똑같은 확률의 두 가능성 중에서 하나를 선택하여 실행할 때 최소한의 정보가 발생한다. 가능성의 숫자가 높아질

수록 정보는 보다 많이 보다 높게 발생한다. 따라서 다양한 가능성의 변종들을 삶(삶에서 취한 플롯)에 도입하여 그중에서 예술적으로 의미 있는 어떤 것을 선택한다면, 우리는 관객이 받아들이게 될 정보를 플롯(사건의 고리)에 실을 수 있다. 스크린에서 일어나는 일에 대한 매 순간의 기대(가능성의 수많은 변종들)와 실제로 스크린에서 일어나는 일은 서로 긴장상태에 있다. 만일 첫 번째 장면에서 스토리 전개와 인물의 행동을 미리 예견할 수 있다면, 관객들은 흥미를 잃고 영화관을 박차고 나갈 것이다.

구상은 선택, 즉 하나의 가능성을 받아들이고 나머지를 버리는 것이다. 이는 체스를 두는 것에 비유될 수 있다. 체스선수가 재능이 뛰어나고 전문가일수록, 그의 눈앞에는 '올바른' 작전을 선택할 수 있는 보다 많은 가능성의 변종들이 펼쳐져 있다. 그리고 체스의 묘미를 완벽하게 즐기려는 관객은, 명인이 체스판에서 진행하는 것을 볼 줄 알아야 할 뿐 아니라, 그가 **하지 않은** 게 무엇인지도 알아야 한다. 잘 다듬어져 조합된 의외의 사건, 피할 수 없는 상황, 일반적으로 알려진 방법에서의 이탈, 즉 **창작**을 알아야 하는 것이다.

이렇게 선택은 정보라 할 수도 창작이라 할 수도 있다. 그렇지만 아직 하나 더 있다 ─ 선택은 **자유**다. 선택의 부재, 사건과 행위의 완벽한 예견 가능성은 자유롭지 않은 것이다. 높은 곳에서 떨어진 돌, 녹색테이블 위를 구르는 당구공은 자유롭지 않다. 그들의 궤도는 엄격한 역학법칙에 종속되어 있고, 그것이 앞으로 향할 때 그 마지막 점까지 계산해낼 수 있다. 루이스 부뉴엘Luis Buñuel의 〈황금시대L'Age d'or〉(1930, 프랑스)에서 자살하는 주인공은 아래가 아닌 위로 떨어지고, 그의 신체는 마루바닥이 아닌 천장에 쭉 뻗게 된다. 감독은 역학법칙을 선택적 상황으로 만들었다. 주인공은 위와 아래 두 방향으로 떨어질 수 있으며, 감독은 그중 하나를 선택할 자유가 있다. 예술은 '여러 세계의 가능성'을 창조하고 그 하나의 가능성으로서 리얼리티를 경험할 수 있는 기회를 제공한다. 사진을 예술로 전환시키는 것은 선택적 상황들을 보유하는 것이며, 사진을 영화로 전환시키는 사람은 가능성의 변종들을 선택할 수 있는 창작의 자유를 갖는다.

최소한 두 가지를 만들어내는 모든 것, 감독에게 결정할 수 있는 선택의 자유를 주는 모든 것, 그리고 도대체 왜 이것을 선택했는가를 관객이 이해할 수 있도록 해주는 모든 것이 영화언어의 요소가 된다.

애니메이션

영화 기호학의 연구대상은 광범위하지만, 애니메이션의 언어는 거의 주목받지 못했다. 이것은 부분적으로 일반적인 영화예술체계에서 애니메이션 자체가 지엽적인 위치에 있기 때문인 것으로 설명된다. 물론 그러한 위치 자체가 어떤 법칙성이나 필연성을 띠는 것은 아니며, 다른 문화 단계로 쉽게 옮겨질 수 있다. 텔레비전의 발전은 단편영화의 의미를 증대시켰고, 특히 애니메이션의 일반적인 위상을 높이기 위한 기술적인 요건을 조성했다.

애니메이션 발전의 기본 조건은 그 언어의 특수성을 인식하는 것이다. 즉, 애니메이션은 사진영화의 다른 형태로서가 아니라, 예술영화나 기록영화의 언어와 많은 면에서 상반된 고유한 예술언어를 지닌 완전히 독립적인 예술로 간주되어야 한다. 오페라나 발레가 원칙적으로는 서로 다른 예술언어를 보유하고 있음에도 불구하고 하나의 조직화된 형식으로 그 단일성을 설명할 수 있는 것처럼, 예술영화와 기록영화는 사용된 기술의 단일성만으로도 설명될 수 있다. 이때 이 단일성은 행정적으로 조직되어 실현되는 것으로, 예술적 단일성과 혼동해서는 안 된다.

사진영화와 애니메이션에 있어 그 언어의 차이는 다음과 같다. 우선 '움직이는 묘사'라는 기본 원칙을 사진과 만화에 적용시켜보면, 정반대의 결과가 나온다. 우리의 문화 인식은 사진을 자연의 대변인으로 간주하고, 그 속성을 동일하게 객체에 편입시킨다(그러한 평가는 사진의 실제적인 속성을 규정하는 것이 아닌, 문화 기호 체계에 있어서 사진의 위치를 규정하는 것이다). 모든 개별적인 사진 촬영의 정확성을 충분히 의심할 수 있지만, 그러나 어쨌든 사진은 정확성의 동의어이다.

움직이는 사진은 이 재료의 기본 속성을 유지한다. 그럼으로써 리얼리티의 환영이 사진영화 언어의 지배적인 요소의 하나라는 결론에 이른다. 이 환영의 배경에는 제약성이 특별한 의미를 갖게 된다. 화면 조합이나 몽타주는 대조적 음향을 획득하고, 모든 언어는 기호화되지 않은 리얼리티와 기호화된 리얼리티 묘사 사이의 유희 영역에 위치한다.

한 쌍의 사진과 회화는 제약적으로 지각된다(만일 회화가 조각이나 어떤 다른 예술과 쌍을 이룬다면, 그것은 '환영' 혹은 '자연스런' 회화로 지각될 수 있다. 그렇지만 스크린에 떨어지면 사진의 안티테제가 된다). 움직임이 사진의 '자연적' 속성과 자연스럽게 조화를 이루는 한, 그것은 '인공적'으로 묘사된 회화와 대조를 이룬다. 그림과 만화에 익숙한 사람에게 있어, 그들의 움직임은 조각이 갑자기 움직이는 것처럼 부자연스럽게 여겨질 것이다. 연극(⟨돈 주안Don Juan⟩)이나 문학(푸슈킨의 『청동기사Mednyi Vsadnik』, 메리메P. Mérimée의 『일리야의 비너스La Vénus d'Ille』)에서조차 그러한 움직임은 기이한 인상을 준다는 것을 기억하자[위 세 작품은 동상이 살아 움직인다는 모티프를 공통적으로 도입하고 있다]. 애니메이션의 출발시, 움직임의 도입은 그 사용된 재료의 제약성을 줄이는 것이 아니라 그 정도를 증가시켰다.

재료의 속성이 예술에 숙명적인 한계를 남기는 것은 아니지만, 언어의 본성에는 영향을 미친다. 예술의 역사를 알고 있는 사람은 위대한 예술가의 손에서 최초의 예술언어가 어떻게 변형될 것인가를 예견하지 않는다. 재료의 속성이 어떤 예술의 기본적인 속성을 규정짓는 데 방해가 되지는 않는다.

애니메이션 언어의 기본적인 속성은 **기호의 기호**를 사용한다는 것이다. 즉, 그것은 관객들 눈앞에 스크린 속에서 펼쳐지는 묘사의 묘사로 나타나는 것이다. 이때 만일 움직임이 사진의 **환영성을 배가**시킨다면, 그려진 화면의 제약성도 배가될 것이다. 애니메이션은 캐리커처, 아동만화, 프레스코 등 언어의 특수성이 명확히 표현된 만화를 목적한다는 것이 특징이다. 이렇게 해서 관객에게는 외부세계의 형상이 아닌 언어로 된 외부세계, 예를 들어 애니메이션의 언어로 번역된 아동만화의 형상이 제기된다. 애니메이션은 사진영화의 시학에 맞추지 않고 만화로 느껴진다는 예술적 속성을 보존하고 더 나아가 그 속성을 강조하려는 목적에서, 레인 라아마트Rein Raamat의 ⟨사냥꾼Okhotuik⟩과 같이 연재만화 양식을 모방하기도 하고 단절을 도입하기도 한다. 즉, 하나의 움

그림3 라아마트의 애니메이션 〈사냥꾼〉은 사진영화의 화면 논리에 따르지 않고 한 장 한 장 앨범을 넘기는 인간의 동작을 모방하는 데 중점을 두었다.

직이지 않는 화면에서 다른 화면으로 이행하는 것은 만화를 그린 종이들이 관객의 눈앞에서 흐려지는 것을 모방하여 자연스럽게 다음 장면으로 이동시키는 것이다(그림3).

◀▲그림4 히트루크의 〈섬〉
◀그림5 히트루크의 〈비니-푸흐〉
▶그림6 이바노프-바노와 노르슈테인의 〈케르제네츠의 전투〉. 이 작품의 화면은 고대 러시아의 성화나 프레스코뿐 아니라 현대 우리에게도 익숙한 물감의 균열까지도 모방하고 있다.

만화의 특성은 거의 모든 애니메이션에서 어떤 형태로든 강조된다. 그 예로 히트루크Fedor Khitruk의 〈섬Ostrov〉과 〈비니-푸흐Vinni-Pukh〉에 나타난 캐리커처적 특징, 이바노프-바노I. F. Ivanov-Vano와 노르슈테인I. B. Norshtein의 〈케르제네츠의 전투Sechapri Kerzhentse〉의 프레스코·세밀화 형식 등을 꼽을 수 있다(그림4-6). 또한 크르자노프스키A. Khrzhanovskii의 〈유리 하모니카Steliannaia Garmonika〉는 플롯 전체가 이미 알려진 세계적 회화의 형상 위에 구축된 매우 흥미로운 작품이다(그림7). 영화가 시작할 때, 탐욕과 착취의 기이한 세계가 살바도르 달리Salvador Dali와 보슈Bosch를 비롯한 여러 예술가들의 그림이 움직이는 형상으로 연결되어 나타난다. 다만 그 세계는 마술적 형상으로 변형되어 나타난다(한편 모든 인간 속에 감춰진 인간성은 르네상스 거장의 화폭에서 드러난다). 애니메이션에 인형을 사용한 경험에서

그림7 〈유리 하모니카〉의 장면들.

도 위의 경향을 확인할 수 있다. 인형을 존재하는 형상 그대로 스크린에 이동시킨 것은 인형극의 기호학적 본질을 전이시키는 것이다. 인형극에서 '인형성'은 인간과 인형의 유사성이 드러나는 중립적인 배경을 조성한다(인형극에서 인형이 연기하는 것은 당연한 일이다!). 영화에서 살아 있는 배우를 인형이 대신할 때, 그 영화의 '인형성'이 제기된다.

이러한 애니메이션 영화언어의 본질은 다양한 뉘앙스의 아이러니를 전달하고 예술 텍스트를 창출하는 데 특히 유용하다. 어른들을 위한 동화가 만화영화나 인형극처럼 큰 성공을 기다리는 장르의 하나라는 것은 우연이 아니다. 애니메이션 장르가 어린이 관객을 확보할 것이라는 가정은, 안데르센T. Andersen의 동화가 어린이 책으로 간주되고 슈바

르츠Evgenii L. Shvarts의 연극이 아동극으로 여겨지는 것만큼이나 잘못된 생각이다. 애니메이션 언어의 본질과 특수성을 이해하지 못하고 마치 사진영화의 언어가 보다 '사실적'이고 진지한 것처럼 그 규범에 종속시키려는 사람들의 시도는 오해에 근거하는 것이며, 긍정적인 결과를 가져오기 어렵다. 모든 예술언어는 그 자체로 평가되어야 한다. 희곡의 언어가 오페라나 발레의 언어보다 '더 훌륭하다'고 말할 수는 없다. 그들 모두는 각각의 예술이 이런저런 시대의 문화 계보에서 가치 있는 자리를 차지할 수 있는 자신만의 특성을 지니고 있다. 그렇지만 그 자리는 유동적이며, 그 언어의 특수성과 함께 모든 예술 환경은 일반적인 문화의 맥락에서 변화를 겪게 된다. 이때 바이런Byron의 『돈 주안』이나 푸슈킨의 『루슬란과 류드밀라Ruslan i Liudmila』『예브게니 오네긴Evgenii Onegin』『콜롬나의 집Domik v Kolomne』, 호프만E. T. A. Hoffman의 동화나 스트라빈스키Stravinsky의 오페라 등 전 세계의 기념비적인 예술작품들이 아이러니한 서술의 틀에서 창조되었다는 것을 상기하는 것만으로도 충분히 진지하지 않다는 질책을 피할 수 있다.

애니메이션이 독립적인 예술로서 자격을 갖출 수 있는 조건은 그 언어의 특수성을 제거하는 것이 아닌, 앞으로 그것을 인식하고 발전시키는 데 있다. 20세기 예술적 사고에 부응하도록 하나의 예술적 총체에 다양한 형태의 예술언어와 다양한 정도의 제약성을 결합시키는 것도 그 방법의 하나가 될 것이다. 예를 들면, 투가노프E. Tuganov의 애니메이션 〈피의 존Krovavyi John〉에서는 3차원 인형극으로 표현된 해적선이 2차원 그림의 오래된 지도 위를 항해하는데, 이 두 개가 결합할 때 우리는 스크린 형상의 기호와 그것의 인용이라는 이중의 긴장을 경험하며,

이것은 뜻밖의 아이러니 효과를 창출한다.

　보다 대담한 공존이 가능할 것이다. 각각 자신의 특수성을 발현한다는 전제하에, 사진 세계와 애니메이션 영화의 결합은 커다란 예술적 가능성이 숨어 있다. 다양한 예술언어를 배합(예컨대 호프만의 『고양이 무르의 수기』, 혹은 브레히트Bertolt Brecht나 버나드 쇼Bernard G. Shaw의 작품에서)하는 것은 가벼운 코미디에서 음울한 아이러니(비극적이건 멜로드라마적이건 간에)에 이르기까지 아이러니 서술의 의미론적 단계를 확장시킬 수 있다.

　지금까지 이야기한 가능성은 어떤 아이러니적 서술의 애니메이션에만 국한된 것은 아니다. 현대 예술은 다양한 '텍스트 속의 텍스트'를 갖고 있으며, 그 기호체계를 강화하는 경향으로 가고 있다. 이런 경향으로 볼 때, 애니메이션에는 우리 시대의 예술이 추구하는 근본적이고 넓은 길이 열려 있다.

2
영화의 선조들

영화는 그 역사적 개념을 어떻게 설정하느냐에 따라 새로운 예술로도, 오래된 예술로도 불릴 수 있다. 영화는 '활동사진'의 발명과 함께 시작되었고, 이후의 발전도 기술과 예술, 세계관의 '발명'과 '발견'의 양식으로 고찰할 수 있다. 고대에는 이와 유사한 것이 없었다. 그렇지만 다르게 볼 수도 있다. 뤼미에르 형제Auguste & Louis Lumière의 발명을 포함한 모든 발명을 복잡한 매듭의 형태로 생각할 수 있다. 영화사가는 이 매듭을 풀면서 과거를 추적하는 단서에 집중할 수도 있고 미래로 이끄는 단서에 집중할 수도 있는데, 이때 영화의 역사는 금세기의 경계를 넘어 멀리 뻗어간다. 영화예술이라 불리는 화려한 화폭을 회고적인 시각으로 본다면, 전에는 영화와 별개의 문제라고 생각되었던 것이 영화의 전통과 모티프가 된다.

이때 영화 출현 '이전을 예견하는 것'이 얼마나 타당한가에 대한 의문이 제기된다. 인간의 문화는 '예술들 중에서 가장 중요한 것'의 발생을 향해 간다고 생각할 수 있는가? 보다 좋은 상황이 주어졌다면, 역사는 우리에게 보다 더 완전한 무엇을 선사했을 것인가? 이에 답하기가 쉽지는 않지만, 가능은 하다.

영화연구가들은 각자 다른 의견을 지니고 있다. 에이젠슈테인은 영화가 '자신을 잊어버린' '낡은' 예술의 필연적인 진화 단계라는 확신을 갖고, 영화로의 변신을 번데기에서 탈피하는 나비에 비유했다.『영화의 일반적인 역사Histoire Générale du Cinéma』의 저자 사둘Georges Sadoul은 영화를 기술과 문화 발전에 있어 보편적인 경향으로 보았는데, 특정한 의미에서 그러한 태도는 타당하다.

질서정연하게 나무를 심은 인공림에 있다고 상상해보자. 자신은 한가운데 서 있고, 나무들이 자신에게 모여들고 있다는 환상이 생길 것이다. 자리를 바꾼다. 그래도 나무들은 당신에게 모여들 것이다. 역사 자료에 의미를 부여하지 않을 때, 당신은 원시림에 위치하고 그 무질서를 감지한다. 그런데 당신이 역사에 의미를 부여하자마자 당신은 인공림으로 이동하게 되고, 모든 나무들이 당신에게로 모여들 것이다. 일단 사둘의 이런 생각을 받아들이자. 이 생각은 옳다. 영화 이전에도 영화에로의 움직임을 관찰할 수 있다. 톨스토이의 단편『위조지폐Malishivyi Kupan』를 보면, 이것이 전형적인 영화 시나리오라는 것을 알 수 있다. 여기서 문학적 심리학은 모두 파기되었는데, 혹시 심리학이 있다 해도 그것은 톨스토이적 고찰이 아닌 편집된 에피소드에 의한 것이다. 기술의 발달로 영화가 아닌 어떤 다른 것이 발명되었다고 가정한다면, 영화사가들은 오늘날 우리가 알 수 없는 보다 풍요로운 문화로의 다른 길을 밝혀냈을 것이다.

우리가 일어난 사건에 대해 가정할 수 있는 것은, 첫째 일어나지 않을 수 없는 것, 둘째 특별히 일어나야만 하는 것의 문제이다. 무엇보다도 모든 역사적인 길의 분기점에는 선택이 있다(이것이 없었다면 역사는 어떤 정보도 전달하지 않고 오래전에 소진되었을 것이다). 어떤 길을 선택했다는 것은 다른 길을 지나치지 않은 채 그대로 남겨두었다는 것을 의미한다. 그리고 우리는 그것을 없었던 것으로 가정한다. 인간의 역사를 가능성이 생략된 버려진 길의 역사로 쓸 수도 있다. 만일 역사가 갈 수 있는 길들로만 가는 것이라면, 역사는 아주 간단한 하나의 사건만 일어났을 것이다. 기록역사는 기원전으로 7천 년, 기원후로 2천 년을 헤아린다. 9천 년은 아주 긴 시간이다. 만일 우리가 이 발전의 궤적을 일면적 의미로만 취급한다면, 적어도 사흘 앞은 예견이 가능하다. 돌이 날아갈 때 자신의 항로에 의미 있는 곳으로만 향한다고 가정한다면, 우리는 매 순간 그 다음 상황을 산출해낼 수 있다. 그러나 역사는 예견되는 것이 아니며, 그 진행과정을 예견하려는 시도는 그것이 실증되지 않은 정도만큼이나 흥미롭다.

물론, 역사에는 확고한 원동력이 있다. 생산과 기술의 발전이 그것이다. 에디슨Thomas Edison이 어린 시절 죽었다면 그에 의한 발명은 없었겠지만, 그래도 발명은 이루어졌을 것이다. 왜냐하면 그 길은 예견되기 때문이다. 그러나 푸슈킨이 없었다면 러시아 최초의 운문소설 『예브게니 오네긴』은 씌어지지 않았을 것이다. 다른 무엇인가는 있었겠지만, 이 작품은 없었을 것이다. 역사 — 이것은 단지 이행과정의 역사일 뿐 아니라, 인간의 역사이다. 그리고 이 인간의 역사는 예견될 수 없는 것이다. 하나의 길을 선택할 때마다 다른 길을 잃게 된다면, 일어났던 일이 반드시 일어나야만 했다고 말할 수는 없다. 이때 만일 다른 일이 일어났다면, 우리는 그 경우를 위해 문화가 준비하고 있는 모든 것을 밝혀낼 수 있다. 문화는 아주 많은 것을 준비한다. 그러나 우리는 그 준비한 것을 훗날에야 알게 될 것이며, 앞으로의 상황전개는 현재 무엇이 일어나고 있는가에 달려 있다.

영화는 두 얼굴을 갖고 있다. 영화는 기술이며 예술이고, 에디슨인 동시에 『예브게니 오네긴』이다. 영화의 역사에서 충돌이 일어난다. 예를 들어, 기술 발전의 논리가 무성영화에서 유성영화로의 전환을 요구할 때, 예술적 발전은 그 반대 방향으로 향하고 있었다. 영화 이전의 역사를 추측하는 것은 더욱 어려운 일이다. 에이젠슈테인은 19세기 문화에서 영화 발생의 징후를 발견했지만, 다른 사람들은 그만큼이나 쉽게 고대 이집트에서 그 성격을 밝혀냈다. 그러므로 이제 영화 이전의 역사를 스케치하고 그 진로를 개척함에 있어 그것을 기술의 역사로만 한정하고, 문화에 관해서는 지난 세기의 진기한 기술적 사건에 직접적으로 가담했는가 정도로만 주의를 기울이자.

밀랍공예 전시장

과거의 문화에는 항상 주의를 요하는 중심지대가 있다. 유럽 역사에 있어 시나 회화 같은 귀족예술이 그것이다. 그러나 재래시장의 볼거리와 같은 주변문화에도 주의를 기울일 필요가 있다. 그 오랜 역사에도 불구하고, 고급예술과는 달리 대중문화의 모델들은 부수적인 맥락에서 드물고 '어렵게' 기억된다. 토마스 만Thomas Mann의 『마의 산Der Zauberberg』에서 주인공은 결핵 요양소의 어린아이를 그가 언젠가 밀랍공예 전시장에서 얼핏 보았던 가슴에 숨쉬는 기계가 장착된 밀랍인형과 비교한다. 그렇다면 '밀랍공예 전시장'에는 무엇이 있으며, 숨쉬는 밀랍인형의 형상은 어디에서 유래하는가? 밀랍공예 전시장은 살아 있는 '형상'을 빌어 거기에 간단한 동작을 위한 기계를 장치하고, 이를 밀랍세공으로 복사하여 연출하는 진기하고 신기한 물건들의 집합소다.

밀랍공예 전시 박물관은 몇 세기에 걸쳐 이 도시 저 도시를 여행하다가, 영화의 탄생과 더불어 대중적인 오락으로서의 자신의 존재를 마감했다. 이 진화론적 변동은 이바노프-바르코프E. A. Ivanov-Barkov 감독의 회상 속에 잘 각인되어 있다. 그의 회고록에는 그가 16살의 소년이었을 때(1898년이었다) 노천극장 앞에서 다음과 같이 그 내부를 상상하는 장면이 있다. "숙련된 제작의 실물 크기 밀랍인형들 — 이집트의 파라오 람세스 2세, 로마 황제 네로, 성경의 요셉, 나폴레옹을 비롯한 여러 인물들이 전통적인 복장을 하고 훈장으로 장식된 예복을 입은 채, 경외심을 불러일으키며 마치 살아 있는 사람처럼 서 있을 것이다. 요정 루살카[고대 슬라브 전설에 등장하는 숲과 물의 요정. 인어공주와 유사하다], 죽은 갈리아인, 그리고 원숭이 머리맡에 앉아 악몽을 꾸며 잠자는 젊은 여인은 더 인상적일 것이다. 그들 모두 각각 검은 벨벳으로 덮여 있는 방들 가운데 하나에 있을 것이다. 커다란 유리수족관에 들어 있는 루살카는 물고기 꼬리를 살짝 흔들고는 괴로움에 젖은 얼굴로 천천히 관객을 향해 녹색 눈동자를 돌릴 것이다."

그해, 16살의 이바노프-바르코프의 기대는 어긋나버렸다. 노천극장에는 친숙한 밀랍공예 전시장 대신 새로운 상품이 선보였다. "여 — 엉 — 화 — 아 — 라니, 푸, 맙소사, 말도 안 돼!" 후에 설명하겠지만, 영화가 전적으로 밀랍공예 예술을 대치한 것은 아니다. 볼거리 형태로서 밀랍공예는 사라졌지만, 영화는 그 모티프와 플롯을 모두 흉내 냈을 뿐아니라 이를 잘 다듬어서 고급 예술의 반열에 올려놓았다. 금발 아가씨를 사랑하는 무서운 고릴라 킹콩을 떠올려보자. 영화는 주변의 현실뿐아니라 17세기 인간의 공상의 산물을 능숙하게 형상화하는 기구로 나타났던 것이다.

암실

고골리의 『이반 이바노비치와 이반 니키포로비치가 싸운 이야기』에는 다음과 같은 장면 묘사가 있다. "이반 이바노비치가 들어간 방은 완전한 암흑이었다. 덧문은 닫혀 있었다. 덧문에 만들어진 구멍을 통과한 태양 광선은 무지개빛이 되었다. 그리고 반대편 벽에 부딪혀 마당에 걸려 있는 원피스와 나무들, 갈대 지붕 위의 화려한 정경을 모두 벽 위에 거꾸로 그렸다. 이 모두로 인해 방 안에는 어떤 절묘한 미광이 가득했다." 이러한 시각적 효과는 고골리 이전 16세기의 학자에게도 알려진 것이었다. 그것을 관찰하기 위해 '암실kamera-obscure'이라는 장소가 만들어졌다. 광선이 통하는 '구멍'에는 볼록렌즈를 끼워 넣었고, 주변 정경은 머리에서 발끝까지 축소되고 도치되었다. 즉, 영화 탄생 훨씬 이전에 영화관이 태어났던 것이다(그림8).

18세기에는 '소형 암실'이 고안되었다. '책' 모양으로 만들어진 것이 유행하기도 했고, 지팡이 손잡이가 덧붙여지기도 했다. 이 '책'의 렌즈는 풍경을 향했고, 이 풍경이 축소된 흔적을 반투명 스크린인 '커버'

그림8 영화관의 시초. 17세기 초에 관객들은 어두운 '암실' 안에 앉아 '스크린'에 나타난 도깨비를 보았다.

로 관찰할 수 있었다. 19세기에는 감광판이 고안되었고, '소형 암실'은
사진기로 변했다.

환등기

'환등기'는 현대의 슬라이드 영사기와 거의 비슷했다. '마법의 빛'
이라 불리는 이 기구는 17세기에 발명되었다. 그때는 판을 접안렌즈 앞
에 이동시키고, 단순한 방법으로 스토리를 재현하려고 했다(그림9). 18
세기에 벌써 유리에 살아 있는 파리를 놓는 것을 생각했고(그림10), 19세

그림9 '환등기'의 그림은 각각의 '모습'뿐 아니라 '플롯'까지도 재현했다.

기에 러시아 잡지 《환등기Volshebryi Fonar'》는 '곤충, 적충滴蟲류, 유충 등'을 놓아둘 수 있는 유리벽으로 된 특별한 큐빗[사진촬영에 쓰이는 평평한 접시]을 선전했다. 어떤 잡지에는 스크린에 있는 '환등기'의 빛으로 반사된 거대한 생물의 그림자가 '관객들에게 강한 인상을 주었다'는 기사가 실렸는데, 이와 함께 다음과 같은 충고도 덧붙였다. "큐빗에 식초 방울을 첨가하고, 우리들 존재의 무상함을 상기시키는 강한 활력을 스크린에서 관찰하십시오."

　페르시아 시인 오마르 하이얌Omar Khayyam이 11세기경에 쓴 4행시에 이미 이와 비슷한 생각이 나타난다.

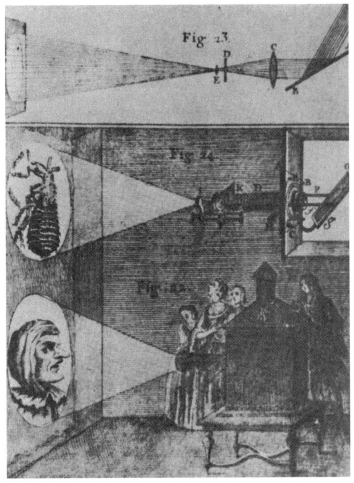

그림10 '환등기'는 즐거움과 동시에 생각할 계기를 만들어주었다. 위 그림은 곤충의 삶의 '무대'.

이 세계 — 이 산과 계곡, 바다는
환등기 같다. 램프처럼 — 노을처럼,
너의 삶은 유리 위에 칠해진 그림,
움직이지 않고 등불 안에 얼어붙은.

그림11 19세기 영사 예술에서 즐겨 사용되던 소재는 자유로이 나타났다 사라지는 환영, 영혼, 악마 등이었다.

19세기 문화에서 '환등기'의 스크린은 모든 찰나적인 것, '공허 속의 공허'의 상징이었다. 왜 하필이면 스크린이 그런 것의 상징이 되었을까? 영화가 등장하기 이전 사람들에게 있어, '환등기'에서 도출된 묘사는 물론이고 금방 사라져버리는 이 묘사 수단 자체도 모두 낯선 것이었다. 당대 유럽인들은 캔버스의 그림에 익숙해져 있었다. 즉, 그림은 영원히 존재하는 것이라고 생각했던 것이다. 그런데 영화에서는 시간과 공간의 고정성이라는 그림의 본질이 훼손되고 사라졌다. 환등기의 중심 제재는 손으로 쉽게 대물렌즈를 닫거나 그림을 바꿀 수 있는 환영이나 영혼, 악마 등이었다(그림11). 묘사의 등장과 소멸은 환등기를 이용한 영사 예술인 랜터니즘lanternism의 기본 초점이 되었고, 그림들 사이사이에 수반되는 스크린의 하얀 침묵은 어떤 수수께끼를 연출했다.

'환등기'의 형상은 덧없음의 메타포로 19세기 러시아 문학에 등장했다. 제르자빈Derzhavin의 시 『등불』에서 각각의 그림들에 바쳐진 시행은 "나타나라! 빨리!"라는 말로 시작되어, "사라져라! 사라져!"로 끝을 맺는다.

　푸슈킨은 이 전통을 보존했다. 20세기의 러시아 시인 호다세비치V. F. Khodasevich가 고찰한 바에 의하면, 푸슈킨의 시에 있어 '환등기'의 메타포는 '빛과 어둠, 환영, 타오르고 꺼져가는 노을, 갑작스런 등장과 이해할 수 없는 소멸'의 표상이었다.

과학의 장난감

　1897년, 17세의 보즈네센스키A. S. Voznesenskii — 훗날 유명한 시나리오 작가가 된 — 가 톨스토이에게 담화를 요청했다. 20년이 지난 후 보즈네센스키는 자신의 기억 속에는 이 만남의 한 부분만 남아 있다고 말했다. "담화 도중 무엇보다도 흥미로웠던 것은 레프 니콜라예비치톨스토이의 이름가 책상에서 무엇인가를 가져와 얘기 도중 내내 손가락으로 장난을 했던 것이다…… 그것은 작은 책이었다. 톨스토이는 왼손으로 철한 부분을 쥐고, 오른손 엄지손가락으로 책장을 빠르게 넘겼다. 그때마다 책장 속에 묘사된 발레리나는 천천히 다리를 들었다 내리곤 했다." 이 장난감은 흔한 광학기기인 '폴리오스코프folioscope'라는 것이었는데, 이와 유사한 어미의 이름을 지닌 것들로는 조트로프zoetrope, 스트로보스코프stroboscope, 타우마트로프thaumatrope, 판타스코프 fantascope, 프락시노스코프praxinoscope 등이 있다. 이것들은 모두 어

그림12 플래토Joseph Plateau가 고안한 페나키스토스코프.

떤 방법으로든 움직임을 연출한다. 보다 정확하게 말해, 움직임의 환상을 창출하는 것이다. 그러나 그러한 장난감들의 매력은 환상 자체에 있는 것이 아니라, 움직이지 않는 것이 어떻게 움직이는 것처럼 눈에 보이느냐에 대한 설명할 수 없는 수수께끼에 있다.

파스테르나크의 형은 어렸을 때 그들을 깜짝 놀라게 했던 요지경 앨범에 대해 다음과 같이 회상했다. "동생은 앨범의 비밀을 이해하려고 애썼다. 우리는 오랫동안 각각의 장면을 관찰했다…… 마침내 우리는 자연스럽게 보이는 모든 동작은 그 앨범의 속성과 같이 사진에 찍힌 무한한 양의 개별적인 작은 동작들의 연쇄사슬로 되어 있으며, 속도 때문에 렌즈에 잡히지 않는 더 많은 수가 있다는 결론에 도달했다."

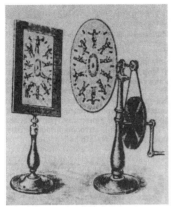
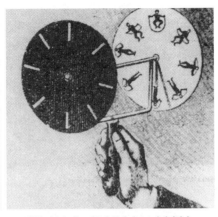

◀그림13 거울 없이도 사용할 수 있는 도구들.　▶그림14 거울은 때로 완구와 함께 세트로 판매되었다.

　　그림12는 이러한 광학기기의 첫 번째 유형 중 하나인 페나키스토스
코프phenakistoscope이다. 이것은 어떻게 작동하는가? 1859년 프랑스
시인 보들레르C. Baudler는 장난감이 어린이에게 미치는 영향을 고찰
하면서, 그 구조에 대해 다음과 같이 설명했다. "얼마 전부터 장난감이
유행하게 되었는데, 그 가치에 대해서는 판단하지 않겠다. 나는 과학의
장난감을 말하고자 한다. 이것은 신기하고 경이로운 것에 대한 어린이
들의 취향을 발달시키고 지속적인 만족감을 제공할 것이다. 평면적인
묘사를 보다 입체적으로 만드는 '스테레오스코프stereoscope'도 그런
장난감에 속하는 것으로, 이미 몇 년 전부터 알려져 있었다. 이보다 오
래되었지만 보다 덜 알려진 '페나키스토스코프'라는 발명품도 있다. 무
용가나 운동선수의 움직임을 20개 정도의 각각 다른 자세로 나누어 늘
어놓았다고 생각하자. 그들은 마분지로 만든 원의 가장자리에 그려져
있다. 이 원을 똑같은 간격 20개의 작은 창으로 나누고, 연필 끝으로 그
축을 고정시켜보자…… 20개의 형상들이 형상 하나의 분해된 움직임으

그림15 거울 앞에서 작동하는 장난감.

로 나타나서 거울에 반사되고, 당신은 그 반대편에 있게 된다. 눈동자를 구멍의 높이에 맞추고, 원을 빠르게 회전시켜보자. 빠른 회전은 20개의 구멍을 하나처럼 보이게 한다. 현상적으로는 정확히 하나하나가 일치하도록 보이면서, 정교하게 똑같은 움직임을 수행하는 20개의 반사된 춤추는 형상을 구멍을 통해 거울에서 보게 된다. 다른 20개에서 각각의 형상이 이끌어진다. 그것은 회전창을 통해 보이는 거울에서 20개 형상의 모든 움직임을 야기하면서 한 장소에 머물러 있다. 그런 방법으로 창조해낼 수 있는 그림의 숫자는 무한하다."

3
영화의 발명

에디슨과 뤼미에르 형제

영화기구는 19세기 마지막 10년 동안 몇몇 발명가들에 의해 거의 동시에 구상되었다. 첫 번째 시도는 완전히 성공하지는 못했다. 키네토 스코프kinetoscope(그림16)가 그것으로, 1893년 에디슨과 그의 제자 딕슨Thomas Dickson이 특허권을 획득했다. 에디슨의 촬영기구에서 필름의 작동은 현재의 것과 똑같았지만, 상영은 다른 식이었다. 스크린은 없고 현재 오락실을 연상시키는 홀이 있었다. "벽을 따라 높고 좁은 기둥들이 서 있었다 ─ 미국의 한 저널리스트가 강렬한 인상을 기록했다 ─ 나는 거기에서 마치 내부를 들여다보라고 초대하는 것 같은 두 개의 접안렌즈를 발견했다. 머리를 숙이고 눈을 접안렌즈에 갖다댔다. 처음에는 어둠만 보였지만, 점차 이 어둠 속에서 작게 떠다니는 불꽃들을 식별하는 법을 배우게 되었다. 작동하는 기계의 소음이 들려왔다. 그리고 갑자기 어둠이 움직이는 형상으로 모습을 바꿨……."

한 명의 관객을 위한 상영 ─ 에디슨에게는 그런 공개 형식(그것은 오늘날 컴퓨터 오락 예술에서 재생했다)이 경제적으로 가장 유리한 것

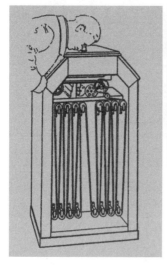

◀그림16 에디슨이 발명한 키네토스코프. 16개의 도르래를 통과한 필름의 끝이 그 처음과 맞물려 돌아가면서 장면 하나하나를 재생한다.
▶그림17 에디슨의 스튜디오 '블랙 마리아'.

처럼 여겨졌다. 하지만 그가 틀렸다는 것이 증명되었다. 1895년 일반에게 공개된 뤼미에르 형제의 발명은 키네토스코프보다 수익성 있는 것으로 판명되었다. 그들의 카메라는 현상과 인화, 영사 설비를 동시에 갖추고 있었고, 상영을 위해서는 카메라에 보통의 환등기를 접속시키면 되었다.

뤼미에르의 키네마토그라프kinematograph와 에디슨의 키네토스코프는 어떤 차이가 있는가? 스크린으로 본다는 것과 작은 구멍을 통해서 본다는 것 외에도 한 가지가 더 있는데, 그것은 그들에게 부과된 과제가 다르다는 것이다. 에디슨은 다방면에 걸친 발명을 했다. 녹음기구인 포노그라프phonograph의 발명도 이에 속한다. 그는 키네토스코프의 발명을 오페라 관객에게 완벽한 환상을 창출하게 하는 이상적인 기구를 발명하는 중간단계 쯤으로 여겼다(에디슨은 오페라광이었다!). 고

무관으로 만들어진 헤드폰에 공급되는, 전기 이전 시대의 독특한 영사기인 그 기구는 일반 가정의 상용품이 되어야 했다. 에디슨은 촬영물이 아니라 촬영기구인 키네토폰kinetophon을 팔고 싶어 했다.

루이 뤼미에르와 그의 동생 오귀스트는 사진사의 후예였다. 그들은 음향 녹음에는 한 번도 관심을 가진 적이 없었다. 천재적인 독학자 에디슨과 달리, 뤼미에르는 사고방식상 발명가인 동시에 학자였다. 그는 키네마토그라프에서 진정 중요한 것은 움직임을 사진으로 등록하는 것이며, 그 결과(움직임의 종합이 스크린에 나타나는 것)로 주어지는 상업적인 센세이션은 부수적인 것으로 간주했다. 뤼미에르 형제는 이 센세이션이 금방 사라질 것으로 생각했다.

에디슨은 경찰차의 이름을 따서 붙인 스튜디오 '블랙 마리아'(그림 17)의 문을 굳게 잠근 채 촬영했다. 스튜디오는 태양을 등지고 있었는데, 이는 최상의 조명상태를 보존하기 위해서였다. 뤼미에르 형제는 항상 야외의 태양 광선 아래서 촬영했다. 에디슨은 뮤직홀의 배우들, 권투 챔피언, 발레리나 등 유명인사들을 자신의 스튜디오에 초대했고, 검은 배경에서 때로는 클로즈업으로, 보통은 미디엄숏으로 그들을 촬영했다. 뤼미에르 형제는 자신의 가족이나 길을 가는 일반 행인들을 촬영했다. 그들은 영화 애호가였다.

오늘날 우리는 모든 발명가가 각자의 정당성을 갖고 있다고 말할 수 있다. 에디슨은 활동사진이 연극과 예술 전반에 걸쳐 관계를 가질 수 있다고 추측했는데, 아마 이것이 그를 다른 방향으로 이끈 듯하다. 겨냥이 너무 정확했던 것이다. 그는 소리와 화면이 동시에 가능한 기계를 만들려고 했으나 실패했다. 1893년에는 녹화기나 '노래하는 영화'로 곧장

가는 길이 없었다. 뤼미에르 형제의 발명은 보다 성공적이었는데, 그것은 오히려 그들의 근시안적 사고의 결과였다. 92살까지 살았던 오귀스트 뤼미에르에게 영화가 어느 정도로 발전했지는지를 말해주자, 그는 당황해 하며 그런 것들이 만들어질 리가 없다고 했다(그는 1954년 임종 시 "나의 필름 조각들은 끝장났다"고 말했다). 그렇지만 뤼미에르 형제의 필름은 영화예술의 진화에 있어 출발의 동인이 되었다.

뤼미에르 형제의 영화들

뤼미에르 형제의 영화는 지금까지 보존되어 종종 상영되지만, 그렇다고 오늘날의 우리가 19세기 관객에게 불러 일으켰던 그 감동의 힘을 평가할 수 있을 정도는 아닐 것이다. 왜냐하면 우리는 삶의 묘사와 그 유사성의 정도를 그들과 다르게 이해하기 때문이다.

우리는 보통 어떤 묘사를 삶과 유사하다고 말하는가? 대답은 간단하다. 삶과 비슷한 것이다. 그렇지만 예술에서는 '비슷하다'라는 개념 자체로써 자리 매김할 수는 없다. 만약 어떤 작품이 일정 정도 수준에 도달하지 못한다면, 그것은 나쁜 작품으로 평가된다. 삶의 유사성의 기준이 높아진다면 어떤 일이 발생하는가?

회화에서 예를 들어보자. 화가가 파리를 묘사하여 정물화에 삽입하려면, 파리가 기어 다니는 식탁보 역시 그 유사성의 기준을 어느 정도 확보해야 한다. 초상화가이자 풍경화가인 한스 홀바인Hans Holbein이 1526년에 그랬듯이, 이 기준을 높이면 사고가 발생한다. 그림을 주문한

그림18 〈아기의 식사〉의 한 장면.

사람은 진짜 파리가 캔버스 위를 기어 다닌다고 생각하고 쫓아버리려고
한 것이다.

　뤼미에르 형제의 영화가 처음 상영될 때 관객들의 느낌이 그랬다.
그들은 용납하기 어려운 금지된 일이 일어났다고 느꼈다고 그 경험을
회상했다. 삶의 유사성의 기준이 현저하게 높아졌다. 〈아기의 식사Dé
jeuner de Bébe〉(뤼미에르 형제의 다른 영화와 마찬가지로, 이것은 1분
이 채 안 된다)에서 바람에 흔들리는 낙엽은 '거짓'처럼 보인다(그림18).
여기서 삶의 유사성에 관한 연극적 기준의 타성이 폭로된다. 인간 형상
의 움직임에 보다 익숙하게 되고, 그 움직임에 그다지 놀라지 않게 되는
것이다. 아직 연극적 장식 규범이 적용되었던 행동 배경도 그 예외성으
로 주의를 끈다. 검은 벨벳을 배경으로 찍은 에디슨의 영화는 이런 탁월
한 점을 지니지 못했다.

그림19 〈열차의 도착〉의 한 장면

　'거짓'으로 가장 유명한 것은 〈열차의 도착L'Arrivé d'un Train〉 (1895)이다(그림19). 그것은 영화 이전까지는 알려져 있지 않던 효과로 구성되었다. 이때는 이미 스크린 환등기는 그 시대에 이르러 커다란 완성을 보았고, 하나가 아닌 두 개의 유리판을 끼워 넣는 '이중렌즈' 등과 같은 특별한 설비에 의해 조달되었다. 만일 하나에 다리를 그려 넣었다면, 다른 하나에는 열차를 그려 넣고, 이쪽 슬라이드를 상대편 슬라이드에 이동시켜 움직임의 효과를 얻을 수 있다. 세상에 뤼미에르가 알려지자마자 환등기를 사칭하는 것이 나타났고(진짜 영화와는 달리, 그 그림들은 총천연색이었고, 영사기사들은 복화술사 못지않은 음향을 구사했다), 이는 키네마토그라프의 심각한 경쟁자가 되었다. 시인 셴겔리G.

A. Shengeli는 어린 시절에 그런 모조 필름에서 받은 인상을 다음과 같이 묘사했다.

> 불멸의 초록 속에서,
> 철도 레일 위에
> 반짝반짝 빛나며,
> 정거장은 흥겨웠다.
>
> 그곳에 조용히 기적이 울렸다.
> 시계처럼 째깍거렸다.
> 그리고 다섯 명의 난쟁이 차장이
> 터널 속으로 뛰어들어 몸을 감췄다.

그렇지만 환등기는 스크린을 따라서만 움직임을 모방할 수 있었다. 뤼미에르는 열차가 스크린에서 관객석을 향해 날아가는 것 같은 느낌이 들도록 기구를 배치했다. 속은 관객들은 공포에 떨면서 자리를 박차고 나갔다. 그리고 열차 머리가 화면 가장자리를 지나 뒤편으로 사라졌을 때, 공포는 웃음으로 변했다. 모두들 기관차가 어디로 숨었는지 의아해했다.

하지만 삶의 유사성의 기준은 변했다. 1900년에 이미 부인들은 스크린의 파도를 보고도 치마를 걷어 올리지 않았다. 이제 영화는 대중에게 감동을 주기 위해 자신만의 고유한 언어를 보유해야 했다.

4
영화언어의 발생

현대의 우리가 생각하는 영화언어의 특수성은 영화 음향이 존재하지 않을 때 정의된 것이다. 에디슨이 모델이 승리를 거두어 영화가 말하는 것으로 태어났다고 가정한다면, 오늘날 우리는 완전히 다른 예술에 직면했을 것이다. 무성영화는 이미 극복되었지만, 현대의 영화언어는 아직 그 흔적을 갖고 있다. 필요하다면 대화 없이도 쉽게 해결될 수 있다. 에토레 스콜라Ettore Scola의 뮤지컬 영화 〈무도회Le Bal〉(1983, 이탈리아)를 떠올려보자.

그 시초에 영화가 무성이었다는 것은, 초기 영화관에 정적이 감돌았다는 의미는 아니다. 영화관의 정적은 유성영화의 특권이다. 우리는 스크린에서 흘러나오는 말을 듣기 위해 옆사람에게 조용히 하라고 말한다. 어떤 무성영화에도 정적은 없었다.

첫째, 모든 극장에는 드리워진 적막감을 걷어내는 악사가 있다. 음악이 꼭 스크린에서 일어나는 사건들과 일치해야 하는 것은 아니었으므로, 악사는 스크린을 보면서 연주하지 않았다. 러시아의 극장주는 장님 악사를 선호했는데, 중요한 것은 영화관의 분위기이지 음악을 영화 내용에 맞추는 것이 아니라고 생각했던 것이다.

둘째, 영화관의 분위기 자체가 현대의 그것과는 현저히 달랐다. 강당은 소란스러웠다. 그것은 페트루쉬카[러시아 전통 인형극의 주인공]에게 경찰이 어디 숨었는지 속삭이는 민속 인형극의 강당을 연상시켰다. 관객석에서는 커다란 욕설이 오갔다. 문자를 해독할 줄 아는 사람이 소리내어 자막을 읽었다. 라트비아의 노장 감독 푸체K. Putse는 2차대전 전에 리가 영화관에서 독특한 과정으로 진행되던 놀이를 회상했다. 스크린 속의 남주인공이 여주인공에게 키스를 할 때면 뒷줄에서부터 커다랗게 쪽 소리가 퍼져갔고, 영화 속 커플의 사랑이 이루어지면 그들에게 박수갈채가 퍼부어졌다.

마지막으로, 무성영화관에는 영사기의 소음이 들리는 것이 보통인데, 그렇다고 그것이 방해가 되지는 않았다. 러시아의 연출가 메이에르홀리트V. E. Meierhol'd는 연극에 그런 소음이 없는 것을 아쉬워하기까지 했다. 그는 관객들의 웅성거림이 시간의 형상을 창조한다고 생각했다. 기구의 소음은 단음이 아니었다. 영사기사는 손으로 필름을 돌렸고, 그에 따라 등장인물들의 움직임 속도가 정해졌다. 코미디는 빠르게, 감동적인 장면은 천천히 돌렸다. 또한 이야기가 전개되는 중간에도 영사 리듬이 자주 변화했는데, 영사기사는 자신이 재미없다고 생각하는 에피소드들은 보다 빠르게 돌리려고 했다.

그 밖에도 영사기사의 개인적 성격이 어떤가, 영화 상영시간이 언제인가 같은 외부사정도 영사 속도를 좌우했다. 영사기사가 저녁 때 귀가를 서두른다는 것을 아는 단골손님은 저녁 상영은 피하게 된다. 이에 대해 말하자면, 〈메닐몽탕Ménilmontant〉를 만든 1920년대 프랑스의 유명한 감독 드미트리 키르사노프Dmitrii Kirsanov를 증인으로 들 수 있다. 프랑스 아방가르드의 고전으로 여겨지는 이 영화는 느린 리듬을 강조하여 촬영되었는데, 키르사노프는 이러한 특징을 자신의 예술적 시각이라고 프랑스 관객에게 설명하면서, 그가 태어났던 도시 유리에프(지금의 타르투)에서 본 영화의 인상을 인용했다. "…… '키네마토그라프'를 찍으려고 찾아다니다가 사람들이 아주 느긋하게 살아가는 지방 도시를 발견했다. 거기서 나는 영화의 대부분을 느리게 돌리는 바람에 현대의 슬로 모션을 연상케 하는 영화를 보았다. 무엇보다 마음에 들었던 것은, 배우가 연기하는 동작이 부자연스럽게 늘어진 것이었다. 물론 그때는 그렇게 움직이는 능력은 배우에게 특별한 재능이 있기 때문이라고 생각했었다. 나는 모방할 수 없는 동작의 영화를 모방하려고 애썼으나, 역시 결실이 없었다……."

물론 관객들은 기계의 '즉흥시'에 굴복하지 않았다. 템포가 너무 빠르다고 느껴지면 "영화를 몰지 마라!", 너무 느리다면 "이봐, 돌리라구!"라고 소리쳤다.

위에서 이야기한 무성영화관의 지배적인 분위기는 작가 레미조프 A. M. Remizov의 다음 말로 요약될 수 있다. "……왜 내가 영화에 끌리고 매혹되는가를 생각해본다. 영화는 매일 저녁 같은 장소에 머물러 있다. 영화는 공통적인 제3의 매체가 배석하는 사교장이다. 그토록 다양한 형상들이 무대 위에서 벌이는 행위는 현대 연극에서는 볼 수 없는 것이다."

트릭영화

뤼미에르 형제의 사업은 거의 5년 동안 유지되었다. 그러나 20세기 초에 이미 대중들은 스크린의 움직임에 놀라지 않았다. 뤼미에르 형제는 점차 사업을 축소시키며 이에 대한 준비를 했다. 게다가 영화는 이미 자신의 팬을 갖게 되었는데, 그들은 무시할 수 없는 요구사항을 지니고 있었다. 그들은 요술과 트릭을 기대했다. 영화는 전문적인 요술쟁이의 손으로 넘어갔고, 그들만이 스러져가는 영화의 명망을 유지할 수 있었다. 이리하여 1900년에서 1919년까지 10년을 지배했던 장르 — 트릭영화가 생겨났다.

당시에는 오늘날의 우리로서는 전혀 신기할 것 없는 그런 수법이 트릭으로 간주되었다. 이때 커다란 성공을 거둔 것은 카메라의 움직임을 이용한 트릭이었다. 뤼미에르의 촬영기사는 에펠탑의 엘리베이터, 베니스의 곤돌라 등을 '파노라마' 촬영했다. 관객은 어디로 가는 것인지 아니면 제자리에 머물러 있는 것인지 알 수 없는 이상한 느낌을 경험했다. 찍힌 장면들(터널, 아치, 산굽이들)은 현기증을 일으키는 극도의 빠른 속도로 영사되었다. 때때로 그런 상영물들은 차량 위에 설치되었고, 최고 효과를 위해 삐걱대는 바퀴 소리와 마루의 진동을 모방했다.

피사체를 향한 카메라의 움직임 — '접근'* — 또한 트릭처럼 이용되었다. 스크린에서 확대된 머리를 본 관객들은 머리 가까이로 접근했다고 생각하기보다는 머리 자체가 커졌다고 여겼다. 사진에서는 '이중

---

* 카메라의 '접근'에 대한 보다 상세한 설명은 뒤에 나오는 '카메라 이동' 부분을 참고하라.

노출'을 차용해서 형상 위에 형상을
덧붙이거나 다양한 윤곽의 형상을
결합시킬 수 있었다.

트릭영화 시대의 주요 발견은
'숨은 몽타주'라 불리는 것이다. 기
구 위의 필름을 정지시키고 장면들
에 변화를 주면서, 감독은 대상의 등
장과 퇴장, 변환, 혹은 변경된 위치
를 스크린에 덧붙여 경이로운 장면
을 연출했다.

트릭영화는 줄거리가 단조로운
가운데서도 영화양식의 영역을 넓
게 차지했다. 가장 권위 있는 것은
멜리에스 스타일이다.

1888년에 프랑스의 조르주 멜리

그림20 메피스토텔레스로 분장한 멜리에스.

에스Georges Méliès는 로베르우댕 극장을 사들여서 요술과 몽환극을
공연했고, 이 '기적의 연극'의 전통을 지속하는 영화들을 구상하여
1897년부터는 스스로 영화를 제작·감독했다. 이로부터 공상과학의 모
티프들(〈달나라 여행Le Voyage dans la lune〉)과 마법의 흑백 징표로
짜여진 현란한 장식들(〈악마의 장난 400일〉)이 나오게 된다. 멜리에스
스타일은 발생학적으로 밀랍공예와 연관되어 있다. 그는 특별히 설비
된 스튜디오(그것은 에디슨의 '블랙 마리아'와는 달리 유리로 된 거대
한 온실을 연상케 했다) 안에서 영화를 찍었고, 외부에서는 거의 촬영

◀그림21 멜리에스의 〈달나라 여행〉 스케치.
▶그림22 〈달나라 여행〉의 한 장면.

하지 않았다.

영국에서 트릭영화는 브라이튼Brighton학파에 의해 선보였다. 이
학파는 영국의 '블랙 유머'의 전통을 이어갔다. 이는 "하녀가 등잔불로
난로에 불을 붙인다→폭발한다→하녀가 연통을 향해 날아간다", "사진
사는 보행자를 찍는다→카메라의 '접근'→사진은 괴물처럼 거대해진
보행자의 입 속으로 사라진다" 등으로 나타났다.

멜리에스의 트릭들은 마법이라는 제약된 세계에서 발생하는 것이
다. 영국인들의 트릭은 일상을 배경으로 하는데(멜리에스의 주요 경쟁
자였던 프랑스의 고몽Gomon사와 파테Pate사의 트릭영화도 그랬다),
진부한 것과 신빙성 없는 것 간의 상호 긴장관계는 불합리한('해학적')
코미디를 위한 천혜의 토양을 창출한다. 그 원조는 앙드레 디드Andres
Did로, 러시아 관객들에게는 '글루푸이슈킨['어리석은 자'라는 뜻]'이라는

이름으로 등장했다. 볼품없는 외모의 글루프이슈킨은 초자연적이고 파괴적인 에너지의 소유자이다. 그가 무적의 힘을 행사하는 것은 아주 사소한 동기에서다. 글루프이슈킨이 벽을 깨부수고 뛰어간다면, 이는 바람에 날린 모자를 추적하는 것이다. 20세기 초의 관객들에게 있어 디드는 니체의 초인이 저급하게 패러디된 형상이었다. 시인 만젤슈탐O. Mandel'shtaam은 그를 가리켜 "아스팔트 광장의 어리석은 차라투스트라"라고 부르기까지 했다.

서술의 시작

뤼미에르로 돌아가자. 그의 필름에 드라마투르기Dramaturgie[극작법 또는 극본작법. 현재는 연극론, 연출법, 연극평까지 포함하는 연극예술의 총체를 일컫는다]가 있는가. 물론 초기 관객들은 이를 당연하게 받아들였다. 그들에게 있어 무대는 행동에 대한 이야기였고, 플롯은 제재에 대한 행동의 승리였다(그 갈등을 완화시키기 위해, 뤼미에르 형제는 손잡이를 돌리기 전에 '정지화면'을 유지했다).

행동은 모든 플롯의 전제가 되지만, 그 전제는 플롯에 익숙한 관객들에게는 불충분한 것이었다. 1897년에 이미 토리노의 한 실험가가 〈열차의 도착〉에 키스하는 연인들의 장면을 덧붙였다. 거기서 두 개의 짧은 필름이 **서술의 사슬**로 접맥되었다. 관객은 화면을 플롯 연합으로 조립할 준비가 되어 있었다. 여기서 우리의 인식체계는 세계를 일정하게 모델화하려는 경향이 있다고 말할 수 있다. 우리의 인식은 세상의 사진을 조립하여 경제적으로 행동하려고 노력한다. 즉, 토막난 사건들을 인과관계의 매듭으로 묶을 수 있는 곳에서만 행동하려 하는 것이다.

사실들의 순서를 플롯의 전개 과정으로 바라보려는 열망이 강렬하면 할수록, 우리는 그런 해석이 모순될 수 있다는 것에 눈을 감으려 한다. 뤼미에르가 파견한 촬영기사 두블리에F. Doublier는 조수와 함께 러시아 전역을 순회하며 일반적인 뤼미에르식 장면들을 상영했는데, 이때의 한 에피소드를 회상했다. 남쪽 지역으로 내려가면 갈수록 드레퓌스Dreyfus(유대계 프랑스 장교. 1894년 스파이 혐의로 기소되어 무기유형에 처해지자, 에밀 졸라Emile Zola를 비롯한 프랑스의 지성들이 그의 무죄를 확신하고 구명운동에 나섰다. '드레퓌스 사건'은 반유대주의 정서로 표출되는 권력의 비지성적 행태에 대한 지식인의 저항을 상징한다)가 담긴 영화가 하나도 없느냐는 질문이 자주 들려왔다. 쥐토미르에 이르자, 두블리에는 거짓말을 하기로 결정했다. 그는 뤼미에르의 모음집에서 드레퓌스 '일대기'를 뽑아냈다. "우리는 행진하는 프랑스 장교들의 사진을 뜯어서 '여기 드레퓌스가 걸어갑니다'라고 말했다. 그리고 낡은 행정관청을 보여주면서 '보십시오! 그를 악마의 섬으로 데리고 갑니다'라고 소리쳤다. 그 다음 작은 섬이 묘사된 것을 보여주면서 '악마의 섬으로 드레퓌스를 데리고 왔습니다'라고 말했다. 관객들은 울음을 터뜨렸다. 이 거짓 작품은 진정으로 서술적 영화의 첫 번째 예이다."

물론, '전환trasformation'(등장과 퇴장을 '형태변화metamorphos'의 특수한 경우로 간주할 수는 없다)에 근거한 트릭영화도 독특한 서술 양식이다. 그러나 '전환'은 가장 초보적인 이야기 형태이다(트릭영화 시대에는 단순함이 지배적이었고, 또 그것으로 충분했다).

첫째, '형태변화'는 시작과 끝만을 가진 이야기로서, 중간과 같은 중요한 부분을 빠뜨렸다. 그것은 무한히 전환될 수 있지만, 결국 자기 반복적 형태를 띠게 될 것이다.

둘째, 전환의 플롯은 '배우 한 명의 연극'이다. 전환은 파트너를 필요로 하지 않는다. 아마 생물학자는 트릭영화의 주인공을 단성單性적 존재로 명명할 것이다. 메이에르홀리트가 말했던 것처럼, 드라마투르기는 많은 사람을 필요로 하지 않는다. 무대는 최소한의 인원 2명만이 필요한 것이다.

마지막으로, 트릭영화와 관객 사이에는 참된 '대화'가 발생하지 않는다. 트릭영화의 유일한 논거는 예기치 않은 효과인데, 우리는 관객을 놀라게 하는 능력이 얼마나 수명이 짧은지 이미 알고 있다.

1900년대 말에 이르자 영화는 서커스적 환상의 틀을 벗어던지고 서술적 형식의 수준으로 이동했다.

클로즈업

뤼미에르 형제는 〈물 뿌리는 사람L'Arroseur arrosé〉(1895)에서 처음으로 단순한 서술 형식을 제기했다(그림23).

정원사가 정원에 물을 뿌린다→소년이 호스를 밟는다→정원사는 의아해 하며 호스의 끝을 바라본다→소년이 발을 치운다→정원사의 얼굴에 물이 솟구친다→소년은 뺨을 맞는다. 여기서 스토리를 구성하는 6개의 서술 조합은 모두 인과관계로 연결되어 있음을 알 수 있다.

그림23 뤼미에르 형제의 〈물 뿌리는 사람〉의 한 장면.

서술은 논리적 구성체이다. 우리는 하나에서 다른 하나가 파생되는 것이 좋은 이야기라고 말한다. 이곳에서 드레퓌스를 재판했고 이렇게 악마의 섬으로 데려갔다고 설명한다면, 우리는 쉽게 믿는다. 왜냐하면 사람의 말이 논리적이고, 단편 사진들이 논리적 설명을 충실하게 뒷받침하며 그 항로에 놓여 있기 때문이다. 설명을 제거하라 ─ 그러면 이야기는 산산이 흩어질 것이다.

〈물 뿌리는 사람〉에서 발견할 수 있는 단점은 무엇인가? 이 영화는 설명이 없이도 이해된다는 것이다.

자신이 1900년대의 영화감독이라고 상상해보자. '쥐를 본 초등학교 여학생이 소동을 벌였다'는 내용의 시나리오가 머릿속에 떠올랐다. 〈물 뿌리는 사람〉처럼 이 영화를 하나의 화면으로 구상해보라. 당신은 전혀 성공하지 못할 것이다. 쥐(원인)와 경악(결과)은 공간적인 척도에서 공통단위가 아니다.* **클로즈업과 풀숏**, 최소한 두 개의 화면으로 영화를 조립하도록 하자. 원인-결과 사슬로 연결되는 두 개의 개별적 장면이 하나의 영화에 합류한다.

20세기 초에는 그런 결정이 무모한 일로 보였다. 영화를 논리적 사슬로 구성하는 것보다는 변형하거나 확대해서 환상적으로 묘사하는 것이 보다 간단하다는 것은 자명한 일이다. 서술 기법은 1900~1910년 트릭영화가 겨우 가라앉을 때 주로 미국영화에서 연구되었다. 이와 함께 이미 언급한 영국의 브라이튼학파 영화가들도 서술의 경험을 발전시켰다. 이러한 탐구는 애정영화 장르에서 우세했는데, 당대의 애정영화는 매우 복잡해서 영화예술의 실험적 장르로 나타났던 것이다.

(왜 하필 애정영화인가? 왜 이 장르에서 인과관계가 행위의 주요 동력이 되는가? 왜냐하면 애정영화는 숙명적 원인과 파멸적 결과에 관한 이야기이기 때문이다.)

영국의 스미스 G. A. Smith는 서술기법에 있어 클로즈업의 역할을 처음 실험한 사람의 하나이다. 그의 영화에서 클로즈업은 원인(〈예술학교의 쥐〉)과 결과(〈어린 의사The little Doctor〉에서 아이들은 새끼고양이를 치료한다. 약을 핥아먹는 고양이의 얼굴이 클로즈업되어 있다)로 나누어진다. 다양한 범위의 사건들을 연결한 것은 어느 정도 신선한 효과를 나타내어, 한때 영화는 그것만을 만들었다. 〈할머니의 돋보기

---

* 만일 여기서 영화적 사고의 재능을 지닌 독자가 있다면, 그 또한 같은 결정을 내릴 것이다. 쥐를 앞에, 여학생들을 뒤에 배치하는 것이다. 그러나 초기의 카메라 렌즈는 그토록 먼 거리에 초점을 맞출 수 없었다.

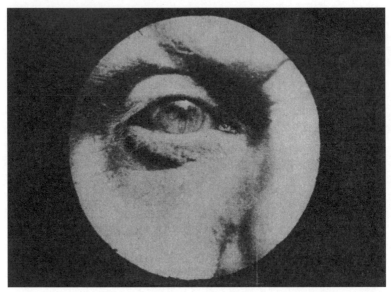

그림24 〈할머니의 돋보기〉의 한 장면. 할머니의 거대한 눈동자가 스크린 전체를 뒤덮는데…….

Grandma's reading glass〉에서 집 안에 설치된 대상들을 바라보는 손자는 돋보기를 할머니에게 들이대는데, 이때 관객은 전 스크린을 덮는 할머니의 커다란 눈동자를 보게 된다(그림24). 〈망원경으로 보이는 것들As Seen through a Telescope〉에서는 노인이 거리에서 뽑아낸 삶의 단편들이 클로즈업된다.

처음에는 세밀한 부분들이 클로즈업되었다. 얼굴의 클로즈업은 에디슨 시대부터 영화에 등장했으나, 그것은 개별적으로 완결된 영화 형태로 나타났을 뿐이다. 얼굴을 클로즈업하는 것은 주인공의 심리에 인과관계가 도입될 때에야 비로소 서술고리의 요소로서 영화에 정착되었다. 이는 다른 어느 곳보다도 먼저 그리피스 시대의 미국 영화에서 발생했다.

직선적 서술

미국 영화에 서술의 기교를 처음 도입한 이들은 에드윈 포터Edwin S. Porter와 그리피스였다.

포터는 다른 장소에서 발생한 여러 행위들을 조립하여 하나의 이야기로 연결하는 것을 과제로 삼았다. 이 과제는 생각만큼 쉽지 않았다. 어떤 사람이 앉아 있다. 집이 불타고 있다. 이 두 개는 각기 독립적인 장면들이 아닌 서로 관련된 상황이며, 제3의 장면에서는 그 사람이 불과 싸울 것이라는 것을 논증해야 했다.

포터가 영화 이야기의 기법을 처음으로 발견하기는 했지만, 그것은 오늘날에는 당연한 것처럼 보인다. 더구나 영화에서의 몇몇 동기들은 오늘날의 관점에서 보면 이상하기조차 하다. 포터는 영화언어를 고안하면서 때때로 이후 영화에서는 요구되지 않는 과정들을 제기했다. 〈미국인 소방수의 삶Life of an Fireman〉(1903)의 첫 번째 장면에서는 당직실 벽에 어머니와 아이의 환영이 나타나는데, 이때 우리는 아직 포터가 무엇을 말하고 싶어 하는지 알 수 없다. 소방수가 자신의 가족에 대해 회상하고 있었던 것일까? 혹은 이것이 '회상'이 아니라 그가 어머니와 아이를 화재로부터 구할 것이라는 것을 예언하는 징후인가? 아니면 어디선가 어머니와 아이가 위험을 감지하지 못한 채 살고 있고, 다른 곳에서는 소방수가 당직을 교대하고 있다는 두 개의 행위(오늘날의 시각에서 보면 원시적이지만, 선입견을 갖지 않는다면 전적으로 논리적인 것이다)를 동시에 묘사하려는 시도인가?

다른 장면에서 소방수와 피난민들이 불이 붙은 방에서 서둘러 나오고 있다. 내부 장면. 그들은 창가에서 자취를 감춘다. 포터는 무엇을 보여주려 하는 것인가? 그들 앞에는 논리적으로 타당한 두 가지 가능성이 있다. 외부 장면으로 바꾸어서 주인공들을 소방서 계단에 있게 할 수 있다. 지금은 그렇게 한다. 포터는 장면을 반복하는 것이 더 낫다고 결정했다. 외부에서 창문이 보이고, 창문에는 우리가 내부에서 보았던 바로 그 사람이 나타난다.

그래도 역시 영화언어는 **직선의 원칙**에 치우쳐서 진행되었다. 그것은 두 개의 서로 다른 공간을 동시에 보여주거나 하나의 행위를 두 번 연속적으로 보여주는 것으로서, 지금은 옳지 않은 것으로 간주된다.

병행 몽타주

사건의 단순한 연속성은 모든 서술의 기본이지만 단조롭다는 결점을 갖고 있다. 20세기의 사람들은 예상 밖의 반전, 소설과 멜로드라마에서 익힌 운명의 뒤얽힘을 기대한다. 단선적 서술은 너무 쉽게 추측할 수 있다.

1900~1910년의 경계선에서 영화는 **병행**(혹은 교차) 구성의 기법을 습득했다. 하나가 아닌 둘, 혹은 그 이상의 단서에 의해 서술의 실마리가 풀리기 시작했다. 이 기법을 능숙하게 구사했던 그리피스는 1914년 다음과 같이 말했다. "여주인공에게 끔찍한 사건이 벌어지고 있는 바로 그 순간, 멀리 떨어진 다른 곳에서는 재미있는 장면이 연출되고 있는 디킨스나 다른 작가의 구절을 기억하십니까? 당신이 초조하게 머리를 굴

리고 있을 때, 작가는 어떤 중요한 다른 것을 이야기한다는 것을 아십니까?"

　일반적으로 직선적 서술은 한 주인공에 관한 서술이다. 그는 자신의 행로를 따라 가다가 친구를 만나기도 하고 적을 만나기도 한다. 그러나 그들은 항상 보조적인 역할을 한다. 한 선에서 다른 선으로 관객을 이동시키는 서술은 최소한 두 명의 주인공을 필요로 한다. 그들은 사랑이나 이별 등을 동등하게 체험하는 경쟁자가 된다. '나와 다른 사람'의 순진했던 세계는 보다 적대적인 '나와 너'의 세계로 변화한다.

　병행 구성은 영화에서의 심리학을 발견했다. 감독이 등장인물에 관심을 갖게 된 것이다. 그리피스의 〈이녹 아든Enoch Arden〉(1915)을 보자. 클로즈업된 아내의 얼굴과 배가 침몰하여 먼 바닷가 해안에 버려진 남편(풀숏)이 묘사된 장면 사이에는 복잡한 예술적 관계가 있다. 아내는 남편의 모습을 상상한 것일까? 아니면 죽은 남편을 회상하는 것일까? 기억하는 것일까, 아니면 미래의 만남을 예언하는 것일까? '작가가 무엇을 말하고 싶어 하는지'를, 이 장면만으로는 알 수 없다. 그리피스는 이 질문에 긍정도 부정도 하지 않는다. 고뇌에 찬 아내의 커다란 얼굴(클로즈업)과 이녹 아든의 외로운 실루엣(풀숏)만이 대조적으로 보일 뿐이다.

　병행구성은 공간적 범주에 의해 분리된다. 우리는 현대의 모든 영화에서 한 공간에서 벌어지는 사건이 차례로 나타나는 것을 볼 수 있다. 예를 들어, 두 사람이 대화를 할 때 우리는 이 사람과 저 사람을 번갈아 볼 수 있다. 이런 경우 시간과 공간은 분리되지 않는 직선적 흐름을 형성한다. 이제 어떤 사람이 커튼 뒤에 숨어서 일어나는 일을 관찰한다고 상상해보자. 우리는 그 관찰자의 모습과 그가 추적하는 사건을 동시에 볼 수 있다. 우리는 이 공간에서 저 공간으로 이동하는 익숙한 도약을 경험한다. 이런 도약이 반복될 때 우리의 의식은 감각을 따르게 되고, 마치 우리가 여러 다른 장소에서 동시에 일어나는 사건 속에 배석하고 있다는 느낌을 갖게 된다. 반복되는 형상이 직선적 형상을 파괴하는 것이다. 우리의 의식 속에서 병행 구성은 여러 다른 장소에 동시에 존재하는 것이 불가능하다는 합리적 생각을 압도한다.

이제 인접한 공간이 아닌 서로 떨어진 제3의 사이 공간을 상상하자. 처음 두 공간과는 달리, 관객은 제3의 사이 공간을 보지 못한다. 관객은 단지 그 공간을 예측할 뿐이다. 그 공간을 '가늠'하고, 그것이 있음직한 장소에 눈길을 던지는 것은 불가능하다. 이러한 불가능성은 사건이 병행해서 벌어지는 서로 다른 두 장소의 거리를 극적 긴장의 거대한 원천으로 변화시킨다(캄캄한 층계에서 발로 계단을 찾을 때를 기억하자).

초기 감독들은 공간의 이런 특성을 파악하고, 이를 효과적으로 이용했다. 영국의 브라이튼학파와 그 뒤를 이어 과장된 코미디 장르를 개척하던 프랑스 영화인들은 '추적' 영화를 창조했다. 도망자가 관객에게는 보이지 않는 제3의 사이 공간을 최대한 확대시키려 한다면, 추적자는 그 공간을 조금씩 축소시키려 하는 과정이 이런 영화 줄거리의 근간이 된다.

그리피스는 '추적' 장르에는 별 관심이 없었다. 대신 그는 보다 극적인 가능성을 제시하는 또 다른 형태의 병행구성을 제안했다. 이런 서술적 기교의 견본이 되는 작품으로 〈외딴 집The Lonrly Villa〉(1909)을 꼽을 수 있다.

그림25 그리피스의 〈외딴 집〉의 한 장면.

이 영화에 대한 관객의 반응은 예상을 뒤엎는 것이었다. "만세! 살 았다." 영화가 끝나자마자 뒤에 앉아 있던 한 부인이 소리쳤다. 그녀는 물론, 다른 관객들도 영화가 상영되는 동안 한시도 긴장을 풀지 못했다. "이 영화가 내가 본 무혈 드라마 중에 가장 정교하게 구성된 영화라는 것은 그리 놀라운 일이 아니다. 영화가 시작되는 그 순간부터, 당신은 무언가를 기대하는 긴장감에 사로잡힌다…… 14번가의 모습이 화면에 나타났을 때, 영화관은 말 그대로 들썩거렸다. 이렇게 구체적이고 효과 적인 구성을 연출했다니, 정말 놀라지 않을 수가 없다." 〈외딴 집〉에 대 해 한 미국 비평가는 이렇게 말했다. 그렇다면 그리피스는 어떻게 이런 긴장을 연출했을까?

영화는 악당이 시외에 살고 있는 주인공을 시내로 유인하는 것으로 시작된다. 관객은 악당이 주인공의 가족을 해칠 것을 예상하고, 가족들 이 남아 있는 집과 주인공의 자동차 사이의 거리가 멀어지는 것을 불안하게 지켜본다. 악당은 주인공의 집으로 향한다. 다행히도 주인공이 탄 자동차가 대열에서 이탈한다. 그는 집에 전화를 하고, 떨고 있는 아내로부터 상황을 전해 듣는다(그림25). 누가 먼저일까? 주인공이 먼저 달려와서 구할까, 아니면 악당이 먼저 문을 부술까? 이야기는 공간의 논리에 따라 전개된다. 내부와 외부의 '원형' 공간 중 어느 것이 먼저 집이라는 중심 공간에 도착할까? 절망에 빠진 가족, 흉폭한 악당, 달리는 자동차 — 영화는 이 세 장면이 교차하며 전개된다.

⟨인톨러런스⟩

1916년 그리피스는 모험적 멜로드라마에 병행 몽타주의 원칙을 도입했는데, 이로써 전 세계 무성영화의 고전 ⟨인톨러런스Intolerance⟩가 탄생했다. 이 영화에서 병행되는 요소들은 동시성의 관련을 갖지 않는다. 그것들은 '발타자르 시대의 바빌론 왕국', '그리스도 시대의 유대', '프랑스의 성 바돌로메의 밤(16세기 파리에서 벌어진 신교도 대학살의 밤)', 그리고 '그리피스가 사는 현대의 미국'이라는 서로 다른 시대의 '서로 다른 스토리'로 엮이어 있다.

그리피스는 서로 다른 네 개의 이야기를 순차적이 아니라 교차적으로 보여주는 서술방식을 택했다. 스토리 내부의 긴장감이 증대함에 따라 이 이야기에서 저 이야기로 교차가 잦아진다. 그리고 관객들의 생각은 한군데로 모아진다. 이 모든 경우 불행의 원인은 하나다. 자신의 생각에 반하는 의견을 '참을 수 없어 하는' 권력의 속성이 그것이다. 그리피스는 다음과 같이 자신의 의견을 피력했다. "사건은 역사의 필연성이나 드라마의 인과관계 법칙에 따라 주어지지 않는다. 다만 그 사건들로 하여 각 시대의 유사성을 인식할 수 있는 토대를 제공할 뿐이다."

그리피스는 장면의 교차로 영화의 긴장을 야기하고, 이야기의 교차로 사고의 긴장을 전달하려 했다.

뤼미에르에서 그리피스에 이르는 서술의 진화를 정리하면서 다음과 같이 말할 수 있다. 이제 자신의 언어를 보유하게 된 영화는 이 언어로 생각하고, 말하고, 자신을 표현하는 법을 차례로 배워야만 했다.

5
영화언어의 요소들

시점

무언가를 바라볼 때, 멀리서 보는가 가까이서 보는가, 쌍안경으로 보는가 아니면 대상에 눈을 가까이 대고 보는가, 고개를 들고 위를 보는가 아니면 숙이고 아래를 보는가에 따라 여러 가지 다른 사물들을 보게 된다. 어디서(어떤 위치에서) 바라보는가에 따라 보이는 것이 달라지게 되는 것이다. 영화 발전 이전의 시각 예술은 부동의 시점을 견지했다.

예를 들어 연극의 관객은 공연 내내 똑같은 거리, 똑같은 각도의 시점에서 무대를 보게 된다. 독자는 그것이 연극에서는 관객이 움직이지 않기 때문이며, 이와는 달리 박물관에 전시된 작품을 보기 위해서는 여러 다른 각도에서 바라볼 수도 있고 장소를 바꿀 수도 있다는 점을 지적할 수 있을 것이다. 그러나 여기서 예술적 시점은 생활에서의 시점보다 그 개념이 더욱 복잡하다는 것을 고려해야 한다.[*]

---

[*] 앞으로 이야기되는 '시점'은 좁은 의미에서 관객의 이해를 위한 것이다. 예술텍스트 구성의 일반적 원칙으로서 보다 넓은 의미의 시점을 이해하기 위해서는 우스펜스키B. A. Uspenskii 의 『구성의 시학Poetika Kompozitsii』(Moskva, 1970)을 보라.

당신이 그림을 바라볼 때 당신 앞에는 이미 화가가 일정하게 선택한 시점에 따라 원경, 원근법, 상호 관련된 형상들의 크기, 그림의 규격 등이 배치된 형상들의 풍경이 있다. 당신이 어디에 서서 그림을 바라보건 간에, **화가가 선택**한 위치를 바꿀 수는 없다.

만일 화가가 표면이 보이지 않도록 책상을 그린다면, 관객이 계단 위에 올라가 그림 위에 시점을 위치시킨다 할지라도 그 표면은 볼 수 없다. 마찬가지로 화가가 상부 시점에서 그렸다면, 책상 밑에 눕는다 해도 아래쪽에서 벌어지는 일은 볼 수 없을 것이다. 그림을 바라보는 관객의 상황이 일정한 역할을 하지만 지배적인 것은 아니다. 관객은 화가가 선택한 시점에 종속되며, 공간적으로 그 안에 자리를 옮기는 것은 마음속으로만 할 수 있다.

영화는 관객의 시점이 유동성을 지니고 그 예술언어 구성에 중요한 역할을 하는 유일한 예술이다.

객관적 시점과 주관적 시점

책상 표면의 예로 돌아가자. 화가가 책상 앞에 앉아 있는 사람의 시점을 선택해서 그렸다고 가정하자(일반적으로 정물화에서 그런 시점을 취한다). 책상은 그 앞에 앉기 위해 만들어진 것이므로 왜 화가가 출발 시점을 그렇게 택했는지에 대해 그 누구도 의문을 제기하지 않는다. 아래에서 그려진 책상이 있어 그 아래 평면만 볼 수 있고 책상 위에 무엇이 놓여 있는지 볼 수 없다고 상상해보자. 관객은 금방 '왜?'라는 질문을 떠올릴 것이다. 누가 책상을 아래에서 위로 쳐다보는가? 아마 화가는 술 취한 사람이나 강아지의 시점에서 책상을 그린 것이 아닐까?

익숙한 시점에서 대상이 묘사된다면, 우리는 그 대상에 관심을 집중하고 누가 그것을 바라보는가에 대해서는 생각하지 않는다. 평범하지 않은 시점을 취할 때, 우리는 그것을 다른 어떤 사람의 시점으로 지각하며, 우리를 당황하게 하는 이 시점의 소유자가 누구인가에 관심을 갖게 된다. 즉, 우리에게 시점에 관한 의문이 떠오르지 않을 때는 객관적 시점으로 생각하고, 그런 질문들이 떠오를 때는 주관적 시점과 관련시킨다.

알다시피 영화에서 시점은 자유롭다. 카메라를 위치시킬 수 없는 곳은 이론상 없다. 이렇게 본다면, 영화언어는 사물을 바라봄에 있어 내부와 외부, 최소한 두 개의 가능한 시점을 갖고 있다. 주인공에게 일어나는 사건을 그의 시각에서 볼 수도 있고 관찰자의 시각에서 간접적으로 볼 수도 있다. 영화작가는 그 이야기 속에 주관적 시점과 객관적 시점을 교차시킨다.

영화에 있어 주관과 객관의 경계는 무엇인가? 두 시점 중 하나가 항상 화면에 나타난다고 할 수 있는가? 이 문제에 답하기 위해 영화의 역사에 회화가 도입된 시기를 생각해보자. 모든 경계와 마찬가지로, 영화에서도 객관적 시점과 주관적 시점의 경계를 몇 번이고 검토해볼 수 있다. 초기의 시점은 매우 엄격하게 규정되었다. 카메라는 눈과 같은 높이여야 하고 배우와 렌즈와의 거리는 3미터 이상이어야 했다. 거기에서 약간만 이탈해도 파격적인 시점으로 간주되었다. 관객에게 "이것은 무엇인가?"라는 질문이 떠오르게 되면, 영화작가는 "이것은 노인이 망원경으로 보는 것이기 때문에 다른 것이 아주 가깝게 보이는 것이고, 이 사람은 위스키를 좋아하는 애주가이기 때문에 그의 눈앞에 마치 아스팔트가 걸어가는 것처럼 보인다"고 알려주어 그 의혹을 불식시켰다. 즉, 시점의 변화는 정당화, 동기화를 요하는 것이었고, 그 동기화는 "이것은 우리가 아닌 다른 어떤 사람이 보는 것이다"라는 설명을 의미했다.

그러나 영화의 역사에서 '낯선' 것은 위험한 범주였다. 사물들을 가까운 거리에서 촬영할 때, 누군가 그것을 주의 깊게 보고 있다는 의미는 금방 상실된다. 시점의 변화 또한 습관화될 수 있다. 대상에 대한 상부 또는 하부 시점은 정당화를 필요로 한다. 에이젠슈테인은 논문 「단편 시나리오의 구성」에서 다음과 같이 회상했다. "예전에는 카메라의 시점이 항상 등장인물의 행동으로 동기화되어야 한다고 생각했다. 1924년 나는 〈파업Stachka〉에서 일련의 사물들을 인물들의 시점으로 동기화되지 않은 일정한 원근법으로 촬영했다. 이것은 영사기의 사용에 있어 혁명과 같은 것이었고, 많은 논쟁을 불러 일으켰다."* 티냐노프는 스토리의 정당성 배격에서 영화 발전의 중요한 법칙을 찾아냈다. "이것이 영화 기법의 진화의 길이다. 그것들은 외면적인 동기화에서 출발하여 '고유한' 의미를 획득한다. 다시 말해, 그것들은 상황 외적인 하나의 의미에서 발굴되어 '고유한' 내부 상황의 다양한 의미를 획득하게 된다."

우리에게 있어 시점은, 그것이 어떻게 일상적 궤도를 벗어났든지, 필연적으로 어떤 주관적 시각을 표현해야 한다는 의무를 지니고 있다.

---

* 에이젠슈테인의 〈파업〉은 입체파와 같은 경향으로 비교된다. 명백한 플롯적 정당성이 결여된 채, 입체주의 예술가들은 사물에 대한 몇몇 시점 조합을 시도했다.

현대 영화언어에 있어 모든 시점은 객관적이거나 주관적이거나 자유롭다. 즉, 주어진 화면은 이 두 가지 가능성 중 어떤 하나를 실현하는데, 이는 그 영화 구성의 출발점이 일반적일 때만 가능하다(역시 항상 그런 것은 아니다).

엄격하게 법칙화되지는 않았지만, 영화언어에는 일정한 경향이 존재한다. 그 경향 중 하나는, 몇몇 시점의 조합이 객관적 시점에서 주관적 시점으로 이행(혹은 반대)의 신호가 된다는 것이다. 예를 들어, 초상화와 수프가 담긴 접시를 그린 정물화 두 점이 나란히 걸려 있다 해도, 우리는 그 정물화가 초상화에 그려진 사람의 주관적 시점에서 그려졌다고 생각하지는 않는다. 그렇지만 스크린에 그런 묘사가 연속해서 나타난다면, 그것들은 '접시를 보고 있는 사람'이라는 의미론적 조합에 합류하게 된다. 또한 우리가 화면의 하부 가장자리에 뻗어 있는 도로를 본다면, 다음 화면에서는 주관적 시점이 객관적 시점으로 변화하여 달리는 자동차의 묘사를 보게 될 것이라고 예상한다. 영화언어에서 스테레오 타입[전형적인, 틀에 박힌 표현양식]의 예는 적지 않은데, 그들의 명령에 종속되는 것은 주로 관객들이지 영화작가가 아니다. 감독이 이미 결정한 것에 대해, 관객 스스로 자신의 기대가 실현되었다거나 혹은 속았다거나 하는 기분을 느끼는 것이다.

잘라캬비추스V. Zhalakiavichus의 〈누구도 죽고 싶어 하지 않았다 Nikto ne Khotel Umivat〉(1966, 리투아니아)의 마지막 장면에서 우리는 범죄자의 머리를 본다. 관객은 강도에게 최후가 다가왔다고 생각하고, 어디서 총소리가 나는가에 주의를 집중한다. 그런 상황에서 예기치 않은 시점의 변화는, 모두 강도가 노출되어 있다는 표시거나 위험한 징조로 간주된다. 특히 위험한 징조의 뉘앙스는, 우리가 그를 다른 사람의 시점에서 보고 있다는 것에서도 암시된다. 영화작가는 갑자기 카메라의 상황을 변화시켰다. 강도의 클로즈업에 뒤이어 프로필화된 그의 옆얼굴이 보인다. 관객의 시점은 엄격한 기하학(확대 변화 없는 90도 각도)이 적용된 익숙한 영화적 클리세Cliche[진부하고 뻔한, 판에 박은 표현]가 아닌 형사 사건 서류의 증명사진에서 볼 수 있는 정면과 옆면 조합으로 이동한다. 시점의 변화는 이야기의 도정에서 '누가 누구를 먼저 보았는가'라는 영화 놀이에서 관객을 이끌어내고, 최후의 메타포로 변화된다.

보다 복잡한 다른 예가 있다. 리트윅 가탁Ritwik Ghatak의 〈살아 있는 자동차Ajantrix〉(1957, 인도)는 택시운전사와 그의 택시에 대한 이야기다. 영화가 진행되는 동안, 주인공인 운전사는 물론 관객들도 점점 그 자동차를 살아 있는 존재로 인식한다. 자기를 폐차시켜 금속 부스러기로 만들려는 것을 알아차린 택시는 운전사와 함께 벼랑으로 떨어지려 한다. 그러나 성공하지 못한 채, 산꼭대기 길에 멈춰 서서 더 이상 나아가기를 거부한다. 그 다음 화면에서 우리는 스크린 하단 가장자리에 경쾌하게 뻗어 있는 도로를 보게 된다. 이때 우리는 언제나 그렇듯이 택시가 주인의 설득에 양보하고, 사랑과 화합이라는 두 개의 주제가 실행될 것으로 결론내린다. 말하자면, 우리는 관객으로서의 경험에 비추어 도로에서 움직이는 카메라를 주인공의 주관적 시각으로 읽는 것이다. 그런데 산길 모퉁이 뒤로 그다지 유쾌하지 않은 장면이 벌어진다. 낯익은 낡은 택시가 의기소침하게 길가에 서 있고, 그 옆에는 운전사가 꾸벅꾸벅 졸면서 앉아 있는 것이다……

이야기를 멈추고, 이 순간 관객이 무엇을 체험할까 생각해보자. 주인공을 동정하고(그는 자기를 사랑하는 차로 인해 오랜 세월 고심했고, 자동차를 부숴버리라는 수리점 주인의 말을 듣지 않았다), 고집 세고 질투심 많은 택시의 비극에 공감대를 형성하긴 하지만, 갈등이 뜻밖에도 순조롭게 해결될 것을 믿으며 기쁨을 느끼게 된다. 그러나 길모퉁이에서 택시운전사와 그의 자동차를 보면서, 뻗어 있는 도로 장면을 주인공의 시점에서 해석한 것이 성급한 것이었다는 것을 알게 된다. 행복한 결말에 대한 기대가 지연된다. 그러는 가운데 영화는 계속된다. 우리는 택시 주위에 앉아 있는 주인공에게 가까이 간다. 이 순간 관객은 무엇을 체험하는가? 실수했다고 생각하고, 이제 그 화면이 보이지 않는 제3의 운전사의 시점을 표현한 것이라고 생각한다. 그는 이제 차를 멈추고, 곤경에 빠진 주인공에게 도움의 손길을 내밀 것이다. 실제로 카메라의 움직임은 점점 느려지고, 우리 주인공의 주위에서 멈춘다. 그러나 그는 고개도 들지 않는다. 이때 우리는 처음에는 택시운전사의 주관적 시점으로, 그 다음에는 제3의 운전자의 시점으로 받아들여서 추리한 것이 전체적으로 어떤 주관적 시점도 아니라는 것을 확인하고 경악하게 된다. 관객의 가슴이 다시 내려앉는다. 그 누구도 주인공에게 다가오지 않는 것이다…… 이 순간 우리는 가탁 감독의 드라마가 보여주려는 생각은 바로 탈출구의 부재라는 것을 아주 분명하게 감지하게 된다. 인간과 사물과의 고독한 사랑, 유기와 역학이 정서적으로 결합된 세계의 고독이 그것이다.* 우리는 감독이 전반적으로 단 하나의 화면만 지속시킴으로써 기쁨과 절망을 두 배로 체험하게 했다는 것, 최대한 절제된 방식으로 (영화언어에 일반적으로 받아들여지는 화면의 제약성을 파기한 것뿐인) 그 효과를 성취했다는 것으로써 이 드라마의 깊이를 더욱 느낄 수 있다.

그렇다면 이와 같은 이야기는 자동적 움직임을 촬영한 모든 것을 주관적 시점으로 받아들인다는 것을 의미하는가? 물론 아니다. 만약 〈살아 있는 자동차〉에서 일상적인 카메라의 '접근'이 사용된다면(우리 시야가 촬영 대상에 부단히 가까워지는 경우), 우리는 그것을 주관적 시점으로 생각하지 않을 것이다. 문제는 카메라가 움직일 때 우리는 그 외형의 궤적에 민감하게 반응한다는 데 있다. 그러한 궤적은 추상적인 것이 아니다. 시선, 몸짓, 행동 등 우리에게 친숙한 일상적인 삶의 논리를 그 뒤에서 추측할 수 있는 것이다. 때로는 그러한 움직임의 궤적이 강한 감동의 요소로 나타나기도 한다. 예브게니 바우어Evgenii Bauer의 〈차가운 영혼들Kholodnye dushi〉(1914, 러시아)에서 카메라는 관객이 귀부인의 화장실을 자세히 관찰할 수 있도록 천천히 여인의 형상을 따라 파노라마식으로 촬영한다. 누구도 이 화면을 비도덕적이라고 비판하지 않았다. 당시 러시아 검열기관조차도 아무런 이의를 제기하지 않았다. 그렇지만 에리히 폰 스트로하임Erich von Stroheim이 〈눈먼 남편들Blind Husbands〉(1919, 미국)에서 그러한 파노라마에 이를 평가하는 남자의 눈동자가 담긴 화면을 첨부했을 때, 그 화면은 스캔들을 불러 일으켰다. 스트로하임의 다른 영화 〈어리석은 아내들Foolish Wives〉(1921)이 나왔을 때, 미국 검열기관은 "여자를 흘깃흘깃 쳐다보는 세르게이

* 이런 테마가 독창적이라고 할 수는 없다. 1950년대 말 문학과 영화에 인공지능 문제가 대두되었고(예컨대 아시모프A. Azimov의 과학소설에 나타나는 로봇의 사랑과 투쟁), 현대 영화에 있어서도 어린이와 컴퓨터의 사랑이 부활했다.

공작을 잘라낼 것. 카메라가 여자의 다리에서 머리로 기어오르는 클로즈업을 잘라낼 것"이라는 명령서를 제시했다. 극히 저속하다고 여겨지는 것은 파노라마 자체가 아니라 카메라의 궤적을 따라 묘사되는 몸짓이었다.

영화의 역사에는 카메라의 렌즈가 어떤 형상을 공중에서 제도함으로써, 그 형상이 관객에게 마치 독특한 상형문자와 같은 수수께끼로 나타나는 경우를 볼 수 있다. 영화작가는 관객에게 "이 카메라가 누구의 시점에서 그리고 있는지 알아맞혀 보시오!'라고 제의하는 듯하다. 1920년대 말 능숙하게 영화언어를 구사한 기록영화 감독 베르토프Dziga Vertov와 카우프만Mikhail Kaufman 형제가 이에 매료되었다. 그들의 실험 중 〈카메라를 든 사나이Chelovek s Fotoaparatom〉(1929, 러시아)를 언급할 수 있는데, 이 영화는 수수께끼로 가득 차 있다. 카메라는 일정한 규칙을 갖고 시선을 방직공장의 한 여공에서 다른 여공으로 이동한다(아래에서 위로). 그러한 이동이 수없이 많이 축적될 때, 우리는 카메라가 직물기의 시점을 표현하고 있다는 것을 불현듯 깨닫게 된다. 카우프만 형제의 〈봄Vesnoi〉(1929)에서 촬영기사는 기관차의 발디딤대에 앉아 바퀴를 움직이는 연접봉을 찍는데, 이 연접봉에는 발디딤대에 있는 촬영기사를 찍는 또 하나의 영사기가 고착된다. 이 영화를 평하면서 당시 신문들은 "우리는 연접봉이 일하는 것을 볼 뿐 아니라, 그때 연접봉이 무엇을 보는가도 알 수 있다"고 썼다.

마지막 예는 그 패러독스로 호기심을 불러일으킨다. 작가는 우리가 무생물체의 시점을 받아들일 것을 제의한다. 그런데 무생물체는 시력이 없으므로 시점을 가질 수 없다. 1920년대 영화 종사자들의 의견에 따르면, 이러한 모순이 바로 주관적 시점 기법을 매력적이게 하는 것이다. 어린아이들의 눈싸움은 아주 평범한 일이다. 눈에 미끄러진 초등학생의 시점에서 찍은 화면은 그다지 놀라운 것이 아니다. 그러나 아벨 강스 Abel Gance가 〈나폴레옹Napoléon〉(1927, 프랑스)에서 한 것처럼 날아가는 눈의 시점에서 눈싸움을 촬영한다면(이 장면을 위해서 특수 소형 카메라가 조립되었다), 관객은 결코 삶에서 일어날 수 없는 일을 볼 수 있는 것이다.

또 하나의 패러독스가 있다. 이 장의 처음에서 이야기한 대로, 영화 작가가 선택한 시점이 관객에게 익숙하지 않을수록 그것이 나타내는 누군가의 주관적 시점은 더욱 예리하게 감지된다. 극단적인 예로, 어떤 장면을 인간이 물리적으로 존재할 수 없는 장소에서의 시점으로 촬영했다고 하자. 관객은 이 장면을 어떻게 이해할 것인가?

인간 존재로는 예상하지 못하는 시점의 세 사건을 예로 들어 비교해보자. 물 밑에서의 시점도 이에 해당한다.

여성 감독 무라토바K. Muratova의 〈짧은 만남Korotkie Vstrechi〉(1968, 러시아)에서는 남편(브이소츠키V. Vysotskii 분)과 아내(무라토바 분)의 관계가 복잡하게 진행된다. 평온한 가정생활, 그 순간을 담은 장면이 드라마틱하게 전개된다. 다정하게 대화를 나눈 다음, 부부는 잔치 음식을 준비하기 위해 새우를 삶는다. 시점을 뺀다면 너무 평범한 화면이다. 우리는 물이 가득 찬 냄비 밑바닥에서 등장인물을 보게 된다. 미소를 짓고 대화를 주고받으며, 무라토바와 브이소츠키는 새우를 한 마리, 두 마리 냄비에 집어넣는다. 이 순간 관객에게 놀라운 일이 벌어진다. 마치 처음 집어넣은 새우처럼 관객은 자신과 화면 인물들 사이의 시각의 평야를 헤엄쳐 다니게 되는 것이다. 끓는 새우의 시점으로 보는 사건은 다른 세상의 일처럼 나타난다. 새우는 인간의 말을 들을 수도 없고 인간의 관계를 이해할 수도 없다는 것을 알면서도, 관객은 이 주관적 시점에 사로잡혀 우리가 생각해본 적도 없고 그것을 느끼고 감각하는 능력도 이미 상실해버린 어떤 존재의 눈으로 이 세상을 인식하게 된다.

다른 예술작품과 마찬가지로 〈짧은 만남〉에서의 '시점'은 그 자체로 의미를 갖는 것이 아니라, 영화 전체의 예술적 갈등을 집중적이고 응축된 모습으로 구현했다는 데서 보편적 의미를 갖는다. 무라토바의 영화는, 우리가 종종 정서적이고 지성적인 복잡한 세계를 위해 다른 것을 거부하면서도, 그 내면세계의 복잡성은 과장하는 경향이 있다는 것을 보여준다. 무라토바가 연기한 여주인공은 집행위원회 일과 자신의 영혼의 드라마에 집중하는데, 이는 하녀로 고용된 조용한 시골 처녀와 전혀 다른 모습이다. 러시아 영화의 전통적 테마인 귀족과 하녀의 관계(이는 바우어의 〈벙어리 목격자Nemye Svioleteli〉(1914)에도 나타난다)가, 〈짧은 만남〉에서는 여주인이나 그 남편은 알 수 없는 깊은 감정의 소유자인 하녀(루슬라노바N. Ruslanova 분)의 드라마로 굴절된다. 주인공의 가정생활을 냄비 밑 '벙어리 목격자'의 시점에서 촬영한 이 장면은 등장인물 사이의 모든 구조적인 관계를 마련해주기 때문에 새로운 예술적 의미를 획득한다.

다른 예를 들어보자. 빌리 와일더Billy Wilder의 〈선셋 대로 Sunset Boulevard〉(1950, 미국)의 이야기는 1인칭 시점에서 전개된다. 화면 뒤의 목소리를 들으면서, 우리는 놀랍게도 화자가 방금 자살한 사람이며, 그 자살에 대한 이야기를 하고 있다는 것을 알게 된다. 이러한 화면 뒤의 목소리는 1950년대 할리우드 영화에서는 받아들여지지 않던 보충 효과를 낸다. 우리는 처음 장면에서 물밑의 촬영 시점으로 목욕탕 주변에 모인 경찰관들과 기자들을 보게 된다. 그 시점은 관객에게는 자연스러운 것이다. 우리가 익사한 사람이 자신에 대해 이야기한 것을 들었다면, 목욕탕 바닥의 주관적 시점이 그다지 이상하지 않을 것이다.

스필버그S. Spielberg의 〈조스 Jaws〉(1975, 미국)의 수중촬영은 영화의 드라마적 구성을 보다 복잡하게 한다. 영화는 거대한 식인상어에 대한 이야기이다. 이때 식인상어는 공포영화의 서술 법칙에 따라 관객 앞에 금방 등장하지 않는다(우리는 영화 중반에 가서야 이 이상한 존재의 불분명한 실루엣과 지느러미를 겨우 알아차리게 된다. 전체 모습은 마지막 대결 장면에 가서야 나온다). 처음에 우리는 밤에 수영하던 여자의 실종을 알게 되고, 다음 어렴풋한 추측과 소문을 듣게 된다. 영화 시작 20분쯤 지나, 감독은 분위기와 무관하고 아마 스토리와도 직접적인 관련이 없는 듯한 긴 에피소드를 삽입한다. 그것은 일요일의 해수욕장 장면으로, 영화의 한 장면이라기보다 마치 CF를 보는 것 같다. 태양이 쏟아지는 해변, 물속에서 많은 사람들이 수영을 하고 있다. 물론 관객에게 수영하는 사람들의 분위기는 전달되지 않는다. 스필버그의 카메라는 알지 못하게 시점을 바꾼다. 우리는 처음에 해변에 있다가, 그 다음 수영하는 사람들 한가운데로 옮겨간다. 관객의 긴장이 고조된다. 수영하는 사람의 머리를 보고 튜브에 타고 있는 어린이들을 보지만, 우리의 시야는 물속의 모습에서 벗어나 있다. 그곳으로 위험감이 집중된다. 그 다음 감독은 수영하는 무리 중에서 일정한 형상(뚱뚱한 여자를 향해 멀리 헤엄쳐 가는 공을 든 소년)을 포착한다. 마침내 스필버그의 비장의 무기가 출동한다. 카메라가 갑자기 시점을 바꾸는 것이다. 무심히 물속으로 들어가는가 하면, 갑자기 표면 위로 떠올라 부유한다. 이전에는 밖에 나와 있는 사람들이 보이지 않는 심연으로부터 피의 공격을 받는 것이 아닌가 하고 위험을 느꼈다면, 이제는 공포의 근원이 다르다. 우리의 시점이 상어의 시점과 일치하기 때문에, 물속에 있는 모든 것이 위험한 것이다. 아래에서 다리를 저어 깊은 물속을 건너가는 사람들의 모습, 수영하는 사람들 사이를 누비고 다니는 카메라의 유유한 움직임은 으스스한 기분을 피부로 느끼게 한다. 이때 영화작가는 괴물이 있다는 그 어떤 특징도, 그것이 가까이 있다는 것에 대한 그 어떤 암시도 명백하게 나타내지 않는다.

시점의 왜곡

앞에서 우리는 주관적 시점이 카메라의 상황이나 그 움직임에 의해 일정하게 규정되는 경우를 이야기했다. 영화언어에는 주관적 시점이 시각으로 전달되는 경우를 많이 볼 수 있다. 그것은 등장인물의 시점을 모방하지 않고, 관객이 현실을 변칙적으로 감지하도록 속성을 묘사하는 것이다(그림26). 1906년에 이미 포터는 〈레어빗 핀드의 꿈Dream of Rarebit Fiend〉에서 술 취한 주인공의 변칙적인 시각을 전달하기 위해 이중노출을 적용했다(화면에 도시의 거리가 나타날 때, 그것은 하나하나 차례로 밝아지며 흔들리고 양분된다). 촬영기사는 유사한 형태의 현기증, 최면술, 졸도, 사랑에 빠짐 등 정상적인 세계에서는 변칙적으로

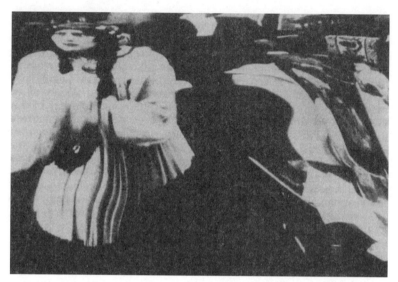

그림26 〈튜브 박사의 광기Folie Docteur Tube, La〉(1915)의 한 장면. 감독 아벨 강스는 시점을 변형시킴으로써 마법가루의 작용으로 등장인물들에게 일어나는 형태 변화를 묘사하려 했다. 그렇지만 그의 의도는 성공하지 못했다. 관객은 변형된 시점을 대상의 속성이 아닌 그 대상 인식의 속성으로, 즉 주변 세계의 변화가 아닌 시점의 왜곡으로 생각한 것이다.

보이는 다른 심리 상태를 연출했다(물론 다양한 기법의 새로운 발명도 나타났다). 한 미국 영화에서는 주인공이 광기에 사로잡히자마자 대상들이 모두 장밋빛 연기 속에 가라앉게 되었다. 시각적으로 변형된 화면들의 기법은 다양하지만, 기능에 있어서 큰 차이가 나는 것은 아니다.

변칙적인 시력을 전달하는 방법 중에서 가장 관심을 끄는 것은 **소프트 포커스** 기법이다. 이는 초점을 흐리게 하여 피사체의 상을 또렷하지 않고 부드럽게 나타내는 것으로, 하나의 주관적인 감각을 전달하는 데 그치지 않고 영화언어에 있어 중요한 역할을 한다. 형상, 얼굴, 대상의 부드럽고 모호한 그림은 독립적인 시각적 모티프로 나타난다. 촬영기사와 감독은 선명한 묘사와 선명하지 않은 묘사의 대비로 등장인물의 다양한 심리상태를 그려낼 뿐 아니라, 보다 심오한 예술적 의미를 발생시키는 효과를 획득할 수 있다.

영화에서 실현된 구상은 아니지만, 솔로구프F. Sologub는 영화의 역사에서 처음으로 선명하지 않은 묘사에 주의를 기울였다. 그의 시나리오 『리자 아가씨Baryshnia Liza』(1918)는 젊은 남녀의 사랑에 관한 이야기이다. 진보 사상(사건은 19세기 초반에 일어난다)을 옹호하는 청년 알렉시스는 리자의 농노 하녀들이 집 안에서 수를 놓다가 조명용 광솔 아래서 자기 눈을 찌르는 것을 보고 리자를 떠나게 된다. 리자는 속죄하기 위해 사랑하는 사람이 돌아올 때까지 커다란 아마포에 장미를 수놓기로 맹세한다. 솔로구프는 장미 무늬가 아름다워질수록 리자의 시력이 약해진다는 구상을 했다. 마침내 아마포의 장미꽃이 완성되고, 그때 청년이 외국에서 돌아온다. 솔로구프는 다음과 같은 방법을 제시했다. "……힘든 일로 리자의 시력이 약해진 것을 표현해주기 바란다. 그렇게 하려면 풍경을 찍을 때 초점을 맞추지 말고 대상이 모호하게 보이도록 해야 할 것이다. 이 모호한 윤곽이 우연히 생기거나 나쁜 날씨로 인한 것이 아니라는 것을 강조해야 하는데, 그러려면 리자의 등장 이전까지의 풍경은 선명하게 촬영해야 한다."

시나리오의 마지막 부분은 복잡한 영화적 유희로 구상되었다. 네 개의 시점이 대조된다. 첫 번째, 알렉시스의 눈앞에 과거의 장면이 펼쳐진다 — 그는 바로 이 다리 위에서 처음 그녀를 만났을 때를 회상한다. 명랑하고 경박하고 제멋대로인 말괄량이 리자를 상상하는 그의 눈앞에 완전히 다른 인물이 나타난다. "형용할 수 없이 아름다운 감동적인 얼굴, 눈물이 가득 고인 눈동자, 슬픔에 잠긴 여린 소녀가 그 앞에 서 있었다." 두 번째, 리자 앞에는 사랑하는 사람의 형상이 있고, 그녀는 사려 깊은 눈으로 이 형상을 선명하게 바라본다("주위를 둘러본다. 청명한 날이 안개에 덮이고, 마치 모든 대상이 가벼운 그물로 덮인 듯하다. 그러나 그녀는 육체의 눈보다 영혼의 눈으로 더 잘 식별할 수 있다……"). 그리고 반쯤 눈이 먼 소녀로서는 알 수 없는 그의 진짜 모습("그녀 앞에 안개가 떠다녔다. 안개를 뚫고 간신히 얼굴을 분간했다"). 이렇게 진정한 시력('영혼의 눈')과 외부 시력('육체의 눈')의 충돌을 통해 솔로구프는 영화적 범주의 선명함과 선명하지 않음을 문학에 적용하려 했다.

선명하지 않은 묘사는 그것이 역동적인 의미로 예술과 관계될 때만이 영화언어로서 가치 있는 요소가 된다. 소프트 포커스 기법이 어떤 제약적인 주관적 시점으로 견고히 고착될 때(눈물을 참기 어려운 사람의 심리나 술 취한 사람의 심리상태를 묘사하려고 했는지 아닌지는 중요하지 않다), 역설적으로 그 기법은 영화언어의 본성과는 어긋나는 듯하다. 다른 예술언어와 마찬가지로 영화언어는 심리상태의 집합이 아닌 관계의 시스템이다. 요제프 폰 슈테른베르크Josef von Sternberg의 〈뉴욕의 부두The Docks of New York〉(1928, 미국)에서 젊은 여자는 이별의 눈물을 숨기기 위해 커튼을 휘감는다. 클로즈업된 손가락. 때때로 실과 바늘은 서로서로를 찾지 못한다. 초점을 맞추지 않은 묘사, 반짝이는 바늘이 눈물을 통해 가볍게 빛을 발한다. 그러나 이 장면은 영화 관객에게 여주인공의 마음속에서 일어나고 있는 것을 내적인 삽화로 엮어주지 않는다. 감독은 처음부터 흐릿한 윤곽, 조형적인 모티프를 도입했다. 맨 처음 관객들 앞에는 여주인공이 안개에 휩싸여 나타난다. 이 항구의 안개는 곧 드라마의 반복적인 모티프가 된다. 관객은 이미 친숙한 흐릿한 윤곽이 갑자기 눈물이라는 새로운 의미로 나타나는, 보다 극적으로 작용하는 준비된 장면인 자수 장면에 근접하게 된다. 반복적 모티프의 응축현상이 발생한다. 단순한 경계의 주관적 혹은 객관적 시점 대신, 우리들 앞에는 인간의 내부와 외부가 상호관련된 세계가 나타난다.

실제로 영화언어에 있어 주관적-객관적, 내부적-외부적 시점 간의 경계는 유동적이고 모호한 것이다. 모호한 시점 교차는 영화언어의 본질적 특성 중 하나로서, 일반적으로 예술의 비밀이라고 할 수도 있다. 에이젠슈테인이 〈전함 포템킨Bronenosets Potemkin〉(1925)의 오데사 방파제에서 열리는 선원의 장례식을 구상할 때의 일이다. 후에 유명한 배우가 된 조감독 막심 슈트라우흐Maksim Shtraukh는 모스크바에 있는 아내에게 다음과 같은 편지를 썼다. "감독은 이 모든 것에 소리를 삽입하지 않은 채 초점을 맞추지 않고 흐릿하게 찍기를 원한다. 그리고 동맹 궐기를 호소한 후에는 모든 것을 사진처럼 예리한 초점으로 찍으려 한다." 20일 후에는 그 생각이 약간 변했다(정석대로 배운 촬영기사 대신, 실험가 에두아르드 티세Eduard Tisse가 촬영을 맡았다). 장례식이 거행되는 오데사 항구를 외부초점으로 찍는 대신, 안개를 통해서 찍기로 결정했다. 말하자면 장례식을 주관적으로 전달하는 위치를 다르게 구상한 것이다. 그러나 슈트라우흐의 다음 편지에서 알 수 있듯이, 눈물의 모티프에 대한 생각은 없어지지 않았다. "내가 당신에게 '살해당한 선원 장면'이라고 이야기했던 '장례식 단편'에 나오는 항구를 찍으러 지금 티세가 안개를 뚫고 갔다. 모든 윤곽이 뚜렷하지 않고 흔들리기까지 한다. 눈물 고인 눈으로 대상을 보는 것 같다."

한편 안개를 찍고 그 에피소드를 편집함에 있어, 에이젠슈테인은 전반적으로 '눈물을 통한' 시선이나 주관적 시각의 특징이 드러나지 않도록 했다. 후일 감독은 이 장면의 정서적 색조에 대하여 다음과 같이 말했다. "'바쿨린추크의 시체 앞에서 통곡'하는 〈전함 포템킨〉의 클라이맥스 장면은 일련의 '안개' 장면을 삽입한 것이다. 무거운 안개가 물 위에서 천천히 움직이고 선박의 검은 실루엣이 어스름 속에 등장함으로써 적막감과 불안함이 생겨나고, 태양광선이 안개의 장막을 뚫고 나올 때 기대와 희망이 생겨난다는 것은 잘 알려져 있다." 〈뉴욕의 부두〉에서처럼 조형적 모티프(안개)가 플롯으로까지 응축되었을 때, 〈전함 포템킨〉에서는 역현상이 발생했다. 플롯적 요소(눈물)가 구상을 현실화하는 조형적 모티프로 변화한 것이다.

프레임

우리는 때때로 '프레임frame'이란 단어를 무슨 의미인지 명확히 정의하지 않고 사용한다. '영화의 프레임'이란 필름에 고정된 정적인 장면을 일컫는 것으로, 스크린에서 1/24초를 차지한다. 따라서 그런 프레임은 영화제작소나 기구가 있는 영화관에서만 볼 수 있는데, 이를 위해서 영사기에서 필름을 꺼내 불빛에서 관찰한다. 때때로 영화 포스터나 잡지의 사진을 영화의 '프레임'으로 부르기도 한다.

필름이 영사기를 통해 돌아가는 속도가 자동적으로 정해진다면, 이 같은 의미의 프레임은 영화 기술의 단위이지 영화언어가 아니다. 영화 언어 사전에는 '정지화면'이라는 개념이 들어 있다. '정지화면'은 마치 영사기의 필름이 멈추는 듯한 효과로써 감동을 모방한다. 그러나 실제로 그러한 파행이 생긴다면, 촬영된 영화는 영사 램프의 온도를 견디지 못하고 찢어질 것이다. 그런 경우 화면은 파손되어 나타나는데, 스웨덴 감독 잉마르 베리만Ingmar Bergman은 가끔씩 이를 예술적 목적을 위해 사용했다. 물론 여기에서 필름의 가연성이나 애니메이션 촬영기법을 모방할 수 있다. 이런 속임수는 베리만이 고안한 것은 아니다. 1912년에 영화·애니메이션 촬영기사인 러시아의 블라디슬라프 스타레비치 Wladyslaw Starewicz가 동료 영화인들에게 시범을 보였다. 객석은 혼란에 빠졌다. 무성영화 시대의 필름은 찢어지는 것이 아니라, 불이 붙어 타버렸다.

우리가 '영화의 프레임'이라 말할 때, 이는 '필름'으로 된 '프레임'을 말하는 것은 아니다. 필름의 프레임은 연속적으로 나타나는 것으로서, '필름의 몇몇 프레임'으로 이루어져 있다. 프레임의 길이가 최소한이고 그 묘사가 스크린에 나타나지 않는 경우가 빈번하게 일어나는 한, '하나 혹은 그 이상으로 된' 것이라고 말하는 것이 더 정확하다. 1960년대 유럽과 미국의 아방가르드 영화*에는 '일기영화'라는 장르가 존재했다. 일기영화의 작가는 작은 영화 카메라를 들고 이곳저곳을 돌아다니면서 원하는 주위 정경을 필름에 담았다. 이때 특별한 조건이 있었는데, 그것은 하나의 묘사로 독특한 인상을 남긴다는 것이다. 그 결과 삶의 양상은 극히 정교하고 독특하게 촬영되었다. 그러한 필름이 스크린에 투

---

* 영화나 그 밖의 예술에서 말하는 아방가르드는 어떤 경향을 일컫는 것이다. 아방가르드 영화는 창작에 있어 주어진 예술의 일반 규범을 거부하고 새로운 재료와 기술을 실험했다.

영될 때, 관객들(특히 그런 영화에 익숙하지 않은)은 부분적인 것 외의 다른 것은 거의 보지 못하지만, 작가 자신은 이 일정한 사건을 순간적인 감동의 맥박으로 포착한다. 그런 일기가 오래 진행될수록, 어떤 감독이 "나의 내면적 시야에는 인생 전체가 1분에 스쳐간다"고 옛 소설을 인용하여 말하는 것이 정당화된다.

프레임의 최대한의 길이는 촬영기구의 필름 비축량에 의해서만 제한된다. 그 최고기록은 역시 아방가르드 영화가 수립했는데, 몇 시간이나 된다.

우리에게 친숙한 영화 프레임의 길이는 이 양 극단에서 동요한다. 영화언어에서 이 변수는 자유롭다. 그렇지만 프레임의 길이가 예술적 의미를 지속시키는 그 자체로써 능동적인 동인은 아니다. 관객은 프레임이 너무 길거나 너무 짧을 때, 즉 자극을 주는 순간에만 프레임의 길이를 감지한다. 나머지 경우에 프레임의 길이는 다른 것들에서 자유로운, 보다 풍부한 내용의 변수로 간주된다. '조금 긴 프레임'은 침체된 행동을 나타내는데, 이 말은 잘 쓰이지 않는다. '고전적인'('일반적으로 받아들여지는', '검사를 거친', '드라마적으로 선명한' 등의 의미) 영화 언어를 지향하는 감독들은 너무 짧은 프레임을 피한다. 얼마 전의 한 인터뷰에서 미국 영화감독 피터 보그다노비치Peter Bogdanovich는 다음과 같이 말했다. "나는 프레임의 길이를 촬영장에서 직접 선택한다. 배우가 아직 연기하고 있을 때 촬영기사에게 컷을 지시한 적이 없는데, 시나리오 작가인 내게는 다른 어떤 장면도 떠오르지 않기 때문이다." 다른 미국 감독 세실 드 밀Cécil de Mill은 "컷"이라고 말하는 바로 그 순간이 배우와 함께 작업할 때 가장 중요한 것이라고 했다. 프레임의 길이는 독립적인 예술적 동인으로서가 아닌, 한 작품의 감독이 소유하고 있는 속성이나 장인성의 지표로 평가된다.

그래서 아주 용감하고 결단력 있는 감독만이 미학의 첫 번째 동인으로 지속적인 프레임(행위의 특성과 그것을 제시하는 길이가 조화되지 않고 대조의 원칙에 따라 구성된다)을 위치시킨다. 고전 영화에서는 동작이 적어지면 프레임의 길이도 짧아져야 한다고 생각했다. 그러나 사무라이들이 움직이지 않고 오랜 시간 관객과 얼굴을 맞대고 앉아 있는 구로사와 아키라Kurosawa Akira의 〈가게무샤Kagemusha〉(1980, 일본)의 앞부분이나, 지속적인 프레임으로 유명한 미켈란젤로 안토니오니 Michelangelo Antonioni의 〈여행자Professione: Reporter〉(1975, 이탈리아)의 마지막 장면을 상기한다면, 이 두 감독은 우리가 편견에 사로잡혀 있음을 지적한다는 것을 알 수 있다. 안토니오니는 이미 맨 처음 영화를 촬영하면서 프레임의 길이와 장면 지속성의 분리 원칙을 드라마투르기적으로는 이해할 수 없는 말로 공식화했다. "……배우의 연기를 추적하는 이동촬영 장치에 들어가 처음 촬영할 때, 어떤 일정한 장면에 꼭 머무르지 않아도 된다는 것을 알았다. 나는 얼마 동안 지속해서 촬영했다. 시나리오로 씌어진 장면을 모두 다 촬영한 다음에도 카메라를 닫지 않았는데, 그때 배우의 생각이나 그들의 영혼 상태를 전달하는 가장 좋은 방법은 지속적으로 찍는 것이라고 느끼게 되었다. 여기서 긴 프레임, 무한대의 파노라마 등이 나오게 된다…… 나는 무엇을 해야 할지 모르는 배우를 촬영한 적이 있는데, 이 망설임의 순간이 아주 성공적으로 나타났다. 그들은 어떤 경우에 있어서도 믿을 수 없을 만큼 성실했다."

화면의 프레임

이제 '프레임'이란 단어에는 필름에 나타나는 가장 작은 단위의 묘사, 필름의 시간적 단위라는 두 가지 의미가 있다는 것을 알게 되었다. 그러면 화면이 지속된다고 말할 때, 그때의 프레임은 다른 의미를 지니고 있는가? '프레임'이란 단어의 세 번째 의미는 필름의 공간적 단위이다. 우리를 둘러싼 공간에서 카메라는 '프레임'이라 불리는 사각형을 뽑아낸다. 촬영기사가 "프레임을 잡았다"고 말하거나 관객이 "훌륭한 프레임이다!"라고 옆사람에게 속삭일 때, 그들은 이러한 의미를 염두에 두는 것이다(그림27).

스크린의 사각형은 우리 시야에서 중요한 의미를 갖는다. 사각 화면은 보이는 것과 보이지 않는 것 두 구역을 나눈다. 영화에서는 무엇인가 보이지 않더라도 그것이 존재하지 않는 것은 아니다. 스크린에서 화면이 사라지지 않는 잠시 동안만 묘사가 존재한다고 생각한다면, 영화 언어는 기능을 수행할 수 없다. 그리피스의 영화에서 우리가 바닥에 누운 주인공을 남겨두고 다른 장소로 옮겨갈 때도, 우리는 그의 운명에 대해 계속 걱정한다. 더 정확히 말하자면, 누가 대화하는 것을 보았을 때 우리는 보이지 않는 다른 사람의 존재를 감지하는 것이다. 보이지 않는 상대방의 얼굴이 꼭 알려질 필요는 없다. 화면 뒤의 공간을 채우는 데는 기억뿐 아니라 상상도 도움이 되기 때문이다. 프랭크 보재지Frank Borzage의 〈희망The Hope〉(1936, 미국)의 첫 장면은 장관 사무실에 있는 주인공이 등장하는 것으로 시작된다. 주인공은 장관에게 손을 흔들면서 격렬한 목소리로 얼마나 오랫동안 휴가를 못 갔는지 열변을 토한

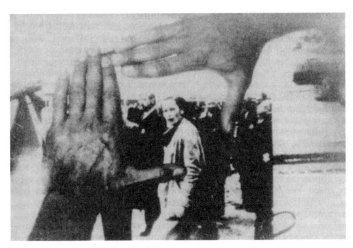

그림27 '숏'이라는 영화언어의 세 번째 의미를 신중하게 고려해야 하는 감독과 촬영기사는 특별한 손놀림을 만들어냈다.

다. 다음 장면에서 텅 빈 안락의자를 보고 우리는 사무실 주인이 나갔다는 것을 알게 된다. 그래도 주인공은 여전히 장광설을 연출할 뿐이다. 여기서 놀라운 것은 우리가 화면 밖 인물의 존재를 확신할 뿐 아니라, 그의 나이, 체격, 얼굴 모양까지도 어느 정도 상상할 수 있다는 것이다. 이러한 예는 극단적인(사실은 자신의 구상에 솔직한 것이다) 경우지만, 보이지 않는 화면 밖의 공간은 관객이 상상력을 발휘하여 자유롭게 덧칠할 수 있게끔 감독이 마련한 독특한 평야라는 것을 잘 보여준다.

많은 감독들이 화면 밖의 공간을 잘 이용하는데, 몇몇 감독은 정말 뛰어나다. 보여준다, 보여주지 않는다, 끝까지 보여주지 않는다, 되풀이해서 보여준다, 전체를 보여주지 않고 부분만 보여준다 — 이 모든 것이 우리의 관심을 분산시키는, 오래전부터 알려진 기법이다. 화면 밖의 공간은 그 분산을 가능케 하는 영화의 악기이다(물론 유일한 것은 아니다). 예술에 불변의 법칙을 대입하는 것은 위험하지만, 그래도 영화예술의 어떤 장르에서 사건의 클라이맥스가 시야 밖에서 벌어진다는 주장은 정당하다. 뒤퐁E. A. Duppont의 〈버라이어티Variété〉(1925, 독일)에서 고전적인 싸움 장면은 다음과 같이 촬영된 것이다. 주인공은 그의 적과 들판에서 엎치락뒤치락 하면서 화면을 이탈한다. 바로 그 순간 칼을 든 손이 나타난다. 정지. 그 다음에는 이미 혼자가 된 주인공이 화면에 올라온다. 여기서 우리는 누가 이겼는지 명확하게 알 수 있다. 감독은 적절한 때에 우리에게서 정보를 빼앗음으로써 인위적 결핍을 창출하고, 이때 '화면에 나오는' 모든 정보에 대한 관심이 크게 증대한다. 그렇지만 칼을 든 손이 살인 신호임은 알 수 있지만, 누가 누구를 죽였는가에 대한 질문에 답하는 것은 아니다. 그 순간에 있어 이것은 단 하나 알려지지 않은 것이다. 마침내 화면에 주인공의 모습이 나타났을 때, 관객은 가장 중요한 마지막 정보를 입수하게 되는 것이다.

뒤퐁은 결투라는 간단한 줄거리의 에피소드를 구성하면서 프레임 밖의 가능성을 마지막까지 다 사용했다고 할 수 있다. 그런데 1939년 미국 감독 존 포드John Ford는 전에 알려지지 않았던 새로운 가능성을 제시했다. 서부극의 고전 〈역마차Stagecoach〉의 마지막 장면을 보자. 악당과 카우보이의 결투는 뒤퐁의 영화와 마찬가지로 우리의 시야 밖에서 벌어진다. 〈버라이어티〉에서와 마찬가지로 화면에는 한 사람만 등장하는데, 그는 주인공이 아니라 악당이다. 그가 팔꿈치로 술잔을 쓸어내며 힘없이 마루바닥에 쓰러질 때 사태는 명확해진다. 그는 치명적 상처를 입은 것이다.

물론, 누구를 선택하느냐에 따라 간단한 상황이 복잡해진다는 사실

자체는 중요하지 않다. 중요한 것은 화면 밖의 죽음은 어떤 살인도 모티프로 취하지 않는다는 감독의 윤리적 태도를 깊이 반영하는 것이다. 로베르 브레송Robert Bresson의 〈사형수 탈옥하다Un Condamné à Mort s'est échappé〉(1956, 프랑스)를 보자. 감독은 승리를 위한 오랜 준비에는 작은 부분까지 정밀하게 포착하면서도, 도망자가 불가피하게 독일 보초병을 해치워야 하는 상황에서는 화면 밖에서 살인을 하게 한다(화면이 멈추고 음향이 동반되지 않는데, 이는 시야 밖에서 일이 벌어진다는 것을 나타낸다). 수수께끼를 창출하기 위해서가 아닌, 그 수수께끼에서 이탈하기 위해 화면 밖의 공간을 이용하는 것이다. 관객들은 영화의 제목에서부터 그 종말을 알고 있다. 그렇지만 모든 행위가 주인공의 1인칭 화자에 의해 이야기되므로 관객은 인간 존재의 죽음을 희망하고픈 유혹에서 벗어나게 된다. 여기서 브레송은 독일 병사의 구원을 바랄 뿐 아니라 죄 없는 사형선고에서도 벗어나길 원한다는 것을 명확히 알 수 있다.

이미 알고 있는 안토니오니의 〈여행자〉를 또 다른 예로 들 수 있다. 이 영화에서는 한 장면이 7분 동안 계속되는데, 스크린의 시간으로 볼 때 그것은 너무 길다. 창문 뒤로 어떤 사람이 나타난다, 나간다, 돌아온다 등등 최소한의 행위만 벌어진다. 그때 화면 밖에서는 살인이 벌어진다. 주인공이 죽는 것이다. 보다 초기 영화인 〈욕망Blowup〉*(1967)에서와 마찬가지로, 안토니오니는 살인을 '누가, 왜, 어떻게 하는가'라는 형

---

* 이 영화에 대해서는 로트만Iu. M. Lotman의 『영화 기호학과 영화 미학의 제문제Semiotika Kino i Problemy Kinoestetiki』(Tallinn, 1973)을 보라.

사사건의 기록을 상세하게 알리지 않는다(그런데 어리석은 관객은 처음부터 상세한 것에 관심을 갖는다). 반대로 이러한 부분에서 벗어나 사건의 흐름에 관해 스크린에서 입수되는 정보를 의식적으로 축소시킨다. 이에 따라 의미를 갖게 되는 것은 삶에 수반되는 원인과 결과의 필연성, 일치, 우연성, 상황 등이 아니라 주인공의 죽음인 것이다. 안토니오니에 따르면 죽음은 설명될 수도 없고 어떤 외부적인 원인도 도출해낼 수 없는 것으로서, 일상적인 삶에 수반되는 그런 것들은 죽음의 중요한 본질을 가릴 뿐이다. 안토니오니는 스크린에서 사건의 외관을 제거함으로써 죽음의 실제 사실을 폭로하고, 이미 상실했던 죽음의 신비에 관한 느낌을 회복하게 한다.

프레임 '외부' 공간

프레임의 내부 공간과 외부 공간에 대해 이야기를 계속하자. 이미 이야기된 것을 종합하여 다음과 같은 결론을 내릴 수 있다. 사건이 눈앞에서 벌어지는가 아니면 시야 밖에서 벌어지는가는 감독이나 관객에게 흥미로운 것이다. 그러면 볼 수 있다는 것만이 문제가 되는가? 화면의 경계는 다양한 성격의 공간으로 나타나고, 그 각각의 공간에서 벌어지는 사건은 완전히 다른 세계로 나타나는가?

공간의 개념을 생각해보자. 고전 역학에서 공간은 각각 스스로의 방향성을 갖는 동일한 공간이다. 그러나 과거의 학자들은 그런 결론에 도달하기 위해 본능적으로 나의 영역과 타자의 영역으로 주변세계를 양분하는 고대적 공간을 극복하려 했다. 그러한 공간은 같은 종류라 할 수 없다. 공간학은 인간의 문화가 공간을 어떻게 해석하는가에 관한 학문이다. 그 창시자인 미국의 인류학자 홀E. Hall의 말을 인용해보자. "평생 개들을 관찰한 결과, 그들이 공간을 어떻게 이해하는지 알 수 있었다. 그것은 특히 시골에서 두드러지는데, 개는 주인의 '정원'의 경계를 알고 그것이 침범당하지 않게 한다. 개에게는 난로 앞, 부엌, 식당 등 잠자리로 허용되는 일정한 장소가 있다. 즉, 개에게는 상황에 따라 몇 번이고 다시 돌아올 수 있는 구체적 시점의 공간이 있는 것이다. 또한 개가 자기 주변에서 구역을 창조하는 것도 관찰할 수 있다. 개는 어떤 일정한 구역을 중요하게 생각하는데, 이 보이지 않는 경계선을 넘은 침입자는 공격을 받게 된다. 이는 개와의 관계나 개가 위치한 구역에 따라 정해진다."

인간은 동물과 달리 이런 공간감을 본능적으로 나타내지는 않지만, 주변 공간에 대해서는 똑같은 양상으로 반응한다고 홀은 주장한다. "집주인은 '자기 안락의자'가 있다고 양해를 구하는 듯하다. 남의 방에 들어와서 편안한 안락의자에 앉아 저쪽을 보고 있다가, 갑자기 생각난 듯 집주인을 돌아보며 '그런데 이것은 당신이 좋아하는 안락의자가 아닌가요?'라고 묻는 일이 종종 있다. 대답은 보통 정중하다. 주인이 자신의 진짜 감정을 실어서 '그래, 제기랄, 이건 내가 좋아하는 의자야. 나는 다른 사람들이 거기 앉는 것을 좋아하지 않아!'라고 답하는 것을 상상할 수 있겠는가. 왜인지는 모르지만, 우리 문화에서는 공간에 대한 감정을 숨기거나 축소하도록 되어 있다."

이 손님과 마찬가지로 영화를 보는 관객은 주인공이 어떤 공간은

'자신'의 것으로, 어떤 공간은 '낯선' 것으로 간주한다는 것을 금방 알아차린다. 우리는 영화의 등장인물과 자신을 동일시하면서도 그의 공간적 본능, 외부의 '낯선' 공간에 대한 그의 편견, 혹은 '자신'의 내부 공간에 대한 집착은 분리한다. 많은 감독들이 고의로 공간적 본능을 자극하는데, 서부극이나 공포영화 같은 특정한 장르는 공간적 편견에 따라 존재하게 된다.

이제 화면 내부와 외부라는 대립적 공간으로 돌아가자. 스크린의 시야가 관객에게 친숙한 '자신'의 내부 공간이고, 화면 밖의 공간은 알지 못하고 적대적인, 낯선 외부 공간으로 나타나는 일이 빈번하다. 물론 이것은 부동의 필연적인 의미를 지닌 것이 아니다. 우리의 인식 경향은 필요한 경우에는 쉽게 활성화되고 불필요한 경우에는 무감각해지기 때문이다. 영화의 역사에는 상황 자체가 이미 플롯의 결정적인 요소가 되는 경우를 볼 수 있다. 화면 밖의 공간은 항시적인 위협의 원천으로 변화된다.

존 휴스턴John Huston의 〈아프리카의 여왕The African Queen〉 (1952, 미국)을 보자. 두 명의 영국인(험프리 보가트Humphrey Bogart, 캐서린 헵번Katharine Hepburn 분)이 치명적인 위험에 직면한다. 첫 화면에서 그들은 강의 급류를 따라 아프리카 정글을 헤쳐나오는데, 폭포, 하마떼, 독일군 진지(시대적 배경은 제1차 세계대전 때이다) 등 예기치 않은 것들이 매 순간 그들을 기다리고 있다. 적대적 현상이 벌어지는 정글의 세계가 유일하게 안전한 공간인 낡은 모터보트를 둘러싼다. 감독은 어떻게 직면한 위험을 관객이 이해하도록 했을까? 첫째, 모든 모험 장르에 정통한 법칙에 따라 처음에 주인공의 반응이 나타나고(특히 여주인

그림28-29 존 휴스턴의 〈아프리카의 여왕〉. 화면 밖에는 항상 위험이 도사리고 있다.

공의 반응, 왜냐하면 여인의 공포가 더 예리하게 느껴지기 때문이다),
그 다음 놀란 이유가 나타난다(코미디 영화는 그 반대의 원칙이 우세하
다는 것을 지적해야겠다. 주인공은 태평한데, 관객은 이미 임박해 있는
위험을 본다. 찰리 채플린의 모든 코미디 영화에서 그 예를 쉽게 찾을
수 있다). 둘째, 그림28과 그림29의 프레임을 비교하면서, 우리는 휴스턴
감독이 여러 방법으로 그것을 '예고'하고 있다고 확신할 수 있다. 등장
인물은 시선을 화면 밖으로 던진다→표정이 바뀐다→잠시 후 관객은
화면 밖에서 벌어지는 사건을 알게 된다. 〈아프리카의 여왕〉에서는 이
러한 모습이 9번 반복된다. 관객은 그러한 모습의 중간 요소(스크린에
나타나는 얼굴에서 보이는 위험과 그것이 구체적으로 어떤 것인지 알지
못하는 짧은 시간)로부터 매번 외부 공간의 공포를 경험한다. 낯선 것
에 대한 본능적인 두려움, 보이지 않는 외부 공간에 대한 공포와 위험,
친숙하고 정착된 스크린의 세계로 침입한 공포가 우리를 기다린다.

주저하는 장면을 감독이 얼마나 능숙하게 조작하는지를 보여주는
다음 두 가지 예에 주목하자.

첫째, 예술연구가들은 캔버스나 연극의 무대에 등장인물을 배치할
때, 악하고 부정적인 법칙을 구현하는 주인공은 왼쪽, 선한 양심의 소유
자는 오른쪽에 위치시킨다고 오래전부터 지적해왔다. 그림의 왼쪽은
선하지 않다는 특징을 지니고 있다. 옛날 연극에서 유쾌하지 않은 일을
벌이는 주인공은 무대 왼쪽에서 등장했다. 〈아프리카의 여왕〉에서도
감독은 화면을 그렇게 구성했다. 9번 중의 8번은 주인공의 놀란 눈동자
가 화면 밖의 왼쪽(관객이 보기에) 공간을 향하고 있다. 우리는 왼쪽의
위협에 더욱 두려움을 느낀다.

그림30 여주인공이 발견한 위험은 동료의 몸에 붙어 있는 거머리였다.

둘째, 그림30에서 우리는 친숙한 장면을 보게 된다. 캐서린 헵번이 우리는 모르는 위험을 알아차리는 장면이다. 관객은 화면 바깥에서 무엇인가 나타나기를 기다리는데, 뜻밖의 사실이 밝혀진다. 여배우 얼굴에 나타난 공포는 바로 우리가 눈앞에 있는 그녀 동반자의 몸에 붙어 있는 아프리카 거머리 때문인 것이다. 여기서 휴스턴 감독은 조금 교활한 방법을 사용한다. 관객이 처음에는 그녀가 화면 밖을 보고 있다고 잘못 생각하도록 그녀의 위치와 시선을 정한 것이다. 화면의 외부 공간은 강력한 공포의 저장탱크이다. 감독은 그 공간에 의거하여 관객에게 커다란 충격을 줄 수 있다.

프레임 분석

우리가 스크린에서 보는 것에 의해 항상 멀리서 일어나는 일의 의미가 해결되는 것은 아니다. 스크린의 프레임은 제한된 시야라는 독특한 역할을 한다. 시각 훈련 덕분에 우리는 자동적으로 프레임 내부의 공간을 '읽는다'. 프레임 밖의 공간을 기억 속에 복구하거나(만일 그것이 이미 우리가 본 것이라면), 상상력으로 구성하는 것이다. 그런 경우, 우리가 주어진 순간에 눈앞에서 벌어지는 것을 규정하는 지적 수준은 화면의 외부 공간 질서를 규정하는 수준보다 낮다. 화면의 외부 공간은 영화에서 **무한대의 의미론**을 지닌 영역이다.

감독이 영화언어에 주어진 무한성을 얼마나 자유롭게 구사하는지 알아보기 위해, 앨프리드 히치콕Alfred Hitchcock의 〈열차 안의 낯선 자들Strangers on a Train〉(1951, 미국)의 한 장면을 분석해보자. 이 영화는 모르는 여자를 죽이고, 그녀의 남편에게 혐의를 뒤집어 씌우려는 사람의 이야기이다. 화면에 흥미를 갖게 되는 순간, 벌써 관객은 주인공의 의도를 추측할 수 있다. 그러나 그는 젊은 여자를 한 번도 만나지 않았고, 따라서 남편에게 자신의 살인혐의를 씌우는 것도 불가능했다. 사건은 어느 놀이공원에서 일어난다. 미리엄은 한 남자가 끈질기게 자신의 뒤를 쫓아오는 것을 눈치 채고, 자신과 사귀고 싶어서 그런다고 생각해 버린다. 놀이공원 입구에서 그와 그녀는 처음으로 눈을 마주친다. 그녀는 슬그머니 다시 한 번 쳐다보고, 낯선 사람이 계속 쫓아오는 것에 놀란다.

감독은 이 장면을 어떻게 구성했을까? 히치콕은 관객도 여주인공과 마찬가지로 낯선 사람을 세 번째 보는 곳은 익숙한 거리일 것이라고 생각하고 그녀 뒤의 공간에 시선을 던질 것이라는 것을 알고 있었다. 히치콕은 화면의 배경 공간을 비워두지 않았다. 미리엄이 시선을 던지는 그곳에는 멀리 세 남자의 모습이 보인다. 몇 초 동안 우리는 이 모습들을 보게 되는데, 이 사람들은 사건과 아무 관계가 없다. 우리가 알고 있는 살인자가 혼자 다가온다. 그래도 이 세 사람은 미리엄에게 등을 돌리고 서 있다. 미리엄이 시선을 던지는 방향을 다시 한 번 살펴보면, 그 오른쪽에 움직이지 않고 서 있는 어떤 사람의 어깨가 있다는 것을 알게 된다. 그 어깨는 살인자가 있어야 한다고 우리가 생각하는 곳보다 더 가까이 있다. 그럼에도 불구하고 관객은 금방 그 어깨가 우리가 찾는 그 사람이라고 '단정'한다. 그 사람이 미리엄에게서 몇 발자국 떨어지지 않은 화면 밖에 있다니! 히치콕은 낯선 어깨를 세워놓고, 관객이 그것을 살인자의 외견이라고 상상하게끔 속임수를 쓴 것이다(그림31). 우리가 사실을 알게 되는 것은 미리엄의 행동에 의해서이다. 미리엄은 화면의 프레임에 방해받지 않고 어깨 소유자의 전체 모습을 본다. 그러나 갑자기 무언가를 깨닫고 반대편(우리에게 왼편)으로 고개를 돌린다. 카메라는 그녀의 시선을 따라 조금씩 왼쪽으로 이동한다. 이때 마음을 졸이고 있던 우리는 살인자가 음흉한 미소를 띠고 미리엄 바로 옆에 서 있는 것을 알게 된다(그림32).

무슨 일이 벌어졌는가? 일반적인 중간급 감독은 이 프레임을 직선으로 처리했을 것이다. 미리엄은 우리와 얼굴을 맞대고 서 있고, 관객은 그녀에게 접근하는 살인자를 뒷배경의 공간에서 찾게 되었을 것이다. 관객은 결국 예기치 않은 일로 놀라는 미리엄을 보았겠지만, 자신은 그

▲그림31 히치콕의 〈열차 안의 낯선 자들〉. 화면 오른쪽의 낯선 어깨.
▼그림32 혐오스러운 살인자의 미소…… 그는 바로 미리엄 옆에 서 있었다!

다지 놀라지 않았을 것이다. 진행 과정이 모두 명확하게 규정되어 있는 것이다. 히치콕은 여주인공이 아닌 관객의 기대를 배신하는 것이 중요하다고 결정했다. 그렇게 해야만 관객은 젊은 여자가 갑자기 놀라는 것을 외적으로 검증하는 데 국한되지 않고, 그녀의 공포를 내부로부터 직접 경험할 수 있는 것이다. 이를 위해 히치콕은 무한성의 영역인 프레임 밖의 공간을 이용했다.

히치콕은 살인자가 좀 떨어져서 서 있다는 것을 알린다. 그 다음 살인자와 희생자의 거리를 점점 좁히는 대신에(단선적으로 생각하는 감독은 그렇게 한다), 살인자의 모습을 놓치도록 한다. 이 순간 관객은 보이지 않는 위험에 불쾌감을 느낀다. 바로 이것 때문에 우리는 기꺼이 히치콕의 거짓 전략을 사는 것이다. 물론 '서 있는' 어깨가 우리가 생각하는 것보다 더 가까이 있다는 것이 불쾌하기는 하지만, 그것으로 우리는 위험의 근원이 되는 공간을 인식하고 한정할 수 있다고 생각한다. 그 다음 순간 바보 취급을 당했다는 것을 알고 우리 마음은 아주 불편하게 된다. 살인자는 바로 옆에 서 있었다. 중요한 것은 그를 발견한 위치가 아니다(우리는 그것을 그의 우월감이 담긴 미소에서 읽는다). 우리가 정신없이 미리엄의 시선을 뒤따라 공간을 샅샅이 뒤지고 있을 때, 살인자는 이 모든 과정을 조용히 관찰하고 있었던 것이다.

이상을 종합해보면, 일정한 순간에 주어진 화면은 스크린에 보이는 것과 스크린 바깥에 있다고 간주되는 것과의 상관관계를 이루고 있다는 결론을 내릴 수 있다. 대수對數와의 유사성에 의거하여 공식화하면, 영화에서 예술적 사고는 알려지지 않은 것과의 등식 체계로 나타난다고 말할 수 있다. 그 알려지지 않은 것 중의 하나가 화면의 외부 공간이다.

숏

　영화의 세계와 친숙하지 않은 사람이라도 '숏'이라는 말을 듣고는 클로즈업, 미디엄숏, 풀숏 등등을 금방 떠올릴 것이다. 감독과 촬영기사는 "이 장면을 어떤 숏으로 찍을 것인가"를 결정한다. 촬영 시작 전에 여배우는 "어떤 숏으로 나를 찍을 것인가"를 묻는다. 이것은 쓸데없는 질문이 아니다. 영화의 미래가 숏에 따라 달라지기 때문이다.

　우리가 '커다란', '좁은', '가까운', '먼', 혹은 '낮게 위치한'이라는 형용사로 이름 붙이는 공간은 우리의 체격과 주변 사물, 익숙한 운동 속도, 보폭 등에 의해 규정된다. 우리는 우리를 둘러싸고 있는 인간세계를 창조하고, 그것으로 우리 주위를 측정한다. 우리는 멀리 있는 사물이 조그맣게 보인다는 것을 알고 있으며, 객석에 앉아서 볼 때 원근법에 따라 무대 위의 배우가 조그맣게 보인다는 사실에 놀라지 않는다. 따라서 연극에서 배우들 주변을 장식하는 세계는 작지만, 그 사람들의 키가 보통이라는 것은 설명해주지 않아도 알고 있다. 레닌그라드의 코미디 극장 감독 아키모프H. Akimov가 어떤 소년의 꿈을 무대에서 상연했던 적이 있다. 주인공은 난쟁이가 된 것처럼 보였다. 커튼이 올라갔을 때, 관객은 거대한 책상이 이쪽에서 저쪽 끝까지 무대 전체를 차지하고 있는 것을 보았다. 책상 위에는 커다란 잉크병, 거대한 물컵이 놓여 있었다. 컵에 든 꽃은 거의 천장에 닿을 정도로 길었다. 소년 역을 맡은 배우는 머리가 컵의 끝까지도 닿지 않았다. 그가 책상 위로 뛰어 올라 그 위를 뛰어다닐 때, 관객들은 그의 키가 작아졌다는 착각을 한다. 아키모프는 인간과 주변 사물의 크기를 상대적으로 바꿈으로써, 크기에 대해 우리에

그림33 〈개구쟁이〉의 로렐과 하디. 세트를 크게 만들면 등장인물들이 작아지는 효과를 낼 수 있다.

게 익숙한 표상을 파괴했던 것이다.

영화에서는 시시각각으로 이런 예와 부딪친다. 1920년대 미국의 유
명한 영화배우 메리 픽포드Mary Pickford는 소녀의 역할을 탁월하게 연
기했다. 그녀는 키가 큰 어린이를 파트너로 택하고, 세트와 소품을 크게

그림34 〈남자친구〉의 한 장면.

해 달라고 요구했다. 원래 키가 크지 않은 주인공 더글러스 페어뱅크스 Douglas Fairbanks는 세트를 작게 만들고 에피소드에서 연기할 배우를 이에 맞춰 선발했다. 그럼으로써 자신의 키를 드러내지 않고 오히려 그 반대의 효과를 나타냈던 것이다. 〈개구쟁이Brats〉(1930)에서 우리는 아키모프가 무대에서 달성했던 그 효과를 본다(그림33). 미국의 인기 코미디언 콤비 로렐과 하디Laurel & Hardy는 거대한 세트에서 연기함으로써 자신들의 모습을 축소된 것으로 변화시켰다. 켄 러셀Ken Russell의 〈남자친구The Boy Friend〉(1971, 영국)에 대해서도 똑같이 말할 수 있다 (그림34). 관객이 묘사의 척도를 표시하는 눈금을 금방 규정할 수 없는 경우가 많다.

몇몇 감독들은 우리가 혼란스러워는 것을 복잡하게 이용한다. 에이젠슈테인의 〈파업〉의 한 에피소드에는 손님들의 눈요깃감으로 키워진 난쟁이들의 행동이 나타난다. 감독은 이 행동을 어떻게 보여줄 것인가? 우선 우리 눈앞에 파티 테이블의 술잔과 식기들이 클로즈업되어 나타난다. 그 다음 장면에서는 한 커플이 왈츠를 추며 나타난다. 우리는 마음속으로 이 장면을 단일한 척도로 단정하고, 벌써부터 기사와 숙녀가 천이 씌워진 테이블 주위에서 춤을 추는 장면을 상상하게 된다. 에이젠슈테인이 이 장면을 풀숏으로 제시할 때, 우리는 잘못 생각했음을 알아차린다. 춤추는 사람들은 난쟁이들이고, 그들은 테이블 위의 식기들 가운데서 춤추고 있었던 것이다.

에이젠슈테인은 키라는 것이 상대적인 개념임을 그렇게 상기시켰다. 『걸리버 여행기』의 작가 스위프트 J. Swift는 처음으로 우리의 신체의 크기를 실제로 지각하게 했다. '정상적인', 말하자면 '문제 되지 않는' 것이라고 생각되던 것이 소인국에서는 거대하게, 거인국에서는 왜소하게 나타난다. 걸리버가 거인국의 섬에 떨어졌을 때, 들판에서 수확하는 농부를 피해 거대한 보리줄기 사이에 숨어서 생각하는 장면을 떠올려보자. "상대성 개념의 정수가 '크다 작다'라는 개념에 있다는 주장은 분명히 옳다. 아마 소인들은 자기들만큼 작은 사람들을 만나는 것이 바람직한 운명일 것이다. 나와 비교할 때 그들은 무척 작았다. 이 거인들보다도 더 터무니없는 커다란 종족이 세상 저편에 존재할지 누가 알겠는가." 우리는 익숙한 척도를 잘 감지하지 못한다. 그러면서, 그것이 특징이 없기 때문이라고 생각한다. 스위프트는 '정상적인' 높이는 작은 것에 대해 큰 것이고 큰 것에 대해 작은 것이며, 이 때문에 실제로 생생하게 느껴지는 것은 중립적인 크기라는 것을 보여줬다.

유사한 상황이 영화에서도 일어난다. 카메라를 대상에서 멀리 혹은 가까이 이동시키며 시점을 움직여 다른 크기의 묘사를 얻어낼 수 있다. 우리의 감각 중심부에는 화면의 크기와 촬영 대상의 '자연스런' 관계를 형성하는 몇몇 형상의 '정상적인' 표준 크기가 자리 잡고 있다. 그 관계는 '멀지도 가깝지도 않게' 느껴지는 것으로서, 이는 우리가 거울을 보았을 때 거기에 반영되는 모습이나 옆에 서 있는 친구의 키를 '자연스럽게' 느끼는 것과 마찬가지이다. 유럽의 회화의 초상화 장르에서 화가와 모델의 정상적인 거리는 1.2~2.4미터이다. 예술연구가 그로서M. Grosser에 의하면, 초상화를 그리는 사람과 그려지는 사람 사이에는 특수한 '심리적인 친근감'이 필수적으로 생겨야 하는데, 그것이 바로 이 거리에서 형성된다고 한다. "……담화에 가까운 독특한 교제, 그 느낌이 보존되어 초상화를 감상하는 관람객에게 전달된다." 그것은 사람과 사람이 눈을 맞대고 바라보는 거리이다(말초적으로 명확한 시각의 영역을 말하는 것이다).

유럽 문화에서 그 거리는 비밀 이야기를 주고받을 만큼 서로 친하지는 않지만 그렇다고 낯설지도 않은 사람들이 대화하기에 적당한 거리로 간주된다. 또한 이 거리는 상대방의 동등한 권리를 고려한다. 그로서가 주장한 대로 만일 화가와 모델의 거리가 1.2미터 이하라면, 관객은 화가나 모델 어느 한쪽이 우세하여 다른 한쪽을 압박한다고 느낄 것이다. 거리가 멀어질 때 심리적 교제는 공개적 색채를 띤 교제로 변화한다(대화를 할 경우 3미터 이상의 거리에서는 필수적으로 목소리를 높여야 함을 의미한다). 대화하는 사람 이외의 제3자도 포함된 주위 공간이 시야에 들어오는 것이다.

'직관적 감각'이라는 유럽 문화의 공통적 규범에서 탈출한다면, 스크린에 전신이 묘사된 형상이 시야에 포착되는데, 이를 미디엄 풀숏이라고 한다. 미디엄 풀숏은 사람의 모습이 무릎까지 나오도록 구성한 화면이다. 우리는 고개를 움직이지 않고도 대화하는 사람과 그 옆에 서 있는 사람을 볼 수 있다. 이 시점을 중심으로 다른 숏을 생각할 수 있다.

롱숏 멀리 있는 풍경이나 거기에 위치한 사람의 형상을 포착한다.

풀숏 '나'로부터의 거리가 멀어지고, 나는 다른 사람의 전체 모습을 본다.

미디엄숏 다른 사람이 '나'에게 아주 가까이 다가오고, 카메라는 그의 상반신만을 '본다'.

클로즈업 얼굴과 얼굴을 맞대고 있다.

익스트림 클로즈업 극접사. 모든 물체가 전체 시야에 들어오는 것이 아니라, 얼굴이나 신체의 일부분, 특정한 사물 등만 나타난다.

숏은 관객의 시점을 카메라에 위치시키는 듯하다. 재미있고 이상한 모험이 바로 관객인 '나'로부터 생겨나는 것이다. 첫째, 그 높이는 어느 정도인가? 미디엄 풀숏은 나에 비추어서 '중립적'(멀지도 가깝지도 않은) 거리에 서 있는 인간의 형상을 묘사한다. 따라서 나는 대충 그 정도 키여야 한다. 미디엄 풀숏으로 찍은 사람의 모습이 스크린에서는 아주 큰 키로(스크린의 크기에 달려 있다), 텔레비전 화면에는 아주 작은 키로 나타난다. 그러나 관객은 그 모습의 절대적인 크기를 처음에만 눈치챌 뿐 곧 적응한다. 이 현상을 이해하려면 작은 크기의 그림에 그려진 사람은 난쟁이로 느껴지지 않고, 큰 크기의 그림에 그려진 사람은 거인으로 느껴지지 않는다는 것을 기억하면 된다. 그들이 관객으로부터 가까이 있느냐 멀리 있느냐의 정도는 절대적인 크기에 의해 결정되는 것이 아니라 그림의 프레임에 의해 상대적으로 결정되는 것이다. 머리가 프레임의 윗부분에 닿아 있고 무릎 아래가 화면에 나타나지 않는 사람의 모습은 마치 전면에 위치한 것으로 느껴질 것이다. 우리는 그림에서 아주 작은 크기로 자리를 차지하고 있는 사람의 모습은 멀리 있는 것으로 느낄 것이다.

영화에서도 유사한 현상을 볼 수 있다. 스크린 사각형의 크기, 스크린에서 미디엄 풀숏으로 공간을 메우고 있는 그런(실제 혹은 상상 속의) 모습의 크기 관계에 따라 대상과의 거리 정도를 감지할 수 있다.

앞서 이야기했듯이, 숏을 일면적인 의미로 규정하는 것은 옳지 않다. 먼저 관객에게 무엇이 보이는가를 인식해야 한다. 우리는 이미 〈파업〉에 등장하는 난쟁이에 관해 이야기했다. 에이젠슈테인은 〈낡은 것과 새 것Staroe i Novoe〉(1927)에서 이 기법을 반복했는데, 이때 이미 숏은 특정한 예술적 과제를 안고 있었다. 관료의 억압에 궐기하도록 호소하는 에피소드의 처음, 우리는 관객을 향해 간헐적으로 움직이는 금속성 물체를 보고 놀라게 된다. 다음 순간, 이것이 타자기 원통을 클로즈업한 것(게다가 아래쪽에서!)임이 밝혀진다. 안토니오니는 추상적이고 기하학적인 형태의 건축물이 서 있는 무인공간을 보여주기를 좋아했다. 관객은 수수께끼에 빠진다. 이 화면의 척도는 무엇이며, 이런저런 묘사는 어떤 숏으로 된 것인가? 그 답은 예기치 않은 데서 얻어진다. 예를 들면 건물의 돌출부에서 잔 모로Jeanne Moreau의 모습이 나타나는 장면이 있는데, 이로써 우리는 생각보다 아주 멀리서 숏을 설정했다는 것을 알게 된다.

롱숏

클로즈업, 롱숏, 미디엄숏은 사전적인 단위가 아니며, 그 의미가 항상 고정되어 있는 것도 아니다. 숏의 의미는 상대적이다. 그것은 숏과 숏의 상호관계이다. 예를 들면, 클로즈업된 얼굴과 롱숏의 풍경을 연결했을 때, 롱숏은 주관적 시점으로 변화하게 된다. 즉, 관객은 풍경을 바라보는 사람이 된다.

그러나 예술작품에서 순전히 종속적, 혹은 순전히 상대적인 경우는 그리 흔치 않다. 풍경의 분위기는 필연적으로 그것을 바라보는 얼굴에 반영된다. 상상 속에서라도 말이다. 우리는 풍경을 감상한다. 그러나 우리의 느낌은 배우가 어떤 표정으로 그것을 바라보는가에 따라 달라진다. 이때 클로즈업과 롱숏이 서로 다른 독립적 색채의 의미를 내포함으로써, 그 의미는 서로 풍요로워질 수 있다. 이것은 음악에서 여러 가지 악기와 같다. 원칙적으로는 한 작품을 여러 악기로 연주할 수 있지만, 그중에서 특정한 어떤 것만이 연주에 있어 보다 효과적인 접근방법이 될 수 있다. 영화언어의 모든 앙상블을 잘 이해하는 감독은, 어떤 테마가 울릴 때 그 주어진 테마에 어떤 숏이 가장 잘 공명하는지 알고 있다. 오선지나 연주자의 도움 없이 악기 자체로서 내부 음향을 끌어낼 수 있는 것처럼, 잠들어 있는 영화언어를 사용하여 의미의 뉘앙스와 배음背

音을 추출하는 감독이 있다.

롱숏은 감독이 특히 사회적-역사적 격변을 공간의 범주에서 구성하려는 경우에 사용된다. 그런 경우 '얼굴과 풍경'의 결합에서 예술적 구성의 기본이 되는 것은 풍경이고, 얼굴의 클로즈업은 롱숏을 위한 동기를 제공하는 것에 머문다. 한편, 어떤 감독이 심리학적 범주의 영화를 구상한다면, 그 영화가 클로즈업으로 인해 허술해진다고 생각할 수는 없다. 그 감독에게 주된 요소는 풍경이 아니라 얼굴인 것이다.

롱숏의 묘사로 대표적인 두 테마를 살펴보자. 그 테마는 '광활함'과 '군중'으로서, 이는 서로 상치된다.

안드레이 타르코프스키Andrei Tarkovskii는 〈안드레이 루블료프 Andrei Rublёv〉(1966, 러시아)에서 광활하게 펼쳐진 풍경의 롱숏과 닫힌 공간(수도원의 승방, 어둡고 비좁은 실내)을 교차시켜 자유와 강제의 안티테제를 창출한다. 이는 한편으로 상반된 이해를 요구하기도 한다. 광활한 초원은 파괴를 의미하고, 창조는 영적인 공간(교회)으로 구현된다. 열린 공간이 닫힌 공간으로 침입하는 것(파괴된 교회에 눈이 내린다)은 자유가 아닌 파멸을 상징한다.

안토니오니의 영화에서 숏에 적재된 의미는 무척 흥미롭다. 〈여행자〉에서 아프리카 평야와 스페인 평야라는 넓은 풍경의 롱숏은 열린 공간의 이미지가 아닌, 어디에도 숨을 곳이 없다는 압박감을 제공한다.

얀초Miklós Jancsó의 영화에서도 불가능의 느낌을 주는 역설적인 롱숏을 찾아볼 수 있다. 〈검거Szegénylegények〉(1966, 헝가리)의 처음 장면은 하얀 눈이 덮여 반짝이는 초원에 미디엄숏으로 된 두 어두운 형상이 등장한다. 짤막한 심문. "가도 됩니다." 두 사람의 뒷모습. 한 명은 그 자리에 서 있다(클로즈업). 그는 기다리며 지켜보고 있다. 다른 한 사람은 재빨리 사라진다(풀숏-롱숏). 총소리. 걸어가던 사람이 쓰러진다. 하얀 배경. 완전한 적막. 서 있고 누워 있는 두 개의 검은 형상. 얀초 영화에서 공간에서 벌어지는 행위는 본질적인 예술의 맥락에서 상징적인 의미를 획득한다. '평원'은 헝가리의 남부 초원이다. 평평한 공간이 끝없이 널려 있고, 그곳을 따라 가끔씩 농민부락과 크지 않은 촌락이 산재해 있다. 숨을 곳은 어디에도 없다. 숲도 없고 덤불도 없다. 농민부락의 지도자는 처벌이 두려워 도망자를 숨겨주길 거절한다. 도망자(얀초 영화의 주인공은 주로 도망자이다)를 위해 롱숏으로 찍은 무한대의 똑같은 풍경은 절망으로 호흡한다. 감독은 이것을 강조하기 위해 원형의 카메라의 움직임에 집착한다. 공간은 주인공 주위를 동그랗게 그리는 듯하다.

히치콕의 〈북북서로 진로를 돌려라North by Northwest〉(1959)는 주인공에게 적대적인 텅 빈 공간의 고전적인 예이다. 거기서 감독은 자신에게 역설적인 과제를 부여했다. 프랑수아 트뤼포François Truffaut 와의 인터뷰에서 히치콕은 다음과 같이 말했다. "나는 상투적인 수법에 반대한다. 죽음이 기다리는 곳으로 향해 간다. 보통 이런 장면을 어떻게 설정하는가? 검은 밤. 도시의 좁은 교차로. 거리의 등불이 비추는 빛의 얼룩 속에서 희생양이 무언가를 기다리며 서 있다. 조금 전에 내린 비로 젖어 있는 포장도로. 멀리 눈 깜빡할 사이 벽을 따라 달려가는 검은 고양이의 클로즈업. 누군가 거리를 보기 위해 커튼을 살짝 당기는 창문의 숏. 천천히 다가오는 검은 리무진 등등. 나는 자신에게 물었다. 이런 장면에 완전히 반대되는 것은 무엇일까? 음악도 검은 고양이도 없

그림35 〈북북서로 진로를 돌려라〉의 '텅 빈 공간'. 어디에도 주인공이 숨을 곳은 없다.

고, 창가의 비밀스런 얼굴도 없는, 햇빛이 내리쬐는 텅 빈 평원이다!"
그 결과 히치콕의 영화에서는 미지의 것이 불길한 뉘앙스를 획득했다.
위험의 징조가 아닌 그 징조의 부재가 장면들의 라이트모티프[주요 인물
이나 사물, 특정한 감정 등을 상징하는 동기. 반복적 사용으로 극 진행을 암시하고
통일성을 줄 수 있다]가 된 것이다. 어떤 사람이 무방비 상태로 인적 없는
들판 한가운데 서 있다. 그 들판 주변에서 무심하게 살충제를 살포하는
비행기. 그 군용 경비행기가 위험 신호라는 것이 밝혀지고, 히치콕의 주
인공은 얀초와 안토니오니의 인물들이 처했던 것과 똑같은 상황에 처해
있음을 알게 된다. '텅 빈 공간'은 '숨을 곳이 없다'의 동의어라고 볼 수
있다(그림35).

군중과 롱숏

역사여행을 마감하자. 영화가 존재한 이후 10년이 지났을 무렵, 영
화는 주로 배우의 예술이었다. 문화 영역에서는 영화와 연극이 그 영향
권의 경계를 놓고 싸웠다. 이 싸움은 어떻게 진행되었는가? 우선 대중
예술은 아무런 격투 없이 영화로 기울었다. 영화가 연극보다 우월하다
는 것은 주로 시각적 자유의 측면에서 이야기되는데, 이는 카메라를 배
우 가까이에 위치시키고 그럼으로써 화면을 확대시킬 수 있다는 가능성
을 염두에 둔 것이다. 연극에서 시점의 변화는 두 방향에 한정된다. 관
객은 배우에게 가까이 앉아 있어도 안 되지만, 또한 멀리 있어도 안 된
다. 관객은 무대의 경계를 분리할 수 없는 것이다. 연극은 풀숏와 미디

엄 풀숏 두 개로 충분하다. 우리는 영화가 롱숏이라는 익숙지 않은 용량으로 대중에게 감동을 준다는 것을 잊어버리곤 하는데, 클로즈업으로 찍은 세계를 볼 때는 더욱 그러하다. 유리 올레샤Yurri Olesha[우크라이나의 소설가·극작가]는 어떤 영화의 투우 장면을 사람의 씨로 꽉 차 있는 반쪽의 수박에 비유했다.

1908년에 곤차로프V. Goncharov가 연출한 러시아 역사물 〈스텐카 라진Sten'ka Razin〉이 처음 상영될 때, '거의 100명 가까운 단역'을 동원했다고 선전했다(실제로는 30명이었지만, 이것만 해도 인상적이었다). 1919년대 이탈리아 역사물—이를 '페플룸peplum'이라 불렀다'—의 성공 여부는 군중 장면에 참여하는 단역의 숫자에 따라 결정되었다. 페테르부르크에서 간행된 잡지 《연극과 예술Teatr i Iskusstvo》의 기록에 의하면, 이탈리아인들은 〈스파르타쿠스Spartacus〉를 찍기 위해 2,000명의 단역을 기용했고, 〈클레오파트라Cleopatra〉를 찍기 위해서는 수십 대의 3층 요선[고대 로마의 전함]을 건축했다고 한다. 연극비평가 쿠겔A. Kugel은 다음과 같이 인정할 수밖에 없었다. "이런 대규모 제작에 비할 때, 예술극장의 〈줄리어스 시저〉는 상대가 되지 않는다. 이를 보고는 로마 시대의 집과 거리가 좋았다는 것만 기억할 수 있을 뿐, 군중은 여기에 적합하지 않다…… 영화를 잘 만들려면 연극처럼 제작해서는 안 된다. 더구나 군중 훈련은 연극과 다르게 해야 한다."

그 다음 10년(1920년대) 동안 감독에게 중요한 문제로 대두된 것은 자기만의 독특한 스타일로 군중 장면을 연출하는 것이었다. 아벨 강스의 〈나폴레옹〉에서 집회에 모인 군중은 이미 무질서한 오합지졸이 아니었다. 움직이는 인간 대중은 바다의 형상을 만들었다. 군중은 바닷물처

럼 자연스럽게 물결치며 울부짖었다. 에이젠슈테인의 〈10월Oktiabr'〉
(1927)에서 지붕 위로부터 사격을 받은 시위행렬은 산산이 흩어지지 않
고 복잡한 소용돌이 모양의 탄도로 움직였다. 프리츠 랑Frits Lang의
〈메트로폴리스Metropolis〉(1926, 독일)에서 머리를 깎은 11,000명의 단
역들은 군중이 아닌 잘 조종되는 기계와 같았다.

　　1920년대 유럽영화에서 군중의 형상들은 '얼굴 없는 군중(혹은 '대
중mass' ― 만일 영화가 대다수를 옹호하는 것이라면)'이라는 전통적인
낭만주의 문학의 범주에 머물러 있었다. 강스, 랑, 에이젠슈테인이 롱숏
으로 촬영한 군중들은 개인성을 동반하지 않는 초개인적인 현상이다.
이 영화들에서 군중은 역사를 구현한다.

　　군중의 개념이 유럽과는 다른 영화의 예로, 킹 비더King Vidor의
〈군중The Crowd〉(1928, 미국)을 살펴보자. 비더는 독립적인 유기체로서
군중의 행동이 아닌 군중에 속해 있는 한 개인으로서의 행동을 연구했
다. 당시 비평가 비턴U. Biton은 다음과 같이 말했다. "감독은 군중 위
로 팔을 내밀었고, 그 팔은 군중의 구석에 있는 어깨 위에 놓여 있었다.
그는 이 부분을 영화로 만들었다."

　　감독은 어떻게 이러한 감동을 얻었을까? '군중 속의 한 사람의 어
깨 위에 놓여진 팔'은 말뿐인 형상이 아니라, 이미 영화 시작부터 관객
이 느끼는 것을 비평가가 정확히 묘사한 것뿐이다. 비더의 영화는 독특
한 영화적 '제스처'로 시작하고 끝난다. 그것은 영화에 대한 모든 반향
을 상세히 묘사하는 것으로서 당시 대중들에게 새로운 것을 보여주는
용감한 시도였다. 이 시도는 고도로 복잡한 카메라 '접근'이다. 영화의
시점 분리를 다루면서 우리는 이미 '접근'에 대해 언급한 바 있다. 카메

라는 곧바로 등장인물에게 접근하고, 그 결과 화면 속의 장면은 점차 확대된다. 그러나 1920년대 영화 기술로서는 '접근' 기법을 보다 넓은 범주에서 구현할 수 없었다. 비더에게는 하나의 화면에 클로즈업과 롱숏을 함께 결합하는 것이 중요했는데, 그것으로써 예술적 논증이 가능한 고리가 창조되는 것이다.

모스크바의 신문 《키노Kino》(1928년 11월 27일자)는 〈군중〉에 대한 비평에서 처음 장면에 대해 다음과 같이 쓰고 있다. "카메라는 마천루의 벽을 따라 기어간다. 수천 개 창문 중 하나를 골라 수백 개 탁자가 놓여 있는 커다란 홀을 드러낸다. 그 뒤에는 수백 명의 젊은이들이 같은 책을 놓고 무언가를 베껴 쓰고 있다. 카메라는 움직임을 중단하지 않는다." 비더는 그의 회고록(먼 훗날 1953년에 씌어졌다)에서 당시에는 흔치 않았던 카메라의 '접근'에 대해 상세하게 기록했다. "왜 카메라는 창문을 통해 내려가서 주인공이 자신의 일과인 서기 일에 몰두하고 있는 책상으로 다가갔는가. 테마를 예증하기 위해 카메라 기교를 고안한 것이다. 군중 속의 인간 — 이 테마를 과연 어떻게 다룰 것인가. 카메라는 멀리 마천루의 벽을 따라 관객이 알아차리지 못하게 천천히 올라간다. 이때 스크린에는 창문 하나가 보이고, 우리는 이 벽의 세밀한 모형이 바닥에 평평히 놓인 것을 보게 된다. 카메라는 한 층의 먼 창문을 가로질러 빠져나간다. 필요한 창문에서 촬영을 하는데, 그 사진은 영화의 사전 재료가 된다. 카메라는 조심스럽게 창가로 다가가고, 사진은 커다란 사무실의 실내장식이라는 '살아 있는' 장면으로 변화한다…… 주인공에게 접근하기 위해, 촬영장 위에 밧줄을 드리우고 촬영기사는 움직이는 플랫폼 위의 그 밧줄에 매달려 있다."

영화는 이렇게 시작하지만, 피날레는 거꾸로 주인공이 군중 속으로 침잠한다는 만남의 '제스처'로 장식된다. 주인공과 그의 아내는 콘서트홀의 관람석에 있고, 카메라는 멀리 비켜 서 있다. 이때 우리가 알고 있는 두 사람은 흥겨운 대다수 속에 가려 보이지 않게 된다. 이렇게 비더는 접안렌즈 밑에서 주인공을 끌어내지만, 이것은 영화가 시작할 때 우리가 보았던 것과 똑같은 것을 반복하는 것은 아니다. 주인공은 화면 속의 대중에 합류하는 것이 아니다. 관객의 무리, 말하자면 객석에 앉아 있는 우리에게 합류하는 것이다. 우리는 뮤직홀 관객의 롱숏을 자신의 집단적 초상의 반영으로 지각한다. 비더는 주인공을 군중에게 거꾸로 되돌리면서 그를 영화 관객에게 맡긴다.

〈군중〉은 이렇게 군중 속의 개인을 다룬 영화이다. 주인공에게 벌어진 모든 일이 전형적인 것이라고 말한다면, 그러한 예술적 과제는 사건의 엄격한 결정론을 전제로 해야 할 것이다. 그렇지만 사실은 그 반대이다. 첫째, 전형적인 것은 우리가 그렇다고 생각하는 것과 완전히 다른 모습으로 나타난다. 둘째, 비더의 영화에서 우리는 군중 속의 인간이 군중보다 우월한 위치에 있는 주인공보다도 더 큰 행동의 자유를 소유하고 있음을 확신할 수 있다. 셋째, 우리가 두려워해야 하는 것은 삶의 표상 속에 숨어 있는 결정론이 아니라, 삶의 표상 그 자체라는 것을 입증한다. 평범한 영화적 상황(그것은 관객 의식의 타성을 규정하고 복잡하게 한다)이 비더에게서는 예견 불가능한 즉흥적인 결정으로 나타나는데, 이때 관객은 속았다는 것을 알게 된다. 평범한 사고, 진부한 기대에 빠져 있는 것은 영화의 주인공이 아니라 관객인 것이다. 이렇게 해서 영화가 우리보다 영리하다는 것이 드러나고, 이러한 사실은 삶에서 예기치 않은 일이 그런 것처럼 우리를 기쁘게 해준다.

〈군중〉에서 신선한 충격을 받은 비평가 셀더스J. Selders는 애정영화(곧 이어지는 가족영화) 계열에 대해 다음과 같이 말했다. "거기에는 플롯이 없다. 일반적인 영화에서 볼 수 있는 섬세한 서정도 없다. 그러나 비더의 개가는 바로 그 서정성의 부재가 관계를 부드럽고 아름답게 한다는 데 있다. 주인공은 장인 장모의 초대를 받아 크리스마스 만찬을 기다리다가, 친척들에게 진 한 병을 갖다주러 잠시 나간다. 술을 마시고 다시 돌아와보니, 벌써 모두들 돌아가고 아내만 침대에 남아 있었다. 영화의 전통적 서정은 그 아내가 다음 장면을 설계할 것을 요구한다. 그러나 비더는 공감의 미소를 띤, 아니 순간적으로 후회하는 남편을 보여주고, 영화는 으레 그렇듯이 선물받은 우산을 어떻게 펼치는가를 놓고 가볍게 다투는 것으로 끝난다."

〈군중〉의 모든 행동은 삶에 대한 선입견의 파괴로 시작하여 그 파괴로 끝난다. 영화는 프롤로그로 시작한다. 그것은 한 소년에 대한 것으로, 아버지는 아들이 장래 훌륭한 사람이 될 것이라고 생각한다. 아버지가 죽는다. 그 다음 장면에서 아들은 이미 청년이 되었고, 뉴욕 보험회사 직원 수천 명 가운데 한 명이었다. 영화는 삶에의 입문을 이야기하고, 그에 대한 기존의 표상을 재평가한다. 영화감독이 어떻게 롱숏을 이용하는가를 알기 위해서는 필수적으로 이를 고려해야 한다. 특히 영화에는 얼굴 없는 군중에 대한 낭만주의적 표상이 있는데, 그 점잖은 모습이 관객과 주인공에게 점차 명확해진다. 롱숏은 한 개인이 겪는 고난의 역동적인 의미를 배가시킨다. 독특한 것과 연속적인 것, 두 계열이 서로 교차하며 주인공의 삶에서 일어나는 모든 사건을 보여준다. 1920년대 영화에 있어 키스 장면은 고적하고 낭만적인 장소를 필요로 했는데, 이 영화에서는 놀이공원의 군중 속에서 처음 키스를 한다. 첫 번째 아기의 탄생은 신생아 침대가 무한대의 원경으로 펼쳐진 산부인과를 방문하는 것으로 나타난다.

비더는 주인공에게 일어나는 사건을 롱숏으로 구성하고 매 순간 빈번하게 반복함으로써 메아리 효과를 낸다. 음향의 메아리는 빈 공간을 필요로 하지만, 시각의 '메아리'는 군중 속에서 자신의 물결을 전파한다. 이때 비더가 반복성을 더욱 깊이 있게 구성하고 원근법적으로 축소된 형상이 파동을 억제하는 효과를 창출함으로써 메아리와의 유사성이 더욱 강화된다. 여기서 비더는 그 시대 영화기술이 갖고 있는 가능성을 탁월하게 규정했다. 1920년대 감독들은 영화 카메라의 렌즈에서 필요한 만큼의 예리함을 찾을 수 없었다. 따라서 비더의 몇몇 숏들은 기만적인 기법에 의거하기도 했는데, 그것은 16세기 유럽 연극에 알려졌지만 20세기에는 잊혀져버린 원근법을 강화한다는 것이다.* 여기서 앞서 이야기된 상대적 크기의 법칙이 필요하다.

출산 전날 장면을 살펴보자. 무한한 행렬의 효과를 창출하기 위해 어떤 교묘한 수법에 의거했는지, 비더는 앞서 언급한 회고록에 다음과 같이 쓰고 있다. "남편이 초조하게 복도를 서성거리는 장면— 우리는 바로 그 순간 수많은 남편들이 경험했을 느낌이 그 장면에서 생겨나길

---

* 이 기법은 건축에도 적용되었다. 르네상스 시대의 건축가 브라만테Bramante는 밀라노의 성 사티로 성당을 지을 때 순차적으로 횡목의 크기를 정하고 이에 따라 사각기둥을 축소시킴으로써, 1~2미터 깊이의 좁은 공간을 20미터 가까운 깊이를 가진 방으로 보이게 만들었다. 이 공간으로 들어가려 하는 사람은 벽에 부딪히고 만다.

원했다. 그러기 위해서는 무한대로 인도하는 길고 넓은 병원 복도가 필요했다. 미술감독 세드릭 기번스Cedric Gibbons는 멀리 떨어져 보이도록 세트를 구성했다. 복도에 있는 문들은 모두 앞의 문보다 작았다. 우리는 초조한 남편을 연기하는 난쟁이 배우가 있는 축소된 문의 주변에서 손을 흔들어 그를 걸어가게 하고, 이를 미디엄숏으로 촬영했다." 이 롱숏으로 비더가 얻은 것은 무엇인가? 얼굴도 영혼도 없는 개인의 반대개념으로서의 '군중'이 아닌, 같은 인간으로서 쉽게 이해할 수 있는 경험의 반복으로 인간 공통의 음향을 획득함으로써 동료집단으로서의 군중의 느낌을 얻었던 것이다. 우리의 주인공은 혼자 남아 군중의 소음이라는 공통의 리듬에 잠시 귀를 기울인다. 딸의 죽음은 이 관계를 단절시킨다. 슬픔으로 정신을 잃은 아버지는 군중들에게 조용히 해주기를 부탁한다. 운전수는 모터를 끄고, 행인은 조용히 걸어간다. 이 에피소드의 위력을 평가하기 위해서는 무성영화를 생각하면 된다.

이후 이야기는 무질서의 단계로 진입한다. 주인공은 일자리를 잃고, 아내는 그를 떠날 준비를 한다. 피날레 전의 과감한 에피소드는 가장 우호적인 평론가들에게까지도 충격적인 것이었다. 텅 빈 방, 구석 탁자에 놓여 있는 축음기. 아내는 이미 그와 헤어진 상태였고, 남은 물건들을 가지러 마지막으로 들르기로 한다. 주인공은 꽃다발과 버라이어티 공연 티켓을 들고 그녀를 기다린다(이날 주인공은 새 일자리를 얻었다). 어색한 정지 상태. 그는 유명한 노래 '나는 당신의 모든 것을 사랑합니다'의 음반을 걸었고, 그들은 춤을 추기 시작했다. "도대체 비더는 무슨 말을 하고 싶은 것인가?" — 셀더스는 분노했다 — "심오한 감정을 표현하는 데 꼭 그렇게 표준 역학으로 합성된 기계에 의존했어야만

하는가?" 그러나 축음기로 표현되는 음향기기는 군중의 영혼이다. 비더는 우리 시대 사랑은 그런 범주에서만 존재할 수 있다고 주장하는 것이다. 군중의 감정, 군중에 대한 귀기울임이 갑자기 주인공에 대한 귀기울임으로 바뀐다. 춤을 추던 그들이 웃음을 터뜨린다. 소년 ― 그들의 아들 ― 도 웃는다. 유유한 움직임. 웃음이 계속되는 가운데, 그들은 이미 버라이어티 공연장의 대중 한가운데 있다. 눈앞에 전개되는 장면은 클로즈업되지 않았고, 금세 롱숏으로 바뀐다. 카메라는 계속하여 이리저리 움직이고 관객은 그들의 얼굴을 놓치고 만다.

클로즈업

사람의 얼굴이나 신체의 일부는 영화에서 클로즈업으로 나타난다. 클로즈업은 와이드 클로즈업(얼굴과 어깨가 보인다)에서 익스트림 클로즈업(눈이나 입 등 얼굴의 일부가 보인다)의 순차적 단계로 이동한다(그림36–38). 숏의 선택이 사람들의 교제에 적용되는 거리의 척도와 내적인 관련이 있다는 이야기는 앞서 했다. 이러한 상호관계는 직접적으로 합치되는 것이 아니라(감독이 스타의 얼굴을 자세히 볼 수 있게 하는 바람에 난처했다고 불평하는 현대의 영화 관객을 상상하기는 어렵다), 교제의 한 가지 타일을 나타내며 상대방과의 거리를 지시하는 것이다. 유럽 문화의 사회적 교제에서 적용되는 규범적 거리는 미디엄숏이나 미디엄 풀숏의 거리에 해당한다. 얼굴만 보이는 거리(15~45센티미터)는 이 규범에서 벗어나는 것이다. 이러한 제약이 왜 생겼는지는 쉽게 알 수

칼 드레이어의 〈잔 다르크의 열정〉
◀그림36 세미 클로즈업

▶그림37 클로즈업

◀그림38 익스트림 클로즈업

156

있다. 규범적 거리는 뜻하지 않은 갑작스런 신체 접촉을 거부한다(공격의 가능성이 있는 사람은 그 키를 다 볼 수 있는 거리에 있어야 한다). 신용을 얻고 있는 가까운 사람만이 이 규범을 파괴할 권리가 있다. 따라서 '1미터보다 가깝지 않게'라는 규범을 이탈하면서, 그 교제는 점점 친근한 스타일로 바뀌는 것이다. 그러나 모든 사람이 친밀한 교제를 할 권리를 갖는 것은 아니다. 친밀한 교제 범위에 침입한 낯선 사람을 우리는 교양 없는 뻔뻔한 사람으로 인식한다.

스위프트는 이미 영화가 발생하기 오래전에, 거리에 따라 발생하는 예기치 않은 의미에 대해 이야기한 바 있다. 그는 걸리버가 거인국에서 아기에게 젖을 물리는 장면을 목격했을 때 받은 느낌에 대해 다음과 같이 썼다.

내 일생에서 이 터무니없이 큰 가슴을 볼 때처럼 혐오감을 느낀 적이 없다. 사랑하는 독자에게 불충분하게나마 그 크기나 형태, 색깔에 대한 표상을 제공하고 싶지만, 그에 비견되는 대상조차 없다는 것을 인정해야겠다. 그 돌출부까지의 높이는 6피트, 둘레는 16피트 이상이었다. 유두 크기는 거의 내 머리의 반이나 되었다. 가슴 전체 표면과 같이 그 표면도 반점과 부스럼, 주근깨로 얼룩져 있었다. 그보다 더 혐오스러운 광경은 상상하기 힘들 정도였다. 젖을 물리는 사람이 바로 내 근처에서 가슴을 내밀고 편하게 앉아 있었기 때문에, 나는 그것을 아주 가까이서 관찰할 수 있었다. 나는 우리 영국 부인들의 부드럽고 하얀 피부를 생각했다. 그런데 그것은 부인들이 나와 키가 똑같고, 그 부드럽고 하얀 피부에 굳이 확대경을 들이대어 거기에 채색된 거칠고 투박하고 추악한 결함을 선명하게 보지 않았기 때문에 그렇게 느끼는 것 같다.

　내가 소인국에 있을 때, 나는 자연이 이 작은 피조물에게 분배한 것처럼 아름다운 얼굴색을 가진 인간은 이 세상에 없을 것으로 생각했다. 친하게 지냈던 난쟁이 학자와 이 테마에 관해 논한 적이 있는데, 그는 가까운 거리에서보다 멀리 땅 위에서 내 얼굴을 볼 때 보다 기분 좋은 인상을 받는다고 말했다. 그리고 내가 처음으로 그를 손에 올려놓고 얼굴 가까이 가져갔을 때, 내 얼굴을 보고 전율했다고 솔직히 고백했다.

　1910년 클로즈업이 처음 사용되기 시작했을 때, 비평가들은 스위프트와 비슷한 느낌을 토로하며 그에 대한 심한 반감을 표시했다. 유명한 연극배우 유리예프Iu. Iur'ev가 처음으로 영화를 찍었을 때(1913), 《연극신문Teatral' naia Gzeta》에는 다음과 같은 기사가 실렸다. "……아직 한 번도 유리예프를 보지 못한 지방 사람들이 있다면, 나는 그들이 그의 영화를 보지 않았으면 하고 진심으로 바란다. 왜냐하면 그 영화를 본다면 그들은 '이 사람이 당신네들이 아름답다고 자랑하는 사람이오? 그 찌그러진 얼굴이라니!……'라고 말할 것이기 때문이다. 요즘의 촬영감독들은 어느 정도 인상적인 장면을 찍을 때면 왜 그러는지 정상적인 크기보다 거의 2배나 되는 얼굴의 형상을 테이프에 담는다. 이들은 아마 예술적 취향의 가장 근본적인 것도 결여한 사람들일 것이다. 커다란 입, 괴물 같은 백년설의 눈동자, 부자연스럽게 내민 입술을 바로 앞에 보면서 관객이 무슨 생각을 할지 스스로 판단해보라. 그 얼굴은 다른 행성에서 와서 끼워진 것 같고, 만일 그 일부분으로 감정을 표현하고 영혼을 진동시키며 움직인다면, 가장 슬픈 장면에서도 왠지 모를 웃음이 한없이 터질 것이다."

　10년이 지난 1920년대 관객들은 이미 클로즈업을 이상하게 생각하지 않았다. 그 가능성의 의미론적 스펙트럼은 예전처럼 일상적이고 사회적인 규범을 이탈하는 것과 연관되어 있었다. 아주 우호적인 얼굴과 아주 적대적인 얼굴을 클로즈업으로 간주할 수 있는데(여기서 유형이론이 생겨났다), 당시의 지배적인 경향은 얼굴을 최대한 확대하여 첨예한 대립이나 친밀한 관계를 화면에 나타내는 것이었다. 칼 드레이어 Karl Dreyer의 〈잔 다르크의 열정La Passion de Jeanne d'Arc〉(1927, 덴마크)은 아주 특별한 클로즈업으로 촬영되었는데, 이로써 감독은 잔에게 가해지는 종교재판관의 끊임없는 압박이 전 영화에 느껴지게끔 강압적인 분위기를 조성한다.

　스트로하임은 가장 혐오스런 광경의 하나는 우물거리는 입을 곧바로 찍은 것이라고 말했다. 그는 〈탐욕Greed〉(1924)에서 썩은 이빨이 보이게 딱 벌린 입을 상부 클로즈업으로 찍어 '예의 바른' 거리(결혼식 오찬 장면의 미디엄 풀숏)에서 보여주는데, 이러한 숏의 변화는 제약성을 탈피하고 그 본질을 폭로함으로써 예의라는 마스크 뒤에 숨은 삶을 공시한다. 바로 그것이 〈조스〉에서 이빨이 드러난 상어의 주둥이나 쉬드색E. Schoedsack과 쿠퍼M. Cooper의 〈창Chang〉(1926)에 나오는 호랑이 이빨을 전 스크린에 담은 효과인 것이다.

　그렇다면 이것은 감독이 숏을 선택할 때 어떤 판에 박힌 법칙에 따른다는 의미인가? 영화는 언어이다. 따라서 클로즈업 자체로는 어떤 고정된 의미를 지니지 않는다. 관객은 클로즈업으로 찍은 얼굴을 반드시 사랑하는 존재나 적의 얼굴로 받아들일 필요는 없다. 영화언어는 다른 문화의 언어와 보이지 않는 수많은 실로 연결되어 있는데, 그런 의미에서 거리에 대한 감각을 연구하는 학문인 공간학과 관련된다. 이 보이지 않는 관계를 민감하게 포착하는 감독만이 그 학문을 예술적 정서적으로 충만한 새로운 의미로 소생시킬 수 있다. 감독이자 배우이며 코미디 작가이기도 한 자크 타티Jacque Tati가 그랬듯이, 자신의 영화에서 클로즈업을 거부함으로써 "삶에 있어 인간의 바로 코밑을 기어다니는 것은 없다"는 것을 설명할 수도 있다.

화면 조합

영화를 찍으려면 우선 시나리오가 필요하다. 시나리오는 문학작품에서 따오기도 하고 감독이 직접 쓰기도 한다. 문학의 시나리오는 단편이나 중편과 유사하다. 문맹이 아니라면 별 어려움 없이 다 이해할 수 있다. 감독의 시나리오는 다소 이해하기 어렵다. 거기에서 행동은 독자에게 보이는 것이 아니라 영사기가 보여줘야 하는 것이기 때문이다. 감독은 먼저 이를 문학의 언어에서 영화의 언어로 번역한다(그렇지만 그 번역된 것은 종이 위에 남아 있다는 것을 지적해야겠다. 감독의 시나리오 또한 묘사의 언어가 아닌 글로 말하지 않는가!). 이러한 번역은 어떤 의미를 지니고 있는가? 감독은 행동을 **화면으로 분해**한다. 화면의 사건을 분할하는 것이다. 그 이유는, 책에서 이야기하는 것과 이를 스크린에 묘사하는 것은 완전히 다른 문제이기 때문이다.

화면 분해는 화면 조합이라는 방법을 통해 이야기하는 것이다. 우리는 항상 이야기를 하면서 나름대로 현실을 분해하고 조합한다. 어떤 사건의 흐름을 단어로 이야기할 때는 이를 주어, 술어, 보어 등의 문법적 요소로 분해한다. 말하자면 우리 스스로 이것을 명료하게 이해하면서, 가장 간단하게 진행되는 행동 과정을 가장 복잡하게 분석하는 것이다. 무엇 때문에 이러한 분석이 필요한가? 하등생물들은 아무런 분석 없이도 다른 존재의 행동을 올바로 이해하고 이에 반응하지 않는가? 우리는 문장에서 행동을 분석하고 재조립함으로써 그 행동을 모델화하여 보존할 수 있고, 또 그 사건을 보지 못했던 다른 사람에게 적절하게 전해줄 수 있다. 인간의 기억 속에 가장 치밀하게 행동을 보존하는 것은 이야기를 구술하는 것이다.

이를 위해 인간의 언어는 필요한 정보를 선택하고 불필요한 정보는 버리고 개량하는 고유한 기법을 연구한다. "도시 전체를 지나, 그는 열쇠로 문을 열고 문턱에 멈춰 섰다"는 구절을 듣는다면, 그 이야기의 윤곽만 잡힐 뿐 자세한 세부 사항이 펼쳐지지는 않는다. 우리는 그 사람이 젊은 사람인지 나이 든 사람인지, 그의 머리가 무슨 색깔인지 모르지만, 그걸 알지 못한다고 해서 그 이야기를 불신하지는 않는다. 또한 왜 도시 전체를 지나왔다는 행동은 빈약한 시각에서 반영되고, 문가에서의 소동 같은 사소한 부분이 도시 전체를 지나온 것보다 두 배나 더 많은 단어를 차지해야 하는가 등 사건이 불균형하게 서술되었다는 것에 그리 놀라지 않는다.

이제 이 문장을 스크린화해야 한다고 상상해보자. 우리가 감독이라면 가장 먼저 떠오르는 주인공은 누구인가, 그 도시는 어떤 도시인가, 행동은 몇 세기에 일어나는가 등의 문제일 것이다. 물론 이를 해결해야만 하겠지만, 여기서는 생략하고 화면 분해로 넘어가자. 이 행동을 하나의 화면에 담을 수 있겠는가? '프레임' 단원에서 이미 기술했다시피 장면의 길이는 임의로 조절할 수 있다. 즉, 도시 전체를 관통하는 등장인물을 뒤따라 카메라를 멈추지 않고 쫓아가서 그를 아파트의 문턱까지 데려다 놓는다 해도 아무도 뭐라 할 사람이 없다. 여기서 그런 경우 '시나리오'에 들어 있는 균형감을 보존할 수 있는가의 문제를 제기할 수 있다. 아마 그럴 수는 없을 것이다. 영화로 이야기될 때, 도시를 통과하는 시간을 기본으로 하고 문을 여는 것은 일부분으로 나타날 것이다.

이와 같은 문제를 해결하기 위해 영화언어에는 **화면 조합**과 같은 단위가 존재한다. 이야기꾼이 진행되는 사건을 나누고 이를 골라 조립하는 것과 같이, 감독도 행동으로 나누고 고르고 조립한다. 그러나 비슷한 것은 이것뿐이다. 감독은 언어의 범주가 아닌 행동이나 장면 단위로 이를 수행한다. 많은 문학작품에서 볼 수 있듯이, 재능 있는 예술가나 능숙한 이야기꾼은 유연성과 치밀함으로 다양한 의미를 수용할 수 있는데, 감독은 화면을 조합함으로써 이에 도달할 수 있다.

감독은 능숙하게 화면을 조합하면서 시간의 흐름이나 그 긴장감과 방향성을 영화 이야기에 정립할 수 있다. 만일 A장면에서 주인공이 문의 손잡이를 잡았다면, 다른 쪽에서 찍은 그 다음 B장면에서는 초인종을 누르는 손이 보이고 문이 열린다. 이것은 한 장면 자체, 화면과 화면 사이의 시간이 경과되지 않았음을 의미한다. 그러나 만일 손잡이를 잡는 손이 그다지 흥미 있는 대상이 아니라면, 감독은 불필요하게 시간을 잡아먹는 부분을 생략하고 B장면에서 이미 주인공이 문턱을 넘는 것을 보여줄 수도 있다. 2~3화면의 훌륭한 몽타주는 유창한 공식 '도시 전체를 지나'에서 문 앞에 선 순간 주인공이 제시하는 중요한 뉘앙스와 비슷한 것을 어려움 없이 만들어낼 수 있다. 그러나 이것은 배우가 서둘러 거리를 걷다가 문 앞에서 꾸물거리며 호주머니를 뒤져 열쇠를 찾는다는 것을 말하는 것은 아니다. 반대로 한 장면에서 다른 장면으로 이동의 템포는 증가하고, '장면과 장면 사이'의 시간은 더욱 천천히 흐르게 된다.

영화의 역사에서는 시간이 거의 완전히 중단되었다 싶을 정도로 이야기를 지연시키는 감독들을 만날 수 있다. 에이젠슈테인의 영화에서 긴장이 최고조에 다다를 때가 그렇다. 오데사를 방문한 사람들은 〈전함 포템킨〉에서 사격을 당한 사람들이 달아나던 방파제의 계단에 비해 실제 계단이 너무 짧은 것에 놀라곤 한다. 〈10월〉에서 죽은 소녀가 누워 있는 다리가 갈라지기 시작할 때, 시간은 순간 정지한다. 〈이반 대제 Ivan Groznyi〉(1945)에서는 대관식에 즈음하여 공작과 귀족이 찻잔에 든 금화로 젊은 황제를 장식하는 장면이 있다. 문학에서 이 에피소드가 "황금비가 종소리를 내며 흘러내린다"는 한 줄로 기술된다면, 영화 시나리오에서 금화는 고갈되지 않고 커다란 찻잔에서 나올 수 있는 것보다 더 오래, 아주 오랫동안 흘러내린다. 에이젠슈테인의 조감독 렙쉰A. Levshin은 이 장면에서 전체적으로 '정지된 시간' 기법으로 조명을 주었다고 회고록에 쓰고 있다.

이 회고록에는 에이젠슈테인이 〈파업〉을 처음 촬영할 때 렙쉰과 에이젠슈테인이 공동작업을 했던 이야기가 나온다. "세르게이와 미국의 시리즈물 〈질투의 집〉을 보았다. 어느 귀족 가문의 상속자들이 매회 비밀의 '블랙마스크'에 의해 차례로 죽어간다. 등장인물은 매우 독창적이다. '블랙마스크'(자크 코스텔로Jacque Kostello가 훌륭하게 이 역할을 소화했다)는 검은 옷으로 전체 모습을 감싸고 있는데, 하얀 구멍을 통해 눈동자 두 개만이 보인다. 이것은 말할 수 없이 으스스한 인상을 자아냈다. 플롯의 구성은 훌륭했다. 상속자들은 매회 한 명씩 차례로 살인 혐의를 받는데, 살인자라고 추정되는 그 사람이 바로 다음 회에서 '블랙 마스크'의 제물이 되곤 한다. 누가 진짜 살인자인지 몰라 전전긍긍할 때, 자크 코스텔로는 검은 옷을 벗는다. 천천히, 바로 지금 자기 스스로 비밀을 밝히는 것을 즐기기라도 하듯…… 검은 천이 머리 위로 뻗어 흐르고, 시간은 마치 얼어붙은 듯한데, 검은 천은 흐르고 또 흐른다……. 검은 천이 몇 센티미터 남지 않았고, 진짜 살인자의 얼굴이 알려지려고 하는 바로 그 순간, 별안간 스크린에는 '다음 이 시간에'라는 자막이 나온다. 우리는 참지 못하고 다음 회를 기다리지만, 다음 회는 지난 회의 마지막 화면을 지속하는 것으로 시작된다. 다시 검은 천이 흐른다…… 우리는 짜증이 난다. 이 고통이 언제나 끝날 것인가! 마침내 옷이 떨어진다. 그리고 맙소사! — 범죄자는 그 속에 또 다른 검은 옷을 입고 있으며, 얼굴에는 눈동자만 보이도록 구멍이 뚫려 있는 똑같은 마스크가 씌워져 있다! 물론 이것은 서로 다른 위치, 다른 숏, 날카로운 원근법으로 촬영했는데, 세르게이는 이 장면에 민감한 반응을 보이며 빈번하게 이와 유사한 기법을 사용했다…… 그는 〈파업〉에서 소방 호스에서 물이 흘러나오는 장면을 찍을 때 이것을 이용했는데, 거기서는 마치 검은 천이 코스텔로의 머리를 따라 흐르듯이 물이 흐른다 — 피할 수 없이, 끝없이 오랜 시간 동안."

영화의 예술적 공간

영화작가는 자신의 세계를 관객 앞에 무궁무진하게 펼쳐 보일 수 있다. 책을 읽는 사람이 글자를 알아야 하듯, 관객은 그것을 이해하는 방법을 배워야 한다. 그러나 글자에 대한 지식이 예술작품의 이해를 담보하는 것은 아니다. 시나 소설은 글자들의 모임이 아닌 작가에 의해 창조된 특별한 세계로서, 독자를 초대하고 그 안에 들어가 살도록 귀속시키는 나름대로의 법칙이 있다. 영화도 마찬가지다. 그것은 일정한 표현 방법이나 기법들의 모임이 아닌, 자신의 내적인 삶과 스스로의 법칙을 갖고 있는 총체적 예술세계이다. 관객은 상영 시간 내내 그 세계에 몰입하여 그 법칙에 따라 살게 된다. 스크린에 삶이 펼쳐질 때 관객은 영화 공간에 들어가고, 그 순간만은 그 공간에서 살게 된다.

모든 인간의 세계관에는 세계로 향하는 고유한 자신의 방법이 있다. 모든 시대의 인간은 주위를 둘러싸고 있는 세계에 대한 **자신의 모델**, 자신의 전형적인 시나리오에 따른 자기 세계의 모델을 구축한다. 고대 신화로부터 현대 과학에 이르기까지, 신석기 시대의 동굴벽화에서 현대 영화에 이르기까지, 인간은 자기에게 알맞은 방법으로 세계의 구조에 대한 자신의 표상을 재창조한다. 예술은 항상 "세계는 무엇이고 인간은 무엇이며, 그들은 어떤 관계인가"라는 근본적인 질문에 답하려고 노력해왔다. 모든 예술은 고유한 방법으로 일정한 세계 형상을 건설하고, 과거를 설명하고 미래를 건설한다. 즉, 위에서 우리가 이야기한 것은 그 방법을 통해 세계 형상을 건설하는 재료에 불과한 것이다.

영화는 어떤 세계 형상을 제시하는가? 다른 예술과 마찬가지로 영화도 선택의 여지가 없는 단일한 세계 형상을 제시하지는 않는다. 모든 예술가가 자신의 눈으로 세계를 보듯이, 모든 새로운 세대의 영화감독들은 이전의 것과 구별되는 새로운 가능성으로 자신만의 세계를 건설한다. 이에 대해서는 이미 이 책에서 예술에 대한 가정의 이론인 '여러 세계이 가능성'에서 언급한 바 있다. 그러나 만일 이러한 근본적인 차이에서 벗어나본다면, 영화 세계에 공통적인 성격은 무엇이며, 그 변수는 과연 무엇인가?

모든 영화는 그것이 추상적으로 구성된 움직이는 형태가 아닌 이상, 인간을 둘러싸고 있는 단편적인 현실 공간과 관련되어 있다.* 감독은 이 단편들(프레임)을 일정한 관계에 따라 도입한다. 그것이 프레임 결합이다. 프레임은 이미 이야기한 대로 우리의 지각 능력에 의해 서로서로 결합된다. 우리는 우리 눈앞의 공간뿐 아니라, 프레임 밖에서 지속되는 공간을 사려 깊은 눈으로 주시한다. 프레임은 우리 상상 속에 형성된 후광, 왕관, 광휘, 플라스마plasma[고온에서 이온으로 분리된 기체상태로, 전기적 중성을 띤 입자 집단. 태양 코로나나 방전 중인 방전관 등에서 볼 수 있다]를 주위에 거느린 핵이 된다. 이 플라스마가 움직인다. 다른 프레임이 밀접한 관계로 나타나자마자, 두 핵의 플라스마는 서로를 끌어당겨 만나려 하고 합류하여 핵이 두 개인 공간 구조를 형성하려 한다. 프레임 결합은 프레임 밖의 일반적인 공간을 가정할 때만이 연속적인 것으로 느껴진다.

이렇게 프레임 결합은 우리의 인식 속에 합류하여, 서로 모순되지

---

* 1920년대에 리히터H. Richter, 에겔링V. Eggeling 등 실험영화 감독들이 그런 시도를 했다.

않고 기하학적으로 연관된 공간을 창조한다. 그러나 여기에서 의문이 생긴다. 그것은 스스로 생긴 것인가, 아니면 영화작가가 특별히 노력한 대가로 합쳐진 것인가? 다른 의문도 있다. 영화예술세계의 창조에 있어 기하학적으로 모순되지 않고 서로 연관된 영화공간의 창조가 가능한 것인가?

먼저 두 번째 질문에 답하도록 하자. 영화에 있어 세계의 형상은 우리 주변 세계를 이해하고 자기 나름대로의 방법으로 설명하려는 시도이다. 그런데 모든 세계의 설명에는 정보가 있다. 그것은 누군가가 말해서 다른 누군가에게 전달되는 것이다. 한 사람은 말하고 다른 한 사람은 듣는 것이다. 그들의 위치는 동일하지 않다. 말하는 사람은 능동적이고 정보의 내용을 알고 있으며, 듣는 사람은 잠정적으로는 수동적이고 정보의 내용을 알도록 되어 있다. 텍스트를 창조하는 사람은 각 예술의 다양한 속성이나, 지금까지 존재하는 예술방법 중에서 하나를 선택하여, 여기에 우리들 주변에 실제로 존재하는 진정한 세계가 있다는 것을 독자(또는 관객, 청중)에게 확신시킬 수 있는 자신만의 세계를 창조한다. 정보를 전달받은 사람은 암호를 해독하는 것처럼 그에게 암시되는 것을 이해해야 한다. 그러나 이해한다는 것은 아직 받아들인다는 것까지 의미하지는 않는다. 새로운 것은 항상 독자들의 인식 속에 사고와 관습으로 존재하고 있는 낡은 것과의 투쟁에서 터득된다.

독자는 보통 새로운 세계 모델에 대해 적극적으로 반항한다. 그리고 낡은 틀로써 의미를 부여하고 그중에서 익숙하고 이해하기 쉬운 것만을 받아들이려 한다. 작가와 독자의 관점은 결투의 칼처럼 서로 교차한다. 독자가 승리를 거두었을 때, 작가는 진부한 양식과 관습의 압력에 굴복한다. 그는 상대방이 이해하고 허용하는 인식 수준에서 창조한다. 그의 작품이 성공을 거두고 그에게 인기와 이익을 가져다줄 수는 있겠지만, 그러나 그것은 '영양가가 없다'. 독자는 가벼운 승리를 거두지만, 아무것도 알지 못하고 아무것도 느끼지 못하며, 그렇게 알고 있다는 것 이외의 그 무엇도 발견하지 못한다. 작가가 창조한 세계의 의외성이 클수록 그 작품은 인정받기 어렵고 독자에 대한 승리를 거두기가 어렵다. 독자가 작가와의 결투에서 패배하는 것은 유용한 것이다. 작가는 독자에게 시선을 던져 점점 그를 자신의 위치로 끌어올린다.

기하학적 영화공간에서도 비슷한 일이 벌어진다. 대부분의 감독들(일반적으로 통용되는 범주에서 대부분 영화서술 분야에 종사하는 사람들)은 익숙한 건축 공간을 선호한다. 익숙한 건축물은 관객의 인식과 프레임 밖의 공간의 형상이 서로 모순되지 않도록 구성되는 화면 조합이다. 관객은 전혀 당황하지 않는다. 그는 문, 탁자, 거울이 어디 있는지 알고 있으며, 이것들 중 어느 하나가 잠시 눈에 보이지 않을 때 이를 상상할 수도 있다. 달리 말하면, 감독은 관객에게 영화의 공간에 대해 알게 하며, 그가 우리를 어떤 '미로'로 이끄는지 추측하도록 강제로 이끌지 않는다. 그렇지만 이것은 모든 감독들이 일반적으로 통용되는 기하학적 공간을 선호하고(우리의 메타포로 돌아가면, 프레임 핵의 고리가 프레임 바깥 공간의 플라스마 전 군단을 하나처럼 움직이게 하는 것을 선호한다), 관객에 대한 가벼운 승리를 축하하며, 관객이 이미 알고 있는 것 이상을 열어 보이지 않는다는 것을 의미하는 것은 아니다.

그것은 영화의 기하학적 공간이 아닌 여러 다양한 매체 속에서 자신만의 독특한 세계 구성하는 예술가들에 관해서는 부당한 것이다. 거기에는 우리의 기하학적 세계에 반대되는 것은 하나도 없다. 따라서 부드럽고 믿을 만하며 기하학적으로 편안한 공간을 건축할 줄 '모르기' 때문에 어리석은 관객들을 화나게 한다고 다른 감독들(프랑스의 타티와 고다르Jan Luc Godar, 러시아의 소쿠로프Alexandre Sokurov와 무라토바, 일본의 미조구치Mizoguch Kenji와 오즈Ozu Yasjiro 등)을 비난하는 것은 정당하지 못하다. 이 감독들은 불운하고 불안정한 사람들의 삶을 이야기할 뿐 아니라, 주위 환경의 견고함과 통일성에 대한 안정감, 신뢰감을 빼앗는다. 영화의 기하학적 리얼리티의 정확한 방향성에 대해 위협을 느낄 때 관객은 동요한다. 양자택일에서 자유로운 예술지대는 없다. 흘레브니코프V. Khlevnikov[20세기 러시아의 미래주의 시인]가 시를 썼을 때, 그는 로바체프스키Lobachevskii[비非유클리드 기하학을 창시한 러시아의 수학자] 이전의 기하학이 그랬던 것처럼 러시아어에 있어 그 이전에는 있을 수 없다고 생각했던 '여러 세계의 가능성' 가운데 하나를 우리에게 제시한 것이다. 그 새로운 세계가 낡고 익숙한 좌표의 괘선을 상실한 공간일지라도, 영화감독은 관객에게 새로운 공간 좌표를 제시할 권리가 있다.

　이제 첫 번째 질문에 답해보자. '올바른' 기하학적 영화공간은 어떤 것이며, 어떻게 얻어지는 것인가? 영화를 볼 때 프레임과 프레임, 장면과 장면, 에피소드와 에피소드가 각각 어떻게 바뀌는지 알아차리지 못할 때가 많다. 이때 영화의 사건은 스스로 전개되고, 카메라는 일어나는 일을 고정시키는 일만 하는 것으로 여겨진다. 물론 그렇지 않다. 영화에서 이야기의 유창함, 연속성, 자연스런 호흡은 무척 복잡한 방법을 필요로 한다. 관객이 알아차리지 못하게 프레임이 조합되고 몇몇 '파편'

의 구성으로 행동의 연속성이 장식될 때, 그것을 '명료한' 몽타주라 한다. 그러나 그러한 '명료함'은 기만적이다. 그것은 화학 시간에 두 개의 불투명 재료를 혼합하여 얻어지는 투명한 액체와 유사하다. 숙고하여 정확하게 조합한 프레임에도 작은 실수가 있을 수 있고, 선명하고 뚜렷한 화면의 기하학에도 명백한 균열이 생길 수 있다. 그래서 주인공이 어디를 보고 있는가 의심이 생기기도 하고, 행동이 전개되는 장소가 순식간에 지나가버린 자리인지 아니면 우리가 이미 다른 곳으로 옮겨버린 곳인지 분명치 않기도 하다. 영화의 이야기가 '명료함'을 상실하자마자, 관객은 영화공간에 대한 방향감각을 상실하게 된다.

관객에게 영화의 서사 공간에 대한 방향 감각을 제시하기 위해 영화언어가 고안한 시스템은 공간의 지표이다. 첫 번째 지표(그것은 이미 멜리에스의 영화에 적용되었다)의 법칙은 다음과 같다. 만일 주인공이 한 장면에서 오른쪽으로 갔다면, 다음 장면에서는 반드시 그 반대편, 즉 왼쪽에서부터 들어가야 한다. 그래야만 우리의 주인공이 A지점에서 나와 B지점에 도착했으며 도중에 마음을 바꾸어 돌아가지 않았다는 것을 관객이 믿게 된다. 이 법칙은 간단해 보인다. 당시 감독들은 영화를 찍으면서 이전 장면에서 등장인물이 어느 쪽에서 나왔는지를 기억했다. 많은 감독들이 실수하지 않으려고 항상 나오는 쪽과 들어가는 쪽 방향을 일정하게 했다. 몇몇 감독들은 이에 상응하여 시나리오에 부호를 추가한다. 사빈스키C. Sabinskii의 〈달리는 우편마차Vot Mchitsia Troika Pochtovaia〉(1913, 러시아)의 시나리오에는 모든 장면마다 입구와 출구의 방향이 표시되어 있다.

6. 이반은 마샤 옆에 서서 모자를 쓴다. 아코디언 연주자가 노는 아이들 옆을 지나간다. 모두가 떼를 지어 그의 뒤를 따라가고, **오른쪽으로** 사라진다. 멀리서 달리는 소년들과 천막이 보인다.

7. **왼쪽에서** 젊은 남녀가 무리 지어 달려나오고, 아코디언 연주자는 맨 앞에서 달린다. 아코디언 연주자가 토담에 앉는다. 무리는 원을 이루고, 젊은 남녀가 함께 춤을 추기 시작한다. 모두들 즐겁다. 이반과 마샤는 무도회에서 활기 있게 움직인다…… 무도회가 끝난다. 이반은 마샤에게 산책을 청하고, 둘은 천막을 향해 **오른쪽으로** 사라진다.

8. 클로즈업. **왼쪽에서** 마샤가 천막으로 다가온다. 이반은 토산품을 산다. 상인이 돈을 받는다. 이반은 토산품을 마샤의 주머니에 넣어준다. 마샤는 기뻐한다…… 둘은 **오른쪽으로** 멀어진다.

이 법칙 덕분에 화면과 프레임을 한 축에 꿸 수 있는 무한한 가능성이 나타났다. 이것은 초기 관객에게 영화의 일반적 지형에서 방향감각을 갖도록 도와주었다. 그런데 이것이 관객과 감독의 의식 속에 자리를 잡자마자, 감독은 관객을 속여 타성적 관습에 빚을 갚고 싶은 유혹을 받는다. 영화언어의 발생을 다룬 장에서 그리피스의 〈인톨러런스〉에 대해 이야기했던 것을 기억해보자. 알다시피 이 영화는 각각 다른 시대의 4개의 스토리가 서로 교차되는 구성이다. 스토리가 번갈아 나타나긴 하지만, 이는 분명하게 서로 나누어져 있다. 한 장면에서 그리피스는 관객에게 장난을 하고 싶은 유혹을 떨쳐버리지 못했다. '바빌론의 왕은 화면의 왼쪽으로 나가고, 거기서 궁전은 현대적인 장면으로 바뀐다. 당시 관객(영화는 1916년에 찍은 것이다)은 출구인 공간 A와 입구인 공간 B가 동시에 나타난다는 것을 확실하게 파악했는데, 오른쪽에서 등장한 실업자 주인공을 순식간에 바빌론의 황제로 맞이했던 것이다. 이로써 그리피스는 후에 널리 알려진 고의적인 공간 '실수' 기법을 앞질렀다. 감독은 의식적으로 관객의 방향감각을 상실케 하는 기법을 사용한다. 이때 이야기는 잠시 불명확해지고, 그럼으로써 다음 순간이 더욱 신선하게 느껴지는 것이다."

입구와 출구가 프레임의 다른 측면에 위치한다는 법칙은 현대 영화 언어에서는 적용되지 않는다. 관객은 이미 오래전부터 등장인물이 사라질 때까지 화면이 지속되는 것을 요구하지 않게 되었다. 그렇지만 행동의 방향은 예전처럼 중요한 지표로 남아 있고, 여전히 그에 따라 영화 공간의 방향이 정해진다. 만일 등장인물이 화면의 왼쪽에서 오른쪽으로(혹은 그 반대로) 움직인다면, 마음대로 이를 그 반대 방향에서 움직이는 사람의 화면과 조합해서는 안 된다. 방향 감각을 잃은 관객은 비슷한 두 사람이 서로 만나려 한다고 생각할 것이다. 이미 그 실험에 대해 이야기했듯이, 쿨레쇼프는 서로를 만나기 위해 모스크바에서 걸어가고 있는 두 사람을 워싱턴에서 만나도록 함으로써, 행동의 방향은 프레임의 인력이 아주 강하게 작용하는 극단이라는 것을 증명했다. 이렇게 백악관과 붉은 광장이 실제로 1,000킬로미터나 떨어져 있다는 사실을 초월함으로써, 이 두 도시의 외형적인 '영화 이전'의 지식을 물리쳤던 것이다.

프레임 조합을 관객이 알아차리지 못하도록 하는 기법*에 대해서는 설명하지 말자(그런 법칙은 그리 많지 않고 또 쉽게 터득된다). 가장 중요한 두 가지만 언급하자면, 그 하나는 다음과 같다. 만일 A장면에서 우리가 화면 뒤의 공간으로 눈길을 향하고 있는 사람의 얼굴을 본다면, B장면에서는 이 사람이 보고 있는 것을 우리가 알 수 있도록 묘사해야 한다. 우리는 이 법칙에 아주 숙달되어 있다. 만일 화면 조합의 단절을 측정하는 동력계가 발명되었다면, 시선이 '집중'되는 얼굴이나 대상 등의 화면은 더욱 강력하게 지탱될 것이다. 영화감독들은 1901년부터 이 조합에 대해 알고 있었는데, 1920년 초에 쿨레쇼프가 나름대로 정리를 했고, 훗날 그의 이름을 따서 부르게 되었다. 쿨레쇼프의 실험에서 모주힌의 얼굴은 어떤 의미를 갖는가?

대부분의 경우, 새로운 프레임과의 조합은 새로운 공간으로 나타난다. 1910~1920년대의 감독들은 이 효과를 널리 이용했다. 클로즈업을 다른 것과 결합하기 위해, 다른 것들은 주거 공간 혹은 여름이나 가을 등의 자연에서 찍고 클로즈업은 일정하지 않은 장소 혹은 단순히 어두운 배경에서 찍으려 했다. 그러나 쿨레쇼프 실험의 목적이 이 조합을 명백히 증명하는 것은 아니다. 그런 결합과 동시 배치의 결과로 태어난 공간은 알지 못하게 서로 구별되어 있어 덜 명확해 보인다. 시선과 대상을 동시에 배치하는 것은 기하학적 의미에서 일상적이지 않은 공간을 야기한다. 여기서 기하학은 의미론적이고 정서적인 공간의 존재로 인해 '데워진다'. 수프접시, 명랑한 어린아이, 죽은 여인 — 이러한 스크린적 형상이 자신의 정서적 음향을 소유하고 있다는 것은 모두 알고 있다. 그러

---

* 이에 흥미가 있는 독자는 레이스K. Reis의 『영화 몽타주의 기술Texhnika Kinomontazha』(Moskva, 1960)을 보라.

나 우리는 음향이란 것이 그 대상 자체에 고유한 것이 아닌, 대상과 그를 둘러싼 모든 것과의 관계라는 것을 거의 고려하지 않는다. 방석 밑의 자명종은 그것이 도자기 위에 있을 때와는 다른 소리로 울린다. 의미론적 공간에 대해서도 똑같이 말할 수 있다. 모주힌의 얼굴을 결합한 두 번째 화면의 정서적 반향은 공간에 반영되고, 매번 새로운 표정을 덧붙이며 그 얼굴에 나타난다. 그때마다 관객은 사기당하는 것을 의심하지 않고 모주힌의 얼굴에 나타난 사려 깊은 표정, 감추어진 감동, 망령의 모습 속에서의 우수 등을 추측한다.

이제 만일 두 번째 화면에 똑같이 클로즈업된 얼굴이 위치한다면, 영화의 의미론적 공간이 어떻게 복잡해지는가 상상해보자. 수프접시, 노는 어린아이, 관 — 이러한 묘사가 얼굴의 클로즈업과 어떤 점에서 차이가 있는가? 얼굴은 **반영**의 속성을 갖고 있다. 사람의 얼굴은 그가 무엇을 바라보는가에 따라 변한다. 이러한 속성을 알고 있는 관객은 예전과 똑같이 나오는 모주힌의 얼굴에서 이런저런 정서를 '읽는다'. 배우는 세계를 바라보고, 세계는 그의 얼굴에 반영된다. 그런데 만일 얼굴에 반영된 세계가 다른 사람의 얼굴로 나타난다면? 그때는 서로 반대되는 두 모습이 거울과 같이 능숙하게 서로 반영하고 반영된다.

모든 예술에서는 그 요소가 능숙하게 다른 요소 속에서 재생되고, 그 재생에 있어 변형까지 가능하게 하는 구성을 볼 수 있다. 이러한 구성을 **대화**적 구성이라고 한다.

대화는 두 사람의 담화만을 일컫는 것은 아니다. 대화는 작가의 시점과 다른 시점을 갖고 있는 다른 존재를 고려하는 모든 발화(화가는 캔버스에서 발화하고 시인은 시에서 발화하는 등, '발화'는 넓은 의미에서 사용된다)를 말한다. 가장 일반적인 형태의 대화는 작품의 작가와 독자, 관객, 청중 등의 수신자와의 관계로 볼 수 있다. 작가와 그 수신자와의 대화는 예술의 형태에 따라 다양하게 나타난다. 소설의 작가는 신— 조물주— 의 상황에 위치한다. 그는 자신의 세계를 창조하고 처음부터 끝까지 그 세계를 자신의 시선으로 포착한다. 그는 자신의 주인공에 대해 모든 것을 알고 있으며, 그들의 행로를 선택하고 결합한다. 그는 자신의 세계를 통제하고, 조각가가 점토를 만지듯이 반죽한다. 이 세계는 에피소드에서 에피소드로 연결되어 독자에게 서서히 열린다. 독자는 실패하고 발견하며, 미로를 헤매듯 그것을 따라가면서, 하나의 억측을 버리기도 하고 새로운 것을 제기하기도 한다. 피날레에 가서야 작가로부터 모든 정보를 얻고, 그때 비로소 독자의 시점과 작가의 시점이 결합된다. 작가는 독자를 한 장소에서 다른 장소로 옮기고, 그에게 주인공의 외면을 보게 하고, 그를 통해 사상을 통찰한다. 19세기 유럽문화에서 알 수 있듯이, 소설은 모든 예술의 역사를 통해 창조된 가장 풍요롭고 유연한 무제약적 예술 형태의 하나이다.

한편, 모든 예술작품에 존재하는 시점에 관한 복잡한 '논쟁'이 있었다. 르네상스의 회화가 기하학적으로 원근법을 발견했을 때, 그것은 물질세계 공간의 실제 크기와 거리를 화폭에 표현하는 방법을 찾아낸 것이며, 이것으로 가시적인 물질세계만이 단일한 실제 세계이고 진실된 세계라는 것을 확증하는 것이다. 초월적인 것은 존재하지 않는다. 동시에 이는 세계란 인간의 위치에서 보는 것임을 입증한다. 그림은 세계로 향하는 창이 되고, 관객은 자신 앞에 넓게 펼쳐진 화폭을 통해 세계를 관찰하며, 예술 텍스트의 창조자는 인간의 높이에서 인간의 눈으로 고

그림40 로드첸코Rodchenko의 사진 〈발코니〉에 나타난 중세식 원근법.

요하게 세계를 바라보는 인간임을 시위한다. 예술가는 관객을 일깨운다. "아닙니다. 나는 신이 아니라 그냥 인간입니다. 나는 인간이 볼 수 있는 것만을 봅니다. 그리고 관객인 당신은 내 자리에 앉아 내가 보고 있는 것을 보십시오. 내 눈을 가져가서 단순한 인간이 되십시오."

중세의 예술 구성은 다르다. 중세 고딕 양식의 성당은 통상 커다란 광장이 아닌 좁은 거리에 솟아올라 있었다. 이것은 중세의 도시가 좁아서 그런 것일 뿐 아니라, 성당 가까이 가는 사람은 그 거대함에 압도당해야 한다는 특정한 원칙 때문이기도 했다. 여기서 정상적인 시점은 고개를 든 채 아래에서 위로 향하는 것이다. 옛 소련 시대의 커다란 다층 건축물들은 그림40에서 볼 수 있듯이 그와 같은 원근법으로 계획되었다.

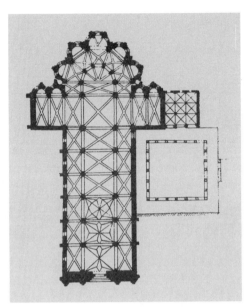

그림41 중세 교회의 평면도는 십자가 모양이다.

한편 고딕 건축물의 구조 자체는 다른 시점에서 계획되었는데, 위에서 대성당을 바라보면 십자형으로 보이도록 설계되었다(그림41). 그렇지만 비행기도 없고, 헬리콥터도 없는데 누가 **그렇게** 성당을 내려다볼 수 있을까? 인간으로서는 불가능하다. 그것은 '신의 시점'이다. 그뿐 아니라, 시점은 광선이 성당의 둥근 지붕의 창을 통해 위에서 아래로 거의 수직으로 떨어진다는 것에서도 표현된다. 즉, 고딕 양식의 건축 텍스트에서는 아래에서 위로 향하는 인간의 시점과 위에서 아래로 향하는 신의 시점, 두 개의 대조적인 시점을 찾아볼 수 있다. 인간은 영혼을 위로 고양시켜야 하고, 신은 인간을 만나기 위해 아래로 하강해야 한다.

영화에 있어 상부 원근법은 주인공을 세계 모델의 가장 본질적 수

그림42 상부 원근법으로 촬영한 〈아웃 스페이스〉의 한 장면.

직축에 연결시킨다. 외계인 시점에 의한 동기화(잭 아널드 Jack Arnold 의 〈아웃 스페이스 It Came from Outer Space〉)는 그러한 원근법의 조 야한 변주로 볼 수 있다(그림42). 안토니오니의 영화에서 상부 원근법은 남녀 주인공의 머리 위에 무겁게 드리워진 공허를 표현하고, 수직적인 의미의 부재를 폭로한다(그림43).

처음에 기하학적 영화공간과 중세의 비합리적인 공간 사이에는 공

그림43 안토니오니의 영화에서 자주 보게 되는 상부 원근법.

통점이 적어 보인다. 관객은 '명료한'(모든 화면 조합의 구성을 준수한 구조) 공간에서 집과 같은 편안함을 느낀다. 관객은 르네상스 이후 개가를 올렸던 부동의 단일한 시점으로 묘사된 그림 앞에서 그와 같은 감정을 느낀다. 그러나 그러한 습관적인 자각이 우리를 망상에 빠지게 해서는 안 된다. 영화공간의 구성 법칙이 중세 예술에서보다 덜 제약적이지 않다는 것을 생각해보자. 영화가 움직이지 않는 하나의 화면으로 구

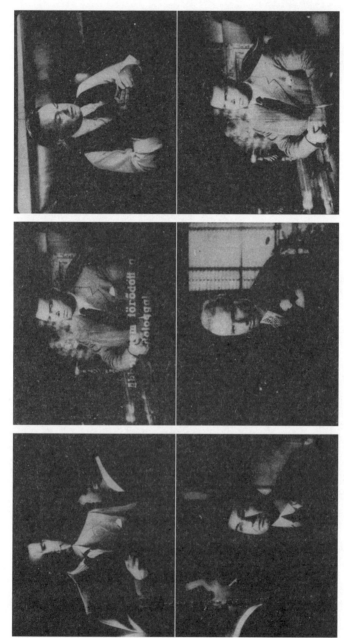

그림44　빌리 와일더의 〈이중배상Double Indemnity〉에서 대화 장면의 몽타주를. 기온데와 같이 등장인물들의 시선이 모두 한 쪽을 향하는 경우에는 대화를 몽타주화할 수 없다.

성되었다면, 영화공간은 초기 르네상스 그림으로 회귀할 것이다. 즉, 주변세계의 가시적 공간 영역에서 상상해볼 때, 르네상스 이후 회화에서 묘사되는 공간은 항상 반구半球 이하이다(시야의 각도가 180도 이하이기 때문이다). 만약 영화에서 이 규칙을 준수한다면, 우리는 금방 이것은 영화가 아닌 연극이라고 말할 것이다. 영화의 공간이 우리에게 '자연스럽게' 느껴지기 위해서는 다른 정반대의 법칙이 요구된다. 이 법칙에 따라 어떤 촬영시점 A가 다른 반구편의 촬영시점 B와 상호 관련될 때 영화의 공간은 용량을 획득하게 되는 것이다. 말하자면 영화에 있어 '정상적인' 공간은 두 시점의 만남으로써 창조된다. 그림뿐 아니라 중세 사원의 공간도 이를 상기시킨다.

이렇게 기하학적 영화공간은 최소한 두 개의 시점을 요구하는데, 그것은 또한 눈에 띄게 서로 차이가 나야 한다. 그렇지만 그러한 공간이 대화의 원칙에 상응하는 최상의 형태는 아니다. 즉, 그것은 대화하는 두 사람의 얼굴을 서로 다른 두 개의 대조적인 시점에서 찍어 편집하는 것이다.

물론 여기서 영화는 엄격한 화면 조합을 요구한다. 그러한 요구 중 중요한 것은 영화공간의 '용량'에 있어 그 방향 설정의 용이함을 보장한다. 관객들로 하여금 대담자들이 서로 바라보고 있다고 생각하게 하기 위해서는 스크린 평면을 30°가량 회전시킨다. 이때 한 사람의 시선이 화면의 약간 오른쪽으로, 다른 사람의 시선은 왼쪽으로 비껴나도록 배우들을 위치시켜야 한다. 만약 등장인물들이 같은 방향을 바라본다면, 대화는 일어날 수 없다(그림44).

영화를 이해하기 위해 다른 예를 살펴보자. 파리 국립도서관에는

그림43 〈요한의 기도서〉(1418년경)

양피지로 된 문서가 소장되어 있는데, 거기에는 〈요한의 기도서〉(그림45)라는 삽화가 있다. 그리스도를 애도하는 그림으로, 그리스도가 그림 아래편에 누워 있고 성부는 오른쪽 위 모퉁이에 있다. 삽화 중간에는 정신을 잃은 성모 마리아와 그녀를 부축하고 있는 사도 요한의 형상이 묘사되어 있다. 그리스도는 위에서 아래로의 원근법으로 묘사되어 있고(수직이 아니라 30°쯤 비스듬히 위치한다), 성부는 아래에서 위의 원근법(역시 30°쯤 비스듬히)으로 묘사되어 있다. 그리스도는 눈을 감고 있는데, 그래도 그들이 서로 바라보고 있다는 인상을 받는다. 성부의 눈동자가 그리스도의 눈동자와 맞닿는 선이 똑바른 대각선을 형성하기 때문에 이러한 인상을 자아낸다. 그렇지만 사실은 화가의 눈동자가 이 대각선의 중간 어디쯤에 위치하고 있어, 성모와 요한의 형상을 측면에서 보고 있는 것이다.

스크린에서 대화를 묘사하려면 화면을 이렇게 구성해야 한다. 이에 대해 영화연구가 얌폴스키M. B. Iampol'skii는 다음과 같이 말했다. "……일찍이 대화적 묘사에 대한 필연성이 생겨났는데, 이는 즉시 아주 복잡하고 총체적인 것으로 나타났다. 대화를 묘사하는 기본적인 방법은 두 명의 대담자를 일반적 시야에서 포착하여 오랜 시간 화면에 담는 것이다. 점차로 대화를 묘사하는 편집이 복잡한 형태를 띠게 되고, 그것은 영화 용어로 '8자법'이라는 이름을 얻게 되었다. 이 유형이 점차 규범화되었고, 할리우드식 모델이라 불리는 '고전' 영화가 우세하던 시기인 1930년대 말과 1940년대 에는 지배적 유형이 되었다. '8자법'은 '3각형의 법칙'에 상응하여 촬영된다. 아래의 도해를 보라. A와 B는 대화하는 인물이다. 직선 AB는 인물들의 시선이다. C, D, E는 촬영 카메라들이다."

'8자법'은 '여러 대'의 카메라로 찍은 화면을 편집하는 것이지만, 〈요한의 기도서〉를 그린 거장은 한 그림(=화면)의 내부 시점을 편집했다. 여기서 이들은 똑같은 대화 구성의 법칙을 적용했으며, 그것은 관찰자가 서로 교차하는 시선이 만나는 점에 아주 가까이 접근해야 한다는 것임을 어렵지 않게 발견할 수 있다.

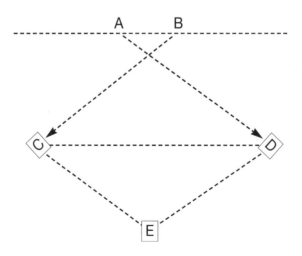

플롯

플롯은 서사의 법칙에 기반하여 구축되지만, 구조적으로 그보다 차원이 높다. 예술 텍스트에서는 구조의 차원이 높아질수록 형식적 특성은 필연적으로 덜 지니게 된다. 이때 개별적인 음소나 문법적 범주의 의미는 완전히 형식적인 것이 되고, 예술(혹은 비예술) 텍스트의 총체적 의미는 텍스트 외적 리얼리티와의 의미론적 상관관계에 따라 연구된다.

예술 텍스트이건 비예술 텍스트이건 모든 텍스트는 두 그룹으로 나눌 수 있다. "이것은 무엇인가?"(혹은 "이것은 어떻게 구성되었는가?")의 질문에 답하는 것이 그 첫 번째이고, "이것은 어떻게 생겨났는가?"(혹은 "이것은 어떤 형태로 발생했는가?")의 질문에 답하는 것이 두 번째이다. 첫 번째 텍스트들은 비플롯적이라 하고, 두 번째 텍스트들을 플롯적이라 한다. 비플롯적 텍스트는 어떤 통계학적 순서에 의해 분화되고 기술되며, 정적인 구조를 용인한다. 달력과 전화번호부, 열차시각표, 교과서, 스토리 없는 서정시, 건축설계도는 모두 어떤 대상의 구조를 기술하고 자신의 세계 형상을 창조하지만, 그 세계에서는 모든 것이 명백히 정지되어 있다. 세계 구조의 순환적인 과정을 정확히 반복하는 고대의 전설이 이러한 텍스트와 관련된다. 연대적인 구비문학 텍스트가 고대의 신화를 같은 층위에서 반영한다는 것은 우연이 아니다.

플롯적인 텍스트는 **사건**을 기술한다. 사건은 항상 특별한 경우이다. 말하자면 일상적으로 일어나지 않고 그에 대한 예견이 불가능한 독특한 현상인 것이다. 기적과 범죄, 드물게 보는 성공, 예기치 않은 불행 등 정적인 상태를 파괴하고 사물의 흐름을 예견하지 못하도록 하는 모든 경우가 사건이며, 이는 플롯의 기본이 된다. 이러한 사건(특별한 행위)을 발생하게 하기 위해서 주인공, 즉 성자나 범죄자 등 비일상적인 행동을 수행할 수 있는 특별한 행위자를 필요로 한다. 즉, 플롯적 텍스트의 첫 번째 제약은 이 세계의 인간들은 건널 수 없는 경계, '도달할 수 없는 선'으로 세계 구조를 나누는 것이다.

예를 들어, 마법의 동화에서 주인공은 부모와 함께 **집**에 살고 있는데, 어떤 이유에서인지(뱀에게 유괴된 신부나 여동생을 찾기 위해, 혹은 실행 불가능한 임무를 수행하러) **숲**(두 세계의 경계 — 강 위의 다리를 건너는 경우가 많다 — 에서 뱀과의 격전이 그를 기다리고 있다)으로 가게 된다. 신화에서는 산 사람의 세계와 죽은 사람의 세계를 규정하는 경계선이 있는데, 이때 플롯은 두 개의 측면에서 발전된다. 모든 등장인물들은 그들에게 고유한 공간에 배치된다. 살아 있는 사람은 살아 있는 것들과, 죽은 사람은 죽어 있는 것들과 배치된다. 한 사람(신화의 주인공)만이 산 채로 죽은 자의 왕국에 침투할 수 있고, 또 거기서 되돌아올 수 있다. 19세기 문학에서 플롯은 귀족과 천민, 부자와 가난한 사람, 지배자와 버림받은 자로 나누어진 세계를 그렸다. 대다수의 주인공들은 자신의 세계에 묶여 그 세계의 일부로 나타난다. 그러나 그들 중 하나는 금지된 경계선을 넘을 수 있다. 천민이 귀족이 되고 가난한 사람이 부자가 된다. 그것이 '성공의 플롯'이다. 혹은 그가 죽어버려서 다른 세계로 진입하려는 시도가 비극으로 끝난다면, '성공적이지 않은 플롯'이 발생하게 된다.

이렇게 플롯은 육체적, 지적, 도덕적, 사회적인 측면에서 다른 사람보다 행동의 자유를 많이 소유하는 등장인물을 필요로 한다. 이 주인공은 다른 사람들에게는 금지된 경계선을 용감하게 넘어서는데, 사기꾼이나 도둑은 교묘함과 교활함으로 성공의 세계에 침투한다. 로빈 훗이나 두브로프스키 같은 의적, 또는 공상가나 어릿광대는 항상 다른 사람들과는 다르다. 그들은 비범한 행위를 하고, 그들과 함께 있으면 비일상적인 사건이 발생한다. 그들의 대척점에는 자신의 세계에 묶인 인간, 아무 일도 벌이지 않는 인물로서 '비주인공'이 있다.

이것이 플롯 서술의 기본이다. 한편 이제 우리는 문학적 서술, 즉 다른 사람에게 전달하려는 플롯에 대해 이야기할 것이라는 것을 분명히 알 수 있다.

언어는 인간의 삶과 문화에서 지배적인 역할을 한다. 따라서 문학적 플롯이 플롯 일반으로 감지되는 것은 자연스러운 일이다. 문학적 서술의 기본이 되는 의미론적 전개 조직 없이는 예술에 있어 어떤 플롯도 존재할 수 없게 된다. 이때 영화서술이나 음악서술처럼 고유한 기법이 요구되는 예술은 특수성을 갖게 되는데, 이로부터 영화예술에 대해 말할 수 있다.

영화는 예술이 보다 깊은 심리학·철학적인 보편성을 지향할 때 등장했다. 톨스토이와 도스토예프스키F. Dostoevskii, 체호프A. Chehov의 작품들, 그리고 어느 정도 지나서 나타나는 토마스 만과 탐사레A. H. Tammsaare[문학에 관심을 둔 개혁운동인 '젊은 에스토니아' 운동의 대표작가]의 소설들에서는 행위가 아닌 말과 사상이 플롯을 규정한다. 그동안 영화는 무성이었고 인간의 외면적인 윤곽만을 찍을 수 있었다. 이러한 조건 하에서 영화의 플롯에는 두 갈래 길이 놓여 있었다. 첫 번째는 코미디이다. 서툰 동작, 주먹싸움, 혹은 반대로 예외적으로 유연한 도약, 그리 크게 해가 되지 않는 동작 등, 외부 관찰자에게 있어 사건은 항상 물질세계로 한정된다. 이때 이 행동이 예기치 않으면 않을수록 '사건다운' 사건이 되었다. 최신 유행의 연미복을 입은 멋쟁이 신사가 웅덩이에 빠진다면 이것은 늙은 노파가 웅덩이에 빠지는 것보다 훨씬 우스운 일이다. 왜냐하면 더 예기치 않은 것이기 때문이다(연미복과 웅덩이에 빠지다가 전혀 합치되는 표상이 아니라면, 할머니는 허약한 다리 등의 이미지와 부득이하게 결합된다). 만일 사람들이 베개와 파이를 들고 싸움을 한다면 이것은 바보가 악기를 무기로 삼아 싸우는 것과 마찬가지로 우스운 일이다. 그렇지만 만일 도끼를 들고 싸운다면 그때는 이미 장난이 아니다.

외면 상태를 고착시킨 사진에 근거하는 영화에서는 이러한 희극적인 모습이 자연스럽게 '희극적인 상황'으로 변화된다. 그리하여 이러한 플롯의 고안이 이미 오랜 전통을 갖고 발전된 민중연극이나 서커스 등으로 자연스럽게 주의를 돌린다. 그러나 특정한 코미디를 고안하여 스토리를 구성하기 위해서는 그 이상의 것이 필요하다. 연쇄적인 코믹 사건(민중연극의 유산도 마찬가지다)은 가장 원시적인 스토리를 창조했을 뿐, 너무 다양성이 적었다. 거기에는 항상 희극적인 상황에 처하는 주인공이 필요했고, 우리는 그에게 매번 예기치 않은 것을 기대하게 되었다. 모순적인 주인공이 필요했다.

문학은 연쇄적 스토리가 고안되었다는 것을 금세 암시해주고(유쾌한 부랑아로부터 비극적인 어릿광대에 이르기까지), 영화는 그것을 이용한다. 그러나 주인공과 플롯에 있어서는 문학적인 근거뿐 아니라 영화적인, 말하자면 관객적인 근거도 중요했다. 예를 들면, 무성영화 관객

들이 좋아하는 배우 중 한 사람인 더글러스 페어뱅크스는 스포츠 방면
에서는 탁월한 재능의 소유자였고, 그것을 자신이 연기하는 주인공의
모험에 꾸준히 적용했다. 그의 영화(〈쾌걸 조로The Mark of Zorro〉,
〈로빈 훗Robin Hood〉, 〈바그다드의 도적The Thief of Bagdad〉, 〈검은
해적The Black Pirate〉)의 플롯은 문학적이다. 이때 영화 언어인 트릭은
에피소드의 수준에 머물렀다.

　　1920년대 말에 슈클로프스키[V. Shklovskii(소련의 작가·형식주의 이론
가)는 다음과 같이 말했다. "나는 뛰어오르고 싶다. 더글러스 페어뱅크
스의 〈쾌걸 조로〉를 보았기 때문이다…… 조로는 벽과 거리, 말과 당나
귀, 그리고 사람들을 뛰어넘는다. 영화 전체를 몇 개의 부분으로 나눈다
면, 체조선수를 비롯, 체조 도구를 위장하여 그의 길을 가로막는 장애
물이 나타난다는 것을 금방 알게 될 것이다. 플롯은 달리기와 펜싱에
동기를 부여한다." 갈등을 구성하는 플롯은 문학의 영역(이야기 전달
행위)에 남고, 트릭만이 영화언어에 속하게 된다.

　　'고상한' 예술과는 다른 장터의 연극이나 서커스에서 영화 플롯의
'열쇠'를 찾을 수 있다. 서커스에는 광대, 대역배우, 체조선수, 동물조련
사 등 특정한 배역이 정해져 있다. 서커스의 명인이 숙련된 재주를 대중
들에게 보여줄 때, 광대는 똑같은 행위를 모방하면서 미숙한 재주를 전
시한다. 광대는 밧줄타기를 하다가 우스꽝스럽게 넘어지고, 겁을 내면
서 사자에게서 도망치고, 조련사의 말에 올라타려 하나 안장에 오르지
못한다. 다른 일행들은 금사로 번쩍이는 화려한 의상을 입었는데, 이들
을 배경으로 광대는 눈에 띄게 괴상한 옷을 입고 있다. 그런데 그는 다
른 사람들보다 영리한 사람이다. 가장 어려운 묘기를 펼치기 때문이다.

그림46 〈황금광 시대〉에서 우아한 태도로 구두를 자르는 채플린.

그는 머리가 핑핑 돌 정도의 높은 밧줄에 오르려고 애쓰는데, 서툰 솜씨
와 공포를 연출하다가는 갑자기 한쪽 다리만 밧줄에 매달리며 떨어진
다. 물론 모든 것은 순조롭게 끝난다. 왜냐하면 이것은 실제로 아주 훌
륭한 묘기로서, 극히 서툰 솜씨라는 가면 뒤에 숨겨진 고도로 숙련된 솜
씨를 보여주는 것이기 때문이다.

　　찰리 채플린은 이 역할을 〈서커스Circus〉(1928)에 직접 도입했다.
모순적이라는 영화 플롯의 공식이 드러났다. 주인공 찰리의 모든 몸짓
과 동작은 광대의 약호로써도 예견할 수 없는 것이었다. 찰리의 의상은
이미 모순을 내포한다. 중산모·지팡이·나비넥타이 등은 멋쟁이를, 헐
렁한 바지·해진 구두·찢어진 팔꿈치는 부랑아를 나타낸다. 독선적인
수염과 서글픈 눈동자는 찰리의 얼굴 자체를 전쟁터로 만든다. 주인공
찰리가 무슨 일을 하더라도, 그의 행동은 외모의 한편과는 조화되고, 다
른 한편과는 모순된다. 고유한 역할이 주어지지 않는 세계에서 드러나
는 주인공의 모순이 영화 플롯의 기본이 된다. 그에게는 항상 낯선 역할

만이 요구된다.

여기에서 채플린 코미디의 서글픈 희극성이 구축된다. 이는 특히 〈황금광 시대Gold Rush〉(1925)에 잘 나타난다(그림46). 여기서 찰리는 성공하지 못한 왜소한 부랑아다. 그는 황금을 찾는 동료와 함께 눈에 갇힌 오두막에서 굶주리고 있다. 이때 찰리는 자신의 그 유명한 구두로 수프를 끓인다. 나이프와 포크를 사용해 구두를 자르는 모습은 그 얼마나 나무랄 데 없는 귀족의 몸짓이던가! 상류사회의 만찬에서나 볼 수 있는 것이다. 그러다 이 주인공에게 행운이 찾아왔다. 그는 우연히 금광을 발견하고 부자가 되었다. 찰리는 화려한 외투를 입은 백만장자의 외모를 갖추고 나타났다. 그런데 이제 그의 몸짓은 부랑아의 몸짓이다. 가려운 곳을 긁는 그의 행동에서 우아함은 흔적도 없이 사라졌다.

사물들이 채플린의 손에서 고집스런 동물처럼 행동한다는 것은 이미 오래전부터 잘 알려진 사실이다. 그는 부단한 전쟁임을 알면서도 항상 사물들을 원래의 직분과는 다르게 사용한다. 〈라임라이트Limelight〉(1952)에서 배역을 잃은 나이든 광대와 피아노의 투쟁이 서커스의 묘기로 전환되는 장면은 압권이다.

플롯의 예견성은 주인공이 이 세계에서 고유한 역할을 할 수 있는 자신만의 특정한 자리가 있느냐 없느냐에 따라 정해진다. 채플린에게는 **그의 자리**가 없다. 달리 말하면, **그의 세계**가 없는 것이다. 이러한 총체적인 불일치를 이루는 플롯에, 일반적으로 의미론이라고 간단히 해석되는 익숙한 문학적 플롯이 덧칠된다.

채플린의 동시대인이며 그의 경쟁자라 할 수 있는 버스터 키튼은 채플린과는 극도로 구별되는 형상이지만 또한 양립할 수 없는 시각적 모순 위에 플롯을 구성한다. 비극배우의 외모, 미소를 모르는 얼어붙은 마스크는 플롯적으로 특별한 기대를 하게 하는데, 주인공의 모든 행동은 연쇄적인 희극적 속임수와 연관되어 있다. 채플린에게서와 마찬가지로 고도의 속임수는 눈에 띄게 서툰 형태를 띤다. 관객은 어리석게 행동하는(이는 특히 키튼이 이성적인 거대한 기계를 배경으로 플롯을 설정할 때 눈에 띈다) 실패자를 눈앞에 본다. 그러나 서툰 주인공은 가장 어려운 상황에서 승리자가 된다(예를 들면, 그는 멍청하게 군도를 흔들다가 부러뜨린다. 그런데 그 부러진 군도가 그의 손에서 날아가서 살금살금 다가오는 적을 교묘하고 치명적으로 쳐부순다).

기계(기관차, 자동차)가 플롯에 포함되는 것에는 이유가 있다. 여행은 모든 스토리에 있어 기본이 된다. 세계 문학 플롯의 대다수가 여행이나 열차를 언급한다. 기선, 기관차, 비행기, 자동차, 그리고 이들의 피할 수 없는 동반자인 추적이나 파국 등의 매력은, 한편으로 다른 예술의 플롯에서 똑같은 경우로 사용될 수 없는 것이며, 다른 한편으로 영화가 '기술의 시대'인 20세기 초와 심리학적으로 연관된 새로운 예술이라는 것을 입증한다.

관객에게 정신이 아찔할 정도의 속도감을 불러일으키는 막강한 기술을 표상하는 화면과 이것이 희극적으로 차례로 파손된 화면의 결합(버스터 키튼 영화의 한 장면에서 주인공은 철로를 뜯어내려 하는데, 이때 레일은 마치 장난감처럼 제자리에서 떨어져나온다)은 기계를 어릿광대의 요소로 변화시킨다.

영화 플롯은 관객에게 익숙한 문학적 플롯인 동시에 무언극의 서사시로서, 그 서사시는 무성영화 시대 희극이 최고조에 달했을 때 플롯의 외관을 규정한다.

영화 플롯이 창조해낸 다른 변형은 멜로드라마적인 연극과 무언극이 결합한 것이다. 이는 성장하여 멜로드라마적 동작과 감동적 표정의 언어, 유형 시학에 남게 되었다. 구비문학에서와 같이 멜로드라마에는 배역이 엄격하게 제한되어 있다. 이 배역('악당', '불행한 연인', '고상한 아버지' 등)은 배우의 외모에 따라 정해지는데, 이로써 관객과 스크린 사이에는 미리 다리가 놓이게 된다.

유성영화의 보급은 중산층 인텔리에게 큰 영향을 미쳤다. 전통적인 문화적 개념에서 예술은 심리학적 역사적 소설, 드라마 스토리가 있는 그림, 심포니, 오페라 등 '진지한' 것이었다. 서커스, 뮤직홀, 멜로드라마, 무언극은 교양 없는 저급한 취향의 예술로 받아들여졌다. 유성영화는 영화를 '고상한' 예술세계의 위치로 올려놓았다. 왜냐하면 그 테마의 주인공이 문학과 연극의 것이기 때문이다. 그렇지만 문학과의 친밀한 관계(특히 심리학적 측면의 영화)는 고유한 영화 플롯의 자리를 문학에 양보하는 결과를 낳았다. 영화의 플롯은 말을 전달하는 것에 불과했으며, 이는 촬영 시나리오가 되었다. 음향이 갖춰진 조건에서 영화 플롯을 추구하는 데는 새로운 자극이 필요했다.

영화가 이미 연출된 것, 소설 텍스트의 대화적 구조와 시점 교차의 이론적-의미론적 적용이란 과제에 접근했을 때, 영화 플롯의 새로운 발전 단계가 시작되었다. 이야기되는 리얼리티와 보여지는 리얼리티가 원칙적으로 다르다는 것, 사람들은 다른 여러 목격자로부터 듣는 것과 직접 보는 것을 원칙적으로 다르게 경험한다는 것이 밝혀졌다. 이런 의미에서 오손 웰스Orson Wells의 〈시민 케인Citizen Kane〉(1941, 미국)은 영화 플롯의 발전에 혁명적인 역할을 했다. 영화의 기본 플롯은 죽어가는 백만장자 케인의 내면세계를 통찰하는 것이다. 앞으로 영화의 주인공이 될 사람의 죽음 장면이 보이는데, 그 다음은 갑자기 '영화 속의 영화'로 시작된다. 케인의 삶은 '위대한 미국인'의 죽음을 맞이하여 영화언어로 편집된 평범한 연대기로 이야기된다. 이것은 문학적 플롯이 영화적 삽화로 된 전형적인 예이다. 영화가 화면 뒤의 목소리로 서술되는 것은 우연이 아니다. 이후 영화에서 벌어지는 사건은 그러한 유형의 플롯과의 논쟁이다. 이때 주인공의 내면 세계를 드러내는 전통적인 심리소설에서 이 과제의 순전히 영화적인 해결방법을 찾았다. 그러나 소설가가 독자들에게 그 등장인물의 머리와 영혼에 깊이 숨겨진 것에 대한 지식을 부여하고 또 이 지식을 함께 할 수 있는 권리를 부여한다면, 감독은 이야기하는 것이 아니라 관객들에게 **보여줘야** 한다.

리포터인 톰슨이 고인의 성격은 물론 임종시 한 말의 의미를 이해하기 위해 애쓴다는 영화의 외면적 구상에 대해, 웰스는 다음과 같이 말했다. "사랑하건 미워하건, 케인을 잘 알고 있던 다섯 사람을 차례로 추적했다. 그들은 편파적으로 각각 다른 다섯 역사를 이야기했다. 다른 모든 인간에 대한 진실과 마찬가지로, 케인에 대한 진실은 그에 대해 이야기된 것을 모두 합해 계산될 것이다." 여기에 영화의 특수성으로 인해, 이 다섯 개의 이설이 문학적 서술이 아닌 다섯 개의 서로 다른 단일하고 진실된 리얼리티로 구성되어 관객 앞에 제시되었다는 것을 덧붙일 수 있다.

영화 플롯에 있어 소설의 영향은 복합적인 것이다. 한편으로는 플롯의 '문학성'을 강화시키는 대가로 '영화성'이 약화되었다. 많은 세계

걸작소설들이 영화화되었지만, 단지 몇몇 작품만이 영화예술의 보고로 남았다는 것을 그 예로 들 수 있다. 다른 한편으로 소설의 영향은 영화의 숨겨진 가능성 실현에 혁명적인 역할을 했다. 이것은 특히 전형적인 소설이지만 그 안에 자연스럽게 영화언어의 요소를 내포하고 있는 산문 작품에서 명확하게 나타난다. 이와 관련하여 얼핏 보기에는 이상한 법칙이 제시된다. 톨스토이의 소설을 영화화하려는 대부분의 시도가 톨스토이의 창작 정신 자체에는 낯선, 화려한 선물용 출판물을 연상시키는 풍요로운 화면을 만드는 데 그쳤다면(본다르추크Bondarchuk의 〈전쟁과 평화Voina i Mir〉가 그 대표적 예이다), 도스토예프스키의 소설은 영화 플롯의 역사에서 괄목할 만한 역할을 했다는 것이다.

　이런 면에서 빛을 발하는 루키노 비스콘티Lukino Visconti의 〈로코와 그의 형제들Rocco ei Suoi Fratelli〉(1960, 이탈리아)을 살펴보자. 표면적인 것만 고찰한다면, 플롯은 완전히 네오리얼리즘[제2차 세계대전 직후 이탈리아에서 일어난 영화예술운동. 주제·기술 면에서 사실성을 강조한다]의 규범에 들어간다. 루카니야 지방의 떠돌이 가족은 아버지의 죽음(영화는 드라마틱한 장례식 장면으로 시작된다) 이후 북쪽 밀라노로 옮겨간다. 미국으로 일하러 떠나는 큰형 빈첸초가 결혼을 하려 하고, 이 때문에 식구들이 모두 모였다. 이 순간이 네 형제의 삶에 있어 행복의 절정이었다. 영화는 시간(1955년에 시작되어 1960년에 끝난다)과 공간(밀라노와 그 주변 배경, 결정적인 장면이 일어나는 사원의 지붕 등은 극히 실제적인 행동 공간을 창조한다)에 있어 완전히 구체화되었다. 영화에는 빈첸초의 형제들이 등장한다. 20살의 시모네, 18살 로코, 16살 치로, 그리고 12살 루카. 그들은 모두 농촌 젊은이들이다. 이들이 어머니와 아버지

주위에 뻣뻣한 자세로 서 있는 오래된 가족사진은 회상과 예언을 동시에 하며 영화 전반에 걸쳐 나타난다.

비정한 현대 도시의 유혹에 던져진 형제들의 비극적인 운명이 플롯의 표면층이다. 그 배후에는 도스토예프스키가 있는데, 관객은 그의 소설 『카라마조프 가의 형제』들에서 플롯을 따왔다는 것을 끊임없이 상기하게 된다. 직접적인 인용이 끊임없이 관객의 주의를 묶어놓지만(특히 미차 카라마조프와 로고진을 연상시키는 시모네, 알료사 카라마조프와 므이슈킨 공작을 동시에 영상화한 형상의 로코, 두 사람이 동시에 사랑했던 나자를 시모네가 죽인 다음 둘이 침대에 껴안고 누워 있는 장면 등을 그 예로 들 수 있다), 그것은 구체적인 어떤 소설에 대한 것은 아니다. 영화는 도스토예프스키에 대해 공격적인 논쟁을 하려는 것이 아니다. 그것은 자기희생의 길을 구현하는 로코가 상황에 밀려 권투 시합에서 챔피언이 되어야 했던 것을 예로 들어보면 잘 알 수 있다. 로코가 링에서 승리를 거두는 마지막 장면과 나자가 살해되는 참혹한 장면은 평행하게 몽타주되었다. 본질은 다른 데 있다. 비스콘티는 도스토예프스키의 예술세계를 통해 현대 이탈리아의 현실을 기호화했다. 그것은 한편으로 그러한 빛으로 조명된 현상의 본질을 나타내고, 다른 한편으로 그 기호가 삶에 대해 완전하게 설명해주지 않는다는 것으로서 영화의 사상적 구조를 형성하는 것이다.

영화는 단편영화로 나누어질 수 있는데, 그것은 〈어머니〉, 〈시모네〉, 〈로코〉, 〈치로〉 그리고 아주 짧은 〈루카〉이다.

시모네(레나토 살바토리Renato Salvatori 분)는 타락과 파멸의 길에 서 있다. 그는 동물적 삶의 기쁨을 느끼는 단순한 시골 청년으로서, 매 걸음마다 유혹이 숨어 기다리는 세계에서 자신의 욕정을 다스릴 줄 모른다. 처음에 그는 파렴치한으로 작은 성공을 거두며 삶의 기쁨을 느낀다. 사기에 능하고 어떤 일에도 뻔뻔스러운 그는 비록 운동복 대신 속옷을 입긴 했지만 첫 시합에서 성공적으로 링에 데뷔한다. 하지만 곧 몰락의 길이 시작된다. 알코올 중독, 링에서의 실패, 주머니에 한푼 없이 옛 친구와 함께 굴욕적인 모습으로 바에 앉아 있다. 타락은 외모에 반영되어, 시모네의 얼굴에는 야수성이 점점 짙어진다.

이와 평행하게 로코(알랭 들롱Alain Delon 분)의 길이 대비된다. 로코와 시모네는 가족사진에 나란히 서 있다. 카메라 앞에 뻣뻣하게 서 있는 같은 키의 두 시골 청년. 열차가 밀라노에 들어올 때, 그들은 같은 자세로 한 차량에 따라붙는다. 밀라노에서 그들은 권투선수가 되었고, 둘 다 한 여자 ― 창녀 나자 ― 를 좋아한다. 그들의 운명은 긴밀하게 얽혀 있지만, 그것은 동물적·육체적 기쁨을 추구하는 탐욕스런 시모네와 희생적 삶을 살아가는 로코의 대조적인 모습을 강조하기 위한 것이다.

영화의 마지막 부분에는 어머니와 형제들이 로코의 승리를 축하하는 에피소드가 있다. 로코는 챔피언이 되었다. 스크린은 들뜬 분위기였지만, 관객들은 시모네가 나자를 죽일 것을 알고 있다. 위험을 감지한 어머니는 계속 문을 주시하지만, 아무 소리도 들려오지 않고 계단은 텅 비어 있다(아직 시모네가 지나가지 않은 평범한 텅 빈 계단에서는 무시무시하고 불길한 징조가 엿보인다). 그때 로코는 고향 루카니야의 풍습을 기억하고, 건물을 지을 때 튼튼하기를 바라는 의미에서 '건물의 희생양'이라 부르는 것을 바쳐야 한다고 말한다. 그 희생물은 바로 자기 자신이다. 이것은 파라자노프Parazhanov의 〈수람스카야 요새의 전설

Legenda o Suramskoi kreposti〉(1984, 그루지야)의 평행한 안티테제로 볼 수 있다.

영화에 나타난 로코의 형상에는 권투선수라는 직업(그는 말쑥한 외모를 하고 있지만, 이 운동경기와 시각적으로 연관되어 있다)과 끊임없이 내면의 고통을 표현하는 순교자의 섬세하게 고무된 얼굴이 대비되어 근저에 깔려 있다. 로코의 모든 삶은 자기희생으로 점철되어 있다. 그는 더러운 상황에 처해 돈을 필요로 하는 시모네를 위해 혐오감을 억누르고 자신을 희생하여 직업 권투선수 계약서에 서명한다.

나자(안나 지라르도Annie Girardot 분)의 삶은 두 형제의 길과 맞물려 있다. 시모네는 짧은 성공을 거두던 때에 그녀를 만나 그녀의 정부가 된다. 나자(러시아 이름인데, 이는 우연이 아닌 듯하다)에게는 소냐 마르멜라도바(도스토예프스키의 소설 『죄와 벌』의 여주인공. 전당포 노파를 살해한 라스콜리니코프가 자수하게 하는 등 구원의 상징으로 나타난다)보다는 그루셴카(도스토예프스키의 『카라마조프 가의 형제들』에 등장하는 여인으로, 타락과 파멸을 상징한다)의 이미지가 더 많다. 그녀는 죽어서야 구원된다. 그녀는 시모네에게서 동물적 '카라마조프'의 열정을 불러 일으킨다. 로코와 나자는 제노바에서 알게 되는데, 거기서 로코는 군복무를 하고 있었고, 나자는 짧은 형기를 마치고 감옥에서 나온 참이었다. 나자에게 있어 로코의 사랑은 재생의 희망이 반짝이는 작은 불빛이다. 시모네는 자기 식대로 이 희망을 짓밟는다. 동물적인 시모네는 질투로 괴로워하다가 로코와 자기 친구들이 보는 앞에서 나자를 굴복시킨다. 그런데 로코가 행하는 자기희생은 기이하다. 나자를 시모네에게 양보하는 한편, 그녀에게 시모네에게 돌아가라고 하면서 인간의 한계를 초월하는 희생을 보이는 것이다. 나자는 눈물을 흘리며 로코를 떠난다.

로코와 나자의 이 대화가 밀라노 사원의 지붕 위에서 일어난다는 사실은 전 장면에 쓰디쓴 상징성을 부여한다. 로코는 자신을 희생하는 동시에 나자의 헌제의식을 수행하는 것이다.

결과는 비참했다. 시모네는 자신을 버리고 갔던 나자가 돌아온 것을 알아차리고, 도시 변두리의 숲에서 기다리고 있다가 죽이려 한다. 나자는 소리쳐 도움을 요청하지만, 시모네의 무자비한 칼부림에 고통스럽게 죽어간다. 그러나 그녀의 사랑과 희생정신은 로코보다 더 크다. 비스콘티는 죽음 직전 그녀의 몸짓을 강조한다. 그녀는 마치 살아 있는 십자가처럼 십자 모양으로 양팔을 펼치고, 시모네가 칼로 그녀의 배를 무자비하게 공격하는 순간 사랑스런 몸짓으로 그의 목덜미를 끌어안는다. "당신, 챔피언이 되고 싶어요?" — 피로 범벅이 된 잔혹한 시모네의 얼굴은 로코의 얼굴이 된다.

펠리니는 보통 자신의 영화에서 탈출구 없는 갈등 상황을 '해제'하는 카니발의 행렬을 허용한다. 비스콘티는 도스토예프스키에 가깝다. 영화는 막내 루카의 형상으로 장식되는데, 그는 아직 자신의 길을 선택하지도 않았고, 모든 형제들을 사랑하지만 그들 중 어느 누구의 길을 반복하지도 않는다.

〈로코와 그의 형제들〉은 영화예술의 보고이다. 여기서는 기본적인 갈등만 언급했지만, 실제 영화는 수없이 많은 대비와 대조로 엮이어 있다. 어두운 화면과 밝은 화면의 충돌은 특별한 역할을 한다. 강간은 관목 사이로 모닥불의 불빛이 점점이 보이는 어두운 밤에 이루어진다. 링은 살육의식이 행해지는 사각 경기장 특유의 참을 수 없는 불빛으로 선명하게 밝혀지고, 아우성치는 관중석은 어둠 속에 가라앉아 있다. 제노바에서의 만남은 나자와 시모네의 산책과 마찬가지로 밝은 태양 광선 아래 이루어진다. 마지막으로 두 개의 헌제의식인 나자와 로코의 사원 지붕 위에서의 대화 장면과 살인 장면은 낮도 밤도 아닌 회색의 중간 조명이다.

비스콘티의 영화 기법은 놀랍도록 풍성하다. 영화의 전체 플롯은 문학적 기반 위에 구성되었다고 할 수 있다. 그는 명확하게 단위를 분리하고 이를 시간적 순서로 조직한다. 시나리오에서 대부분 플롯의 단편들이 날짜순으로 기록된 것은 우연이 아니다. 밀라노에 열차가 도착하는 것이 시나리오에는 '1955년 10월'로 되어 있다. 제노바에서의 만남은 '1957년 4월'로 표시되어 있고, 영화의 사건은 1960년(즉, 영화가 스크린에 상영되는 해) 2월에 끝난다. 직선적인 시간 전개는 플롯의 직선적 전개과정을 규정한다. 우연이 발생하지 않기 때문에 각 장의 소제목은 사실 형식적인 성격을 지닌다. 유창한 스토리 전개는 끊이지 않고 시점도 변하지 않는다. 모든 장에서 실제로 모든 등장인물이 역할을 하지만, 서술은 어떤 추상적인 '객관적' 시점에서 행해진다. 비스콘티는 영화언어를 혁신했지만, 네오리얼리즘의 '문학성'은 여기서 보다 강하게 느껴진다. 이때 '문학성'은 다양하게 나타난다. 도스토예프스키 소설의 문학적 플롯은 내면적 접근인 '운율법칙'에 따라 어느 정도 풍성해지고, 자연히 영화성을 내포하고 있다. 따라서 이미 언급했듯이, 이 영화의 플롯에 있어 도스토예프스키의 역할은 우연이 아니다.

영화 플롯의 특수성은 산물을 영화화하는 경우에 특히 두드러지게 나타난다. 그것이 진정한 예술영화로 태어났다면, 그 플롯을 문학적 형태로 '환원'하는 것은 명백히 불가능하다. 영화 플롯의 특수성 면에서 볼 때, 아쿠타가와 류노스케Akutagawa Ryunoske의 단편과 야마모토 슈고로Yamamoto Shugoro의 장편을 스크린화한 구로사와의 〈라쇼몽 Rashomon〉(1950)과 〈도데스카덴Dodes' ka-den〉(1970)은 거대한 도약이었다. 역시 야마모토의 소설을 각색한 〈붉은 수염Akahige〉(1965)이 문학적 플롯의 특징들을 모두 간직하고 있다면, 〈라쇼몽〉과 〈도데스카덴〉에서는 독특한 서술 조직을 창조했다.

〈라쇼몽〉은 아쿠타가와의 두 단편 『라쇼몽』과 『술잔』을 기초로 제작되었다. 이 두 단편소설을 통독하고 영화를 보면 감독이 문학 텍스트를 어떻게 스크린화했지를 알 수 있다. 소설에서 재판관이 죽은 사무라이의 시체를 발견한다. 목격자, 사무라이의 아내, 그녀를 강간한 강도, 무당이 불러낸 사무라이의 영혼이 재판관에게 사건을 진술한다. 그들 모두는 각각 다른 이야기를 한다. 아쿠타가와에게 있어 이것은 서로 다르게 구술되는 의견을 분석하는 것이었지만, 구로사와에게 있어서는 현실의 다양성 자체를 의미한다. 소설을 읽으면서 우리는 자존심에서 비롯된 모든 서술이 사건을 얼마나 임의로 왜곡하며 진실에서 얼마나 벗어나 있는지를 느낀다. 그러나 스크린에서는 각각 다른 의견들이 놀랄 만큼 명확하게 나누어지고 있다.

〈도데스카덴〉의 플롯도 이러한 방향으로 전개되는데, 거기서 감독은 사물뿐 아니라 인간의 사고도 현실로 나타난다는 것을 보여준다. 영화의 세계는 자연스런 공간으로 나타난다. 영화의 언어는 외부의 현실, 내면적 경험, 정신분열증 환자인 소년과 그의 무서운 어머니의 의식 속에 거행되는 사건, 고통받는 영화의 환상적 현실과 일상적 어려움의 세계에 살고 있는 함석집 주민들의 이야기가 복잡하게 얽혀 자연스럽게 이야기를 구성한다. 다른 사람에게 있어 술병이 진짜 존재하는 것처럼, 정신 나간 건축가의 헛소리 속에 지어진 집은 그에게 완전한 현실이다(관객들은 본의 아니게 환영과 분리시켜 이 집을 **바라본다**).

영화의 특수한 플롯 발전의 장기적인 길은 영화 창조 과정과 영화 언어의 개념 자체를 분석하는 화면 배열에 달려 있다. 그 명백한 예가 펠리니의 〈$8\frac{1}{2}$〉(1963)이다.

이러한 노력은 아직 완성되지 않았고, 지금도 여러 방향으로 나아가고 있다. 한편으로 영화를 다큐멘터리화하려는 경험을 하고, 다른 한편으로 서술의 논리 자체를 심도 있게 변화시키는 실험을 한다.

문제의 하나는 환상으로 변형되는 것이 플롯 구성에 있어 어떤 역할을 하는가와 연관되어 있다. "환상이란 무엇인가?"라는 질문에 한 초등학생은 "삶에서 일어나지 않는 것"이라고 대답했다. 여러 학술용어가 혼합된 학술 안내서에도 똑같이 씌어 있다. 만일 그 공식을 어느 정도 변형시킨다면, "일어나지는 않지만 일어나기를 바라는 것"으로서, 우리는 전설적인 행복을 창조하는 수많은 영화들을 볼 수 있다. 여기서 가난한 소녀가 백만장자의 아내가 되거나, 성공하지 못한 사람이 성공하는 등 동화적 플롯의 1930년대식 변형인 할리우드에 특징적인 신데렐라 스토리로 바뀌게 된다. 당시 소련의 코미디도 똑같은 도식으로 구성되었다. 단지 안티 히어로는 관료, 진보적 생산 방법의 반대자, 낯선 이데올로기 담지자의 형상 속에 구현되고, '요술쟁이 원조자'는 키다리 아저씨 같은 선량한 백만장자가 아닌 상부 사회 조직의 일원 등으로 나타난다.

한편, 리얼리티에서 결정적으로 분리된 환상적 플롯이 있다. 행성, 우주전쟁이나 공룡 시대의 행위를 담은 타임머신에 관한 영화들은 비일상적이고 기이한 것에 대한 관객들의 요구를 만족시키면서, 알려지지 않은 비밀 세계의 형상을 창조한다.

현대는 환상에 대한 또 다른 경험적 기반을 창조한다. 우리를 둘러싼 세계는 몇몇 부동의 공리에서 유래하여 우리에게 의미를 갖는다. 우리가 그것을 유일한 가능성이라고 생각하는 만큼, 그것에 기반을 둔 세계를 실제로 연구하기는 어렵다. 환상적인 영화는 각각 다른 기반 위에 건설되어 이미 익숙한 세계를 다시 돌연한 것으로 만드는 선택적 세계를 창조한다. 장 콕토 Jan Cocteau의 〈시인의 피 Le Sang d'un Poete〉(1931, 프랑스)에서 엄격한 선생에게서 도망한 어린아이가 천장으로 날아오를 때, 우리는 낯선 세계로 떨어질 뿐 아니라 이미 익숙한 일상 세계를 **가능한 것들 가운데 하나**인 것처럼 멀리서 지각한다. 여러 세계의 가능성이 존재한다는 논리는 하나의 방법이 되고, 그것의 도움으로 오늘날 학문은 이 세계를 통찰한다. 타르코프스키의 영화나 그와 유사한 형태의 영화는 다른 세계로 인도하는 것이 아니라, 그 공리의 근저에 놓여 있는 부동성을 회의하며 우리의 환상성을 밝혀낸다.

카람진 N. M. Karamzin[러시아의 역사가·시인·소설가]은 자신의 수기에 다음과 같이 기록했다. "……볼테르 Voltaire는 디드로 Diderot가 셰익스피어 Shakespeare에 관해 열정적으로 이야기하는 것을 듣더니 한마디 했다. '이봐, 자네는 어떻게 베르길리우스 Vergiliuse와 라신 Racine보다 몰개성의 괴물을 더 좋아할 수 있나? 그건 노트르담 성당의 성 크리스토퍼 조각상 때문에 벨베데르의 아폴론 상을 거절하는 것과 마찬가지네.' 디드로는 몇 분 동안 침묵한 다음 입을 열었다. '그런데 자네는 거인의 다리로 거리를 걷는 거대한 크리스토퍼를 보고 말하는 거겠지?' 이번에는 볼테르가 그 형상에 놀랐다[볼테르는 셰익스피어를 볼품없이 크기만 한 성 크리스토퍼 상에 비유한다. 그러자 디드로는 크리스토퍼가 거리를 걷는 장면을 상상함으로써 새로운 각성을 얻어냈다는 의미이다]." 디드로의 상상으로 생겨난 형상의 거대함은 크기에 대한 우리의 표상을 바꿔놓는다. 커다랗게 보였던 집이 작아진다. 18세기 파리의 좁은 거리를 상상해보자. 투박하게 깎인 거대한 형상. 그 어깨와 머리가 집들의 지붕 위에까지 솟아 있고 무거운 다리로 평탄하지 않은 돌들을 억누르고 있다. 여기서 움직임과 움직이지 않음, 산 것과 죽은 것, '일상적인' 높이와 '비일상적인' 높이의 공리가 깨어지고, 진부함을 환상적이고 기이하게 바라볼 수 있는 세계가 생겨난다.

문학적 규범을 직접 재현하지 않은 플롯은 그 본질적인 창조의 순간에 스토리의 직선적 발전을 극복하는 경험을 하게 된다. 구술되는 에피소드의 구조는 필연적으로 시간적 인과관계로 연결된다. 에피소드들 사이에는 '다음', '그 후', '그 결과' 등등이 삽입된다(혹은 추측된다). '바로 그때……', '……할 때' 혹은 '우리의 주인공이 ……할 때' 등에서, 어떤 행위의 가능성은 이와 평행하게 독자의 특별한 통찰을 요구한다. 시간적인 행동의 정지 같은 것이 발생한다. 우리의 사고가 구술적이 된다면, 우리는 현실에 대한 이야기와 현실을 동일시하고, '플롯 모티프'의 연결고리들을 리얼리티 자체와 연관시키게 된다. 삶의 흐름과 복잡하게 얽혀 있는 동시성은 그 이야기를 구술로 전달하기 어렵게 한다. 여기서 영화는 서술에 관한 보급원을 자체 내에 소유하고 있다고 생각할 수 있다.

기억은 직선적이 아닌 서술 텍스트의 전형으로 나타난다. 그 구조는 직선적이 아니다. 여기서 어떤 사건을 상기(말하자면 리얼리티의 기억을 공간 속에서 발견할 수 있다)한다는 것은 그에 선행한 것을 잊거나 혹은 그 리얼리티를 상실하는 것은 절대 아니다. 몇 개의 그림이 있는 벽을 생각해보자. 설사 그들 중 하나가 먼저 그려지고 다른 하나가 나중에 그려진 것일지라도, 벽이라는 하나의 평면에서 그들은 동시성을 획득한다. 이 벽이 어둠 속에 가라앉고, 불빛의 도움으로 이런저런 그림을 밝히는 경우를 상상해보자. 비추어지지 않은 것은 어둠 속으로 사라지지만, 존재하기를 멈추는 것은 아니다. 따라서 언제든지 다시 밝힐 수 있다. 벽면을 밝히는 순서는 자유이다. 이것은 가장 광범위한 연합의 장을 창조한다. 그러한 벽은 기억의 공간과 유사하다. 타르코프스키는 〈거울Zerkalo〉(1975)에서 그러한 서술을 구성했다.

〈거울〉의 의미론적 공간은 감독 자신과 그 세대의 기억의 공간이다. 플롯은 기억 속에 타오르는 에피소드들의 인과관계 조합으로 구성되는데, 그 에피소드들의 '예기치 않은 근접성'이 역시 예기치 않은 조명으로 그 각각의 의미를 드러낸다. 이는 직선적인 서술은 할 수 없는 것이다. 타르코프스키는 직선적 시간의 인과성에 의해 일어났던 모든 사건이 동시에 존재하는 세계를 설계하며, 서술은 한 오라기의 실이 아닌 직물로 구성된다.

부뉴엘은 다른 방법을 고안했다. 그에게 있어 전형은 기억이 아닌 꿈으로서, 그 꿈은 끊임없는 비논리성, 희망을 소유하게 된 순간에도 주위를 배회하는 스토리의 비종결성을 지니고 있다. 〈부르주아의 은밀한 매력Le Charme Discret de la Bourgeoisie〉(1972)과 〈욕망의 모호한 대상Cet Obscur Object du Desir〉(1977)에서 그런 방법을 썼다.

얀초의 창작은 이에 있어 특별한 방법을 제시했다. 얀초는 실험가이다. 1974년 신문기자와의 인터뷰에서 그는 자신이 추구하는 것이 즉흥극과 관객의 연극화 형식과 연관되어 있다는 의견에 동의했다. 그는 〈나의 사랑 엘렉트라Szrelmem, Elektra〉(1975)에 대해 다음과 같이 말했다. "엘렉트라에 대한 영화는 우선 관객의 연상 고리이다. 그 구조는 갈등 위에 구축된 것이 아니며, 설사 소설의 원칙과 관련된 어떤 것도 찾지 못할지라도 원칙적으로 서술적이다. 즉흥극, 무언극과 발레조차도 강조되는 것이다. 200명 이상의 무용수, 전문적인 민속 연주가들이 기용되었다. 장거리 프레임의 기술에 대해 말하자면, 〈나의 사랑 엘렉트라〉에서 이 원칙은 극단에 도달했다. 영화는 전부 10개의 조각들로 구성되었다."

앞서 인용된 말이 표현력이 풍부하긴 하지만, 이는 얀초의 초기 선언에 속한다. 그 이후 얀초는 외적 효과에 대한 열망을 버리고, 말하지 않거나 말할 수 없는 내면상태, 실현되지 않은 계획과 가능성, 민족의 서정과 무의식적 상징을 스크린에 투사하는 기술을 혁명적으로 발전시켰다. 조국의 역사적 운명에 바쳐진 얀초의 영화는 비극적이다. 그의 주인공은 탈출구 없는 상황에 처해 있고, 영화의 몇몇 현실 상황에는 가능성은 있지만 실현되지 않는 탈출구 없는 다른 모든 상황들이 덧붙여진다. 이런 의미에서 정신적으로 유사하지만, 영화감독으로서 얀초의 결정과는 상반되는 두 작품을 비교해보는 것도 흥미로울 것이다. 〈검거〉와 벨라 바르톡Béla Bartok[헝가리의 작곡가]의 소품 제목을 따서 붙인

〈알레그로 바바로Allegro Babaro〉가 그것이다. 이 영화들은 예술적 양식에 있어서 직접 대비된다.

〈검거〉는 삶의 핍진성을 강조한 우화적 양식으로 촬영되었다. 폭동 가담 혐의를 받은 한 무리의 농부들이 감옥에 갇힌다. 체포된 사람들 중에서 폭동 가담자를 가려내야 했다. 가담자들은 당연히 혐의자들 속에 숨으려고 했다. 장식 없는 '날것'이 강조되었고(초원, 하늘, 하얀 벽, 어두운 카메라 — 모든 배경이 이렇다), 무성한 검은 색조와 찬란한 흰 색조가 대조적으로 충돌한다. 화면은 거의 완전히 클로즈업(얼굴)과 롱숏(수평선까지 이어진 초원)의 대화였다. 이런 상태에서 절망의 플롯이 전개된다. 구원될 가능성은 없다 — 모든 것은 멸망할 운명이다. 감옥에는 다양한 성격, 다양한 개성, 다양한 유형의 인간들이 모여 있다. 그들 모두는 자신을 방어하려고 대책을 강구하지만, 체스게임에서 지는 것처럼 패배했다. 따라서 매번 전략이 바뀌고 모두 죽어야 했다. 이런저런 탈출 상황을 살펴보면, 플롯은 탈출 상황을 똑같이 연구하는 체스와 같이 시간의 연속적인 인과관계에 의해 전개된다. 이것은 플롯의 시간축을 최소한으로 축소시킨다. 실제로 모든 경우의 수들은 평행하게 진행되고 결국 다 똑같이 무덤으로 가게 되는 일련의 다양한 방법들이 제시된다.

〈알레그로 바바로〉의 구성은 조금 다르다. 바르톡 소품에서 제목을 직접 빌어온 것은 평범한 소설적 서술이 아닌 소나타식으로 변형된 플롯으로 구성되었음을 강조하는 것이다. 저명한 인류학자 클로드 레비-스트로스Claud Levis-Strauss가 소나타 형식이 신화에 고유한 것임을 강조한 것에 주목하자. 이런 의미에서 얀초의 플롯이 소설에서 신화로 이끌리는 듯이 보이는 것은 당연하다. 스토리도 그렇다. 배경은 제2차 세계대전 당시의 헝가리다. 주요 등장인물은 권력을 쥐고 있는 귀족 가문의 3형제이다. 첫째는 정부의 높은 관리이고 막내는 권력을 지향하는 야심가이다. 주인공인 둘째는 반항아로서, 자신의 시골을 사회적으로 독립된 조화로운 섬으로 만들고 싶어 한다. 그는 농부의 딸과 결혼하려 하고, 권력층과 그들의 '동맹자'인 독일에 대한 적의를 공개적으로 표시한다…… 가족에게 반항하고 형의 집에서 나온 그는 사랑하는 여자가 헌병의 손에 체포되는 것을 보고는 자신의 대의원 면책권을 이용하여 여자를 풀어주게 한다. 그리고 곧 형제들과의 공개적인 투쟁에 들어간다. 그는 군중들을 고무시키려 하는데, 이를 위해 큰형을 죽이고 그 시체를 권력층의 손에 되돌려 보낸다. 그러나 이러한 충동은 쓸모가 없었다. 아무도 이 음모에 대해 알지 못하는 것이다. 형은 우연히 불행한 사고를 만나 죽은 것으로 발표되고, 그의 자리는 막내가 차지한다. 주인공은 약혼녀와 헤어지고, 그의 소유지는 독일과의 전투지대로 공표된다. 여자는 교수형을 선고받는다. 그녀는 권력층의 부름을 거절하고 영웅적 죽음을 선택한다. 그러나 소용없는 일이다. 진실은 감춰지고, 그녀는 도망가다 살해된 것으로 발표된다. 영화는 처음과 마찬가지로 주인공이 자동차를 몰고 달리다가, 차를 세우고 똑바로 객석을 바라보는 것으로 끝난다. 우리는 그의 얼굴을 덮은 연기를 뚫고 오랫동안 그의 눈동자를 바라본다. 그러다 갑자기 처음에 주인공이 헌병의 손에서 약혼녀를 떼어낼 때와 마찬가지로 뒷좌석에 여주인공이 앉아 있음을 알아차린다. 이것은 해피엔딩이 아니다. 반대로 절망이 구체화된 것이다. 우리는 이 모든 것이 '실제로' 일어났는지 혹은 일어날 수 있는 것인지 알지 못한다. 그러나 분명한 것은 주인공은 잔혹하고 파렴치한 권력의 힘 앞에서 무기력한 선善 이외에는 아무것도 할 수 없다는 것과, 출구는 단 하나 ─ 죽음이라는 것이다.

그러나 이는 단지 스토리적 도식에 불과한 것으로서, 이는 선명하고 기이한 '관객의 감동 고리'를 통해 어렵게 관찰된다. 스크린에 나타나는 것은 주인공들의 사고와 감정, 희망, 또 그들이 처한 상황이지만, 그 뒤에는 민족적─신화적 상징의 형상이 있다. 어떤 상징적 연속체가 창조되고, 그 안에서 스토리의 도정은 민족적 운명의 부분적인 현실로 나타나는 것이다. 직선적 플롯이 전적으로 극복될 수 있는 것이다. 이와 같은 구성이 좀 더 수준 높게 나타나는 것은 독특한 영화 〈괴물들의 계절Szornyek evadjia〉(1987)인데, 이 영화는 얀초의 영화 중에서 역사를 테마로 하지 않은 첫 번째 작품이다.

플롯에 있어 비직선적 구성을 지향하는 것에 대해서는, 물론 '소설적' 구조를 언급하지 않을 수 없다. 그것은 새로운 가능성으로 영화를 풍요롭게 할 것이다.

소리

영화는 축음기 이전에 발명되었지만, 소리가 영화에 접목된 것은 훨씬 뒤의 일이다. 처음에 소리와 화면을 동시에 혼합하려고 했을 때, 그것은 무척 복잡한 문제로 보였다. 음향은 영화를 앞서가기도 하고 뒤처지기도 했다. 레코드 바늘이 푹 빠져 화면이 멀리 달아나기도 하고,

혹은 필름이 끊어진 가운데 소리는 아무 일 없다는 듯 계속되기도 했다. 소리가 화면과 동시에 녹음되는 오늘날에는 그런 일은 일어나지 않는다. 또한 초기 녹음 방법은 너무 콧소리가 났다. 티냐노프는 만일 영화를 '위대한 벙어리'라고 한다면, 축음기는 '위대한 인간의 교살'로 부를 수 있다고 농담처럼 말했다.

당시의 영화는 소리 없이도 훌륭했다. 많은 사람들은 소리의 부재 속에서 새로운 예술의 우월성을 포착했다. "영화는 농아를 위한 연단이 아니다"라고 1924년 폴란드의 영화연구가 이지코프스키K. Izhikovskii 는 말했다. 1920년대 위대한 배우와 감독들은 능숙하게 묘사의 언어를 구사했고, 따라서 소리의 언어가 필요하지 않았다. 첫 번째 유성영화 〈재즈싱어The Jazz Singer〉(1927, 미국)의 성공 이후, 말하는 영화에 현혹되는 분위기가 지배적이었고, 무성영화 예술가들은 깊은 낭패에 빠졌다. 실제 상황은 믿기 어려울 정도였는데, 이는 예술의 총체적인 죽음을 극적으로 연상시켰다. 아무것도 모르던 조야하고 원시적인 영화가 성숙하여 섬세하고 유려한 무성영화의 언어로 바뀌게 되었다. 무성영화의 스타 메리 픽포드는 그 일반적인 느낌을 다음과 같이 표현했다. "유성영화가 무성영화를 낳았다면 여기에는 어떤 논리가 있는 것인데, 실제로는 모두가 반대 상황이 아닌가……."

문제는 말하는 것이 필연적인가 하는 의심을 하게 된 것인데, 이는 영화예술 최고의 걸작들에서도 마찬가지였다. 대중의 사랑을 받기 때문에 소리가 전혀 심각한 위협이 될 것 같지 않던 사람들도 타격이 컸다. 팬터마임을 연상시키는 찰리 채플린이나 버스터 키튼의 예술이 그 기본부터 흔들렸다면(자신이 관객이 되어, "얼굴을 찌푸리지 마라. 네가 원하는 것을 인간의 언어로 말하라"라는 문장을 무언극으로 연기하는 것을 바라보고 있다고 상상해보자), 사랑에 빠진 주인공을 자막 형태의 텍스트로 설명하는 말 많은 멜로드라마의 무성영화에 있어 그 위협은 말할 필요가 없다.

이제 목소리가 문제가 되었다. 무성영화 관객은 자기가 좋아하는 주인공 얼굴을 보면서 그 얼굴에 어울리는 음색과 억양을 상상한다. 루돌프 발렌티노Rudolf Valentino를 좋아하는 모든 사람에게 그의 얼굴은 하나지만, 그 목소리는 각자 자기 취향대로 선택할 수 있었다. 대중의 사랑을 받는 사람이 유성영화에 처음 출연하는 것은 심각한 시험대에 오르는 것이었다. 그의 목소리가 대중들이 상상하는 대로 나타나지 않는다면 어찌할 것인가? 1928년 영화가 유성으로 전환되었다는 소식을 듣자, 통찰력 있는 연극비평가 쿠겔은 한 평론에서 다음과 같은 비극이 많은 스타들을 기다리고 있다고 예언했다. "영화의 많은 부분이 실제로 무엇을 말할 수 있는가? 대다수의 영화가 마술에 걸린 멍청이들처럼 마술에서 깨려고 입을 벌리고 서 있다. 이들을 위해 보들레르는 '아름다우라, 그리고 침묵하라'고 말했다. 말은 인간의 본질을 진실하게 설명하는 유일한 방법이다. 단어뿐 아니라 목소리도 영리하거나 멍청할 수 있다. 이 영화들이 말하기 시작한다면, 앞으로 어떤 일이 벌어질 것인가?…… 파멸이다!"

그레타 가르보Greta Garbo의 꾸준한 파트너였고, 미국 영화의 '첫 번째 사랑'이었던 미남 배우 존 길버트John Gilbert가 가장 심각한 파멸을 겪었다. 부드러운 목소리를 갖고 있지 않았던 그레타 가르보는 약간 쉰 목소리를 여성적으로 발음했다. 이것은 그녀의 외모적 특성을 바꾸기는 했지만, 한편으로 여배우로서 연기 영역을 넓혀주었다. 그런데 그녀의 파트너에 대해 말하자면, 마이크로폰은 그에게 만회할 수 없는 타격을 주었다. 브라운로K. Brownlaw 감독이 말했듯이, 돈 주안이 미키 마우스의 목소리를 냈던 것이다. 더군다나 낭만적인 사랑을 고백하는 궁정 장면을 초조하게 기다리던 길버트의 팬들은 그가 생쥐 같은 목소리로 다음과 같이 말하는 것을 들을 수밖에 없었다. "두 시간 동안 나는 기다리고, 기다리고, 또 기다렸소…… 사랑, 내 사랑, 당신을 알게 된 후, 내 모든 삶은 기다림의 연속이라오…… 당신의 그림자가 그렇게 명하고, 당신의 입술이 그렇게 명하고, 당신의 심장이 그렇게 명하는구려…… 나는 당신을 사랑하오! 나처럼 대답 없는 사랑을 하는 남자가 무엇을 할 수 있겠소?" 충격이 너무 컸다. 이후 길버트는 이전과 같은 인기를 누릴 수 없었다. 여성 팬들은 그들의 주인공이 자기만 아는 어떤 유일한 단어들을 찾을 것이라는 믿음을 잃었다.

소리와 공간

소리의 도래와 함께 음향이 관객의 주의를 집중시키는 새로운 요소로 나타났다. 무성영화에서 우리의 지각은 관객적 충동(반주음악은 특별한 테마로서 지금 여기서는 언급하지 않겠다)에 종속된다. 관객은 밝은 조명들의 상관관계, 인물들이 배열된 모습, 화면 내부 움직임의 근원에 반응했고, 감독은 이 요소들을 능숙하게 다루어 영화공간의 경로를 일정하게 하고 사려 깊은 관객들이 이를 따라 여행할 수 있도록 이정표를 배치한다. 소리는 새로운 이정표일 뿐 아니라, 영화공간의 전체 '항로'를 근본적으로 바꾸어놓는다.

인간의 눈은 흥미 있는 소리를 들으면 무엇을 하는가? 눈은 소리의 발생지를 찾는다. 영화 관객도 마찬가지다. 그의 눈동자는 소리의 근원을 찾아 스크린을 훑으며 행진한다. 그렇지만 실제 공간에서 실려오는 소리를 찾으려고 고개를 들고 있는 사람과 영화관에 앉아 있는 사람이 동일한 조건에 처했다고 할 수 있는가?

실제 소리 매체에 있어, 모든 소리들은 공간적 시점에서 발생한다. 청각이 입체음향적이므로 우리는 소리가 어디서 들려오는지 알 수 있다. 그러나 영화에서 소리는 입체음향의 특성을 지니지 못했다.* 영화의 소리는 항상 스크린의 뒤편이라는 한 방향에서 큰소리로 들려온다. 그렇다면 영화에 있어 시각이 소리의 근원을 찾으려고 본능적으로 움직이는 것은 불합리한 것인가?

음성 물리학의 관점에서 이것이 정당하다는 것은 말할 필요도 없다. 영화로 말하자면, 관객은 놀이에 참여하는 것, 즉 불합리한 행위라는 것에 미리 합의하고 있는 것이다. 논리적으로 증명해보자. 우리는 영화에서 소리의 근원은 부동적이고 안정되어 있다는 것을 알고 있다. 영화 관객이 자발적으로 이 상황을 '잊고', 소리의 발생지가 스크린과 스크린 뒤의 공간에 던져져 있다는 놀이 규칙에 따라 자신을 이끈다면, 그의 과제는 소리의 근원이 숨겨진 곳을 찾는 것이라는 사실은 논증할 필요가 있다.

---

* 입체음향 장치가 되어 있는 영화관에서 소리의 근원은 둘 혹은 넷('사각음향')으로 확대된다.

논리를 역으로 구축해보자. 분산된 소리의 근원이 영화를 예술적으로 지각함에 있어 아무런 의미도 갖지 않고, 관객이 습관적으로 눈으로 스크린을 따라가며 소리를 찾는다고 가정해보자. 그런 경우 영화에 소리가 존재한다는 것을 얼마 전에야 알아차린 사람과 유성영화에 익숙한 사람 사이에는 차이가 있다고 해야 할 것이다. 신참자는 눈으로 스크린을 따라가며 여기저기를 찾지만, 경험이 많은 사람에게 이 불필요한 습관은 빨리 퇴화된다는 결론을 내려보자. 소리의 근원지가 유동적이라는 사실은 그 어떤 음향효과가 주어지더라도 증명할 수 없지 않은가!

영화의 역사에서는 그 역이 설득력이 있다. 처음 2~3년간 유성영화는 아주 결함이 많았다. 관객들은 등장인물이 스크린의 중앙(말하자면, 스피커가 숨겨진 장소)에서 한참 멀어진 다음에야 사람의 입술이 '떼어지고' 말이 나온다고 불평했다. 많은 사람들이 주인공의 목소리가 신사복 주머니에서 갈라져 나오는 것처럼 느꼈다고 프랑스의 영화감독 르네 클레르René Clair는 회상했다. 말하자면 입은 혼자 속삭이고 눈은 다른 것을 보고 있는 경우이다. 이때 관객은 짜증을 내게 되고 감독의 비극이 시작된다. 그는 계속해서 스크린에 입술을 보여주어야만 했다. 화면은 평면적이 된다. 관객은 영화 보는 법을 잊어버리지만, 감독은 평면적 이야기를 형상화하는 이전 기교를 상실한 듯했다.

무성영화에서 소리를 묘사할 때, 감독은 소리의 근원이 아닌 그에 대한 반향을 보여주었다(무성영화에서 대포를 쏘면 연기가 보여지고, 이는 영화가 발사 소리를 전달할 수 없다는 것을 관객들에게 상기시켰다). 〈절벽Obryv〉(1913)에서 차르드이닌P. Chardynin 감독은 볼로호프가 총소리로 신호한다는 것을 나타내려고 할 때, 볼로호프가 아니라 창가에서 떨고 있는 베라를 보여주기로 결정했다. 에이젠슈테인은 〈10월〉에서 크리스탈 샹들리에의 진동으로써 '아브로라'호의 사격을 묘사했다. 무성영화에 있어 이것은 명장의 알파벳으로 간주되었는데, 에이젠슈테인과 푸도프킨V. Pudovkin이 영화음향을 어떻게 예술적 과제에 종속시키는가에 대한 독특한 성명서를 작성하면서 **소리와 형태의 불일치**를 골자로 했다는 것은 우연이 아니다. 그렇지만 유성영화 원년의 관객은 그 반대로 소리가 형태로 확인될 것을 요구했다. 불일치는 코미디 효과를 낸다. 예를 들면, 보리스 바네트Boris Barnet의 〈변방Okraina〉(1933)에서 우리는 하품하는 얼굴이 클로즈업된 것을 보면서, "어이, 맙소사, 맙소사"라는 그의 한숨소리를 듣는다. 관객은 소리가 어디서 나는가를 무시하고 역학적인 측면에서는 허구인 것을 믿어야 한다는 놀이의 규칙을 아직 습득하지 못했다.

관객이 예술작품의 복잡성을 감지하는 역량은 얼마나 '자신을 속일' 준비가 되었느냐에 의해 측정된다. 물리적 실제성을 확인하지 않고 놀이를 믿는 능력은 본능적으로 스스로 획득된다. 오늘날 관객들은 화면에서 소리의 근원을 찾지 않으며, 스피커가 어디에 있는지 주의를 기울이지 않고서도 쉽게 그것을 화면 뒤의 공간에 '위치시킨다'. 더욱이 소리와 형태를 자유롭게 구사하는 감독은 화면에 아무 변화도 주지 않으면서도 소리의 근원을 옮길 수 있는데, 이때 우리는 글자 그대로 '들을' 수 있다. 하나의 화면에서 마주 앉은 두 사람이 서로 이야기를 주고받을 때, 관객들이 이 사람 아니면 저 사람 입에서 말이 들려온다고 생각하게 하는 것은 그다지 어려운 일이 아니다.

에른스트 류비치Ernst Lubitsch의 영화에서는 열쇠구멍들이 대화를 펼친다. 사건은 호텔에서 발생한다. 두 연인이 복도에서 이별하고, 각자 자기 방으로 멀어진다. 스크린에는 문 두 개만 남아 있다. 일이 끝났는데, 왠지 장면이 바뀌질 않는다. 이때 호기심이 급증한다. 관객은 감독이 그들을 문으로부터 끌어내지 않는다면, 이제 두 사람 중 하나가 다시 문을 열 것이라고 생각한다. 그러나 류비치는 보다 섬세하다. 정지 장면을 길게 끌어서, 관객뿐 아니라 주인공들도 각자 자기의 문에서 떨어지지 않을 것이라는 분위기를 불어넣는다. 그들은 귀를 기울이고 있다. 그들 중 누가 더 결단력 있게 걸음을 옮겨 다가갈 것인가? 장면은 딸깍대는 두 소리 — 자물쇠의 독특한 '대화'로 완성된다. 여자의 열쇠의 딸깍 소리는 기회를 놓쳤다는 뜻이다. 뒤따라 '남자' 열쇠의 딸깍 소리가 울려 퍼질 때, 관객은 그가 자신의 우유부단에 화를 내고 있음을 읽을 수 있다. 흥미로운 것은 이것만이 아니다. 딸깍 소리에서 매번 선명한 인간의 억양을 '듣는' 것이다. 또 중요한 것은 비록 형태에 있어서는 아무것도 변한 것이 없지만, 그럼에도 불구하고 우리는 어떤 문에서 어떻게 딸깍 소리가 나는지를 아주 훌륭하게 '듣는다'. '입체음향 효과'는 정연한 드라마적 구성으로 발생하는 것이다.

소리와 시점

한 사람이 전화로 이야기하는 장면을 상상해보자. 그것은 두 가지 경우로 '소리를 지닐' 수 있다. 그 하나는 보이지 않는 상대방의 말소리가 들리는 것이고, 다른 하나는 그 소리가 들리지 않는 것이다. 이 둘의 차이는 무엇인가? 첫 번째는 그 대화가 화자의 시점에서 제시되는 것이고, 두 번째는 특별하지 않은 '객관적' 시점에서 제시되는 것이다. 두 사람이 바닷가를 걷고 있는 예를 들어보자. 우리는 멀리 떨어진 행성에서 그들을 보지만, 말소리는 마치 가까운 데 있는 것처럼 들린다. 두 개의 시점 — 시각적, 청각적 — 은 명백히 서로 모순되지만, 누구에게도 그 장면이 이상하게 보이지 않는다.

이렇게 본질적으로 소리는 영화의 의미론적 구성을 복잡하게 한다. 유성영화의 우월성은 소리로써 삶과 보다 유사해진다는 것이 아니라, 바로 이런 점에서 찾을 수 있는 것이다. 가장 평범한 예로서 한 사람이 편지를 읽고 있는 장면을 상상해보자. 무성영화에서는 간단하다. 편지가 클로즈업되어 나타나는 것이다. 몇 초 지난 후, 관객은 등장인물이 다른 사람에게 뭐라고 말하는가 라는 중요한 정보를 얻게 된다. 동시에 때때로 관객은 필체에 대한 관심을 기울일 수 있는데, 이때 얌전히 썼는지 흘려 썼는지, 아이가 썼는지 어른이 썼는지, 서둘러 썼는지 공들여 썼는지가 문제가 된다. 그 다음 우리는 일정한 새로운 정보를 받는다 — 이 소식을 감지하는 수신자의 얼굴 표정. 한 장면에서 편지를 읽는 **동시에** 읽는 사람의 심리 상태에 대한 정보도 받을 수 있도록 하는 것이 가능한가? 무성영화에 있어 이것은 불가능하다. 왜냐하면 정보의 통로가 너무 좁기 때문이다.

유성영화에서는 새로운 가능성이 총체적으로 열려 있다. 우리는 편지를 보면서 편지를 쓴 이의 격양된 소리를 듣기도 하고, 편지를 읽는 이의 격양된 소리를 들을 수도 있다. 이때 소리로 인해 이 화면들이 보다 리얼리티에 가까워졌다고 할 수 있는가? 물론, 그렇지 않다. 그 대신

단위 시간에 받아들이는 정보의 총체는 급격하게 늘어난다. 게다가 감독에게는 편지를 쓴 사람이나 편지를 읽는 사람의 억양을 들을 수 있도록 화면을 복잡하게 배열할 수 있는 권리가 주어진다. 그렇지만 실제로 영화에서 그런 경우를 만나는 것은 흔하지 않다. 그것이 적용된 유일한 영화는 바로 무라토바의 〈운명의 변천Peremena Uchasti〉(1987)이다. 이 영화에서 감독은 편지를 읽는 두 개의 목소리를 설정했다. 여자와 남자, 두 목소리가 앞서거니 뒤서거니 서로 추적하면서 편지를 읽고, 우리는 그 내용을 스크린에서 볼 수 있다. 이렇게 소리의 가치는 묘사의 복잡성을 고양시킨다는 데 있다.

그러나 복잡성을 고양시키는 것과 정보 통로를 역학적으로 배가시키는 것이 정비례하는 것은 아니다. 앞서 정의한 대로, 적용하거나 적용하지 않거나 예술가가 자율적으로 취한 요소들만이 영화의 구조를 예술적으로 형상화한다. 이미 유성영화 초기 단계에서 감독들은 소리를 예술적 선택의 자유를 고양시키는 방편으로 삼았다. 〈파리의 지붕 밑Sous les Toits de Paris〉(1930)에서 르네 클레르는 예기치 않게 소리를 제거하거나, 소리를 멈추고 묘사를 제거하는 방식을 여러 장면에 도입했다. 한밤중의 어둠 속에서, 다투고 있는 연적들의 모습이 보인다. 두 친구가 한 여자를 두고 다투는 중에, 카메라는 갑자기 카페의 유리문 뒤를 향하며 미디엄 풀숏으로 유리의 글자들을 보여준다. 이때 우리는 소리를 추측하게 된다. 화면의 클라이맥스(역에서 주먹질하는 장면)는 다음과 같이 결정되었다. 긴장이 고조됨에 따라 감독은 우선 묘사를 제거한다(지나가는 기관차의 자욱한 연기에 싸움 장면이 가려졌다). 얼마 후 관객들은 싸우는 소리마저 들을 수가 없었다. 열차소리에 눌려 그 소리가 들리지 않았던 것이다. 정보의 한 통로가 막혀버린다면 영화가 보다 더 단순해진다고 말할 수 있는가? 그렇지 않다. 영화는 더 복잡해진다. 왜냐하면 예술적 복합성은 정보의 밀도가 아닌, 시각적·청각적 시점이 얼마나 다양하게 엮이어 있는가에 따라 규정되기 때문이다. 그렇지만 이때 반드시 시각적·청각적 시점이 서로를 설명하고 동기화되어야 하는 것은 아니다.

르네 클레르는 소리를 제거하기로 결정하고 카메라를 유리문 뒤에 위치시켰지만, 스텔링Jos Stelling에게는 문도 필요가 없었다. 그의 영화 〈전철수Wisselwachter〉(1986, 네덜란드)는 버려진 철도지선을 지키는 고독한 인간의 절망을 이야기한다. 황폐해진 마음에 어떤 감정의 동요가 일어날 때, 전철수는 언덕에 올라 목청껏 소리친다. 영화 피날레에서 그는 유일하게 가까운 사람과 헤어져야만 했는데, 이때 우리는 목을 쭉 뺀채 입을 벌리고 소리를 지르는 전철수의 얼굴은 볼 수 있지만, 그 소리는 전혀 들을 수가 없다. '음향 제거'의 효과는 여기서 보다 궁금증을 일으킨다. 관객은 어리둥절해지는 것이다. 아마 주인공은 고통으로 인해 귀가 멀었고, 감독은 우리에게 자신의 목소리를 들을 수 없는 인간의 시점을 제기한 것은 아닐까? 아니면 비명소리에 우리의 청각이 멍멍해져서 그것을 감지할 수 없는 것일까? 시점은 열려 있다. 그러한 개방성, 비종결성, 비설명성 자체가 전철수에게 닥친 불행이 표현될 수 없는 것임을 간접적으로 시사하는 것이다.

음악, 소음, 말

영화에서 소리는 단계적으로 발달했다. 처음(1927~1929)에는 음악으로써 '노래하는' 영화가 만들어졌고, 그 다음(1930~1933)에야 비로소 '말하는' 영화에 돌입하게 되었다. 음악과 말은 서로 다른 영역의 음향 요소이다. 그 밖에도 영화 관계자들은 세 번째 음향층, 즉 자연적인 소음을 면밀하게 연구했다.

일반적으로 음악, 소음, 말은 영화에서 각각 다른 역할을 맡고 있다고 말한다. 말은 주인공의 생각과 감정을 전하고, 음악은 관객이 감정의 기복에 따른 파고波高를 느끼도록 하고(서정적인 음악은 연애 장면을 위한 것이고, 불안한 음악은 보다 긴장된 상태에서 스크린을 바라보게 한다), 소음은 사건이 전개되는 공간에 어떤 특징을 부여한다. 이 분화된 기능을 확신하고 그것을 자신의 영화에 적용하는 감독들이 있다고 상상해보자. 아마 그런 감독들이 그렇지 않은 감독보다 더 많을 것이다. 그렇지만 우리는 그 감독들의 이름을 하나도 생각해낼 수 없을 것이다. 예술적 의미 부여가 되지 않은 기능은 예술에 대립되는데, 개별적인 요소들의 기능에 관해서도 마찬가지이다.

예술이 이런저런 영화언어 요소의 기능을 **고려**하는가도 문제가 된다. 고려한다는 것이 꼭 이를 준수한다는 것은 아니다. 예를 들어 음악의 기능을 이용할 때, 주인공의 운명이 결정되는 결정적인 클라이맥스의 순간에는 심포니 오케스트라의 엄격한 화음을 요구한다. 즉, 영화의 처음 장면부터 장중한 음악이 흘러나오고 거기에 아주 평범한 장면이 수반된다면, 음악의 기능을 준수하지 못했다는 것이 명백해진다. 그런데 히치콕의 영화 〈열차 안의 낯선 자들〉에서는 아주 평온한 역 장면에 '클라이맥스' 음악이 삽입된다. 두 남자(이들은 교대로 나타나는데, 화면에는 다리만 보인다)가 택시에서 내린다. 플랫폼을 따라 걷는다. 열차 통로를 지난다. 서로 마주 보고 앉는다. 음악의 극적 긴장성이 고조되는 가운데, 낯선 한 사람의 다리가 순간적으로 다른 사람의 구두에 걸리고, 순간 팀파니의 굉음이 들려온다. 히치콕은 음악의 기능적 사용 규칙을 준수하지 않았지만, 그것을 준수하지 않았을 때 나타나는 관객의 반응을 고려했다. 열차 안의 우연한 만남이 주인공에게는 숙명적인 것이었던 것이다.

음악, 말, 소음은 역동적인 관계를 형성하고, 서로를 보강하여 다른 기능을 획득한다. 말하자면 탁자 위 인형들의 축구가 아니라 자유로운 야전놀이가 되는 것이다. 뛰어난 문예학자이며 영화양식 연구의 개척자 에이헨바움B. Eikhenbaum은 일상어('실용어')와 시어의 차이를 설명하면서 다음과 같이 말했다. "우리의 걸음걸이는 자동적이지만, 춤을 출 때 그 자동성은 사라진다. 신체의 움직임은 예술적 재료로서의 의미를 갖는다." 타티의 〈오락시간Play Time〉(1967)에서 일꾼들은 커다란 유리를 나를 때 기묘한 모양으로 균형을 잡는다. 유리는 투명하게 사람들의 이상한 걸음걸이를 비춘다. 타티는 이 장면에 행진곡을 삽입하여 그것을 독창적인 발레로 변화시킨다. 여기서 음악은 말에 있어 주석의 역할을 한다.

전통적으로 무성영화에서 음악은 말의 기능을 대행한다. 무도회의 피아니스트가 오른손으로 능숙하게 여성의 대사를 소리로 나타날 때, 대답하는 남자의 대사는 낮은 키의 연주를 수반한다. 유성영화에 있어서는 그 반대의 경우를 보다 자주 접하게 된다. 말이 음악이나 소음의 기능을 수행하는 것이다. 이해할 수 없는 언어로 이야기하는 경우에 그러하다. 〈전투영화 선집Boevye Kinosborniki〉[2차대전 당시 독일이 소련을 침공했을 때 애국심과 반파시스트 사상을 고취하기 위해 1941년부터 제작된 영화선집. 자유와 독립을 위해 싸우는 소련 민중의 영웅담을 주제로 한 4~5편의 단편영화를 모았다]에서 파시스트들은 자기네끼리 엉터리 러시아어로 이야기한다. 이후 특히 '스파이'류의 영화에서는 순수하게 문학적인 러시아어를 주고받는다. 1960년대 초에는 새로운 경향이 강화되어, 외국인들이 자기네 언어로 이야기하고 이를 번역해 자막으로 나타냈다. 타르코프스키의 〈이반의 어린 시절Ivanovo Detstvo〉(1962)은 외국어가 번역되지 않은 경우가 가장 잘 표현된 예외적인 작품이다. 이 영화에서 독일어는 소음의 역할을 수행한다. 독일어는 공간을 특징짓는다. 언어를 이해하지 못하는 관객들은 말소리에 따라 독일군이 가까이 있는지 멀리 있는지, 그들이 조심스럽게 오는지 아니면 말편자를 빼고 오는지 등을 알 수 있다. 파라자노프S. Paradzhanov의 〈석류의 빛깔Tsvet Granata〉(1970)에서는 비일상적 억양과 후렴구가 많은 페르시아어와 고대 아르메니아어가 음악의 역할을 한다.

특별한 경우에 소음은 음악의 역할을 한다. 요한 슈트라우스의 삶을 그린 〈위대한 왈츠The Great Walts〉(1938)는 비록 저속한 영화의 전형으로 간주되지만, '비엔나 숲의 동화'가 탄생되는 에피소드는 음악의 역할을 하는 소음이 찬란하게 완성된 고전적인 예다. 감독 뒤비비에Julien Duvivier와 탁월한 영화음악가 템킨Dmitrii Temkin은 마차를 타고 숲을 산책하는 동안 슈트라우스의 머리에 유명한 왈츠의 멜로디가 떠오르는 장면을 연출하기로 했다. 목동의 뿔피리 소리, 말발굽 소리, 바퀴 소리 등이 다른 우발적인 소리들과 섞이는 가운데, 관객들은 서서히 익히 알고 있는 어떤 리듬을 추측하게 된다. 소음은 그 음색을 세심하게 정돈하고 선율의 윤곽을 길게 깔았지만, 그래도 실제 소리의 모음은 아니었다. 마침내 악기들의 연주 소리가 나기 시작하자 관객들은 자신이 이 멜로디를 작곡했다는 느낌을 갖게 된다. 이 예는 음악과 소음이 오선지에 조합되고, 하나가 다른 것으로 전환되는 것을 관객에게 입증하기 때문에 중요하다. 그러므로 〈여행자〉와 같은 영화들이 묘사 계열에서 이탈하여 걸음소리, 문 닫는 소리, 등장인물 로크와 급사가 나누는 이야기 소리, 숨소리, 침대에서 시체 뒤집히는 소리, 요란하게 돌아가는 환풍기 소리, 창밖에서 들려오는 우울한 아프리카 멜로디의 플루트 소리 등 다음향적으로 구성된 소리의 '음악'을 경청한다면,* 복잡하게 구성된 소음이 진짜 음악에 뒤지지 않는다는 것을 확신하게 될 것이다.

묘사와 단어

우리는 소리가 예술 텍스트의 구조를 복잡하게 하는 몇몇 규칙의 가능성을 부여했다는 것을 확신했다. 유성영화 제작 초기에 조형적 형상의 도움으로 서술되는 섬세하고 복잡한 예술의 죽음을 쓰디쓰게 예언

---

* 안토니오니 영화의 소음 교향곡에 대한 보다 상세한 분석은 탁월한 음향 제작자이자 이론가인 카자리안R. Kazarian의 논문 「영화 구조의 소리Zvuk v Strukture Kinoobraza」(*Problemy Kino i Televideniia*, Erevan, 1984, pp.31-84)에 잘 나타나 있다.

했던 사람들의 실수는 전체를 부분으로 바꾼 데 있다. 채플린이나 강스, 그 외 다른 무성영화 감독들은 여전히 묘사 대열을 **총체**로 생각했다. 그러나 당시는 음향의 도입으로 인해 묘사가 보다 복잡한 총체인 시청각 예술 영화의 **부분**이 되었을 때였다. 묘사 계열은 실제로 더 간단해졌지만, 스스로 물성을 지니는 것을 멈추지 않았다. 묘사의 복잡성은 사라지지 않았는데, 이때 내적인 관계보다 외적인 관계가 복잡하게 되었다.

유성영화, 즉 말하는 영화는 민족의 사고와 언어의 법칙에 아주 견고하게 묶여 있다. 그것은 '국제적으로 교류하는 위대한 예술이 죽었다'고 전 세계에 선포한 무성영화 신봉자들 또한 느끼는 것이었다. 실제로 영화 수출 산업은 지극히 복잡하게 되었고(더빙 기술은 비교적 얼마 전에 연구된 것으로서, 1930년대 독일영화에서는 프랑스인과 영국인 두 팀의 배우들이 매 장면을 교대로 반복했다), 국제 영화 시장은 취약해졌다. 그렇지만 국제적인 언어 장벽이 세계의 영화 문화를 영락시켰다고 수 있는가?

두 가지 예를 들어보자. 첫 번째 예는 히치콕의 〈나는 비밀을 안다 The Man Who Knew Too Much〉(1934)를 러시아어로 번역할 때의 일이다. 이 스파이 영화는 제1차 세계대전을 배경으로 한다. 영화 초반에 영국 요원이 암살된다. 그는 죽어가면서 자기 방 안의 'brush' 속에 중요한 암호가 숨겨져 있다고 동료에게 알린다. 이 단어를 러시아어로 번역하면 '솔shchetka'이고, 번역하는 사람은 이 문구의 의미를 관객에게 전달하는 데 별 어려움을 겪지 않는다. 다음 에피소드에서 동료는 죽은 사람 방으로 올라가서 'shchetka'에 해당하는 모든 물건들 — 구둣솔, 옷솔, 빗자루의 솔, 칫솔 — 을 뒤지기 시작하고, 마침내 암호를 찾아낸다. 한편 이 순간 번역에 있어 난처한 일이 생긴다. 쪽지가 '면도용 붓 kistocha-pomazok' [면도할 때 매끄럽게 크림을 바르는 솔을 러시아어에서는 일반적인 '솔'과는 다른 언어로 표현하는데, 여기서는 '붓'으로 번역한다] 속에 숨겨져 있는 것이다. 영어로 brush란 단어는 이 의미까지를 포함하고 있지만, 러시아인들의 귀에는 이것을 솔이라고 하는 것이 이상하게 들릴 것이다. 관객은 의아해 한다. 이것은 암호가 아닌 게 아닐까? 아니면 누군가 이미 방 안에 들어와서 쪽지를 다시 숨긴 것이 아닐까?

영어는 대상 세계를 러시아어와는 어느 정도 다르게 분류하므로, 영화를 번역할 때 이를 고려해야 한다. 만일 여주인공이 "나는 blue 원피스를 입을 거야"라고 말한다면, 번역자는 고민에 빠질 것이다. 원피스는 푸른색일 수도 하늘색일 수도 있지만, 번역할 때는 즉시 단어를 선택해야 하기 때문이다. 혹은 영화 초반에 남자가 "누가 전화했지?"라고 물었을 때, 여자가 "my friend가 전화했는데 지금 들르래"라고 대답한다면, 전화한 사람은 남자일 수도 있고 여자일 수도 있다[영어로는 남녀 모두 friend를 쓰지만, 러시아어에서는 '남자친구drug'와 '여자친구podruga'가 각각 다른 단어이다]. 그래도 이런 경우에는 출구를 쉽게 찾을 수 있다. 사전에 미리 충분히 영화와 친해지고, 그 다음 번역에 착수하는 것이다. 하지만 붓과 솔에 대해 말하자면, 쪽지가 면도용 붓 속에 있다는 것을 안다는 것이 일을 도와주지는 않는다. "암호는 붓 속에 숨겨져 있다"라고 죽은 사람의 말을 옮긴다면, 왜 영국인 요원이 세면대로 곧장 가서 면도용 붓을 찾지 않고 방 안의 온갖 솔들을 망가뜨렸는지 이해하기 어렵기 때문이다.

비슷하지만 같지 않은 다른 예가 있다. 부뉴엘의 〈학살의 천사El

Angel Exterminador〉(1962, 멕시코)에서는 난해한 일이 벌어진다. 식사에 초대받아 성을 방문한 손님들은 어떤 신비로운 힘에 사로잡혀 일주일 동안 그 부잣집을 떠날 수가 없다. 많은 사람들이 병이 났고, 아니면 절망으로 광폭해졌다. 손님 중 한 사람 — 의사 — 만이 자제력을 잃지 않은 듯하다. 그런데 그는 기이한 면이 있다. 예를 들어 그는 진단을 하면서 때때로 왠지 모르게 대머리를 예언하는 것이다.

라울 불쌍한 레오노라!…… 그녀는 어떻습니까? 별일 없습니까?
의사 안됐지만, 아닙니다. 석 달 후 그녀는 대머리가 될 것입니다.

관객은 이 예언이 어떻게든 죽음과 관련되어 있을 것을 곧 알아차린다. 그렇지만 그 어떤 대머리의 징조도 보이지 않는데 왜 의사가 굳이 그런 진단을 고집하는지 스크린에는 설명되지 않는다. 영화는 스토리 그 자체로써 수수께끼인데, 의사 캐릭터의 매력은 자신의 견해를 표현하는 그 수수께끼 같은 태도에 있다. 그렇지만 이 기이한 매력은 단지 스페인어를 모르는 사람들에게만 개방되어 있다. 스페인어에는 "al final todos calvos(마지막에는 모두 대머리이다)"라는 표현이 있는데, 그것은 죽음 앞에서는 모두 똑같다는 것을 의미한다(필경 여기서 대머리는 두개골을 시사하는 것일 것이다). 스페인어를 아는 사람에게 있어 대머리와 죽음은 익숙하게 연상되는 관계이다. 멕시코 관객은 의사의 말뜻을 금방 알아차리게 된다. 그렇다면 관용구를 모르는 다른 언어권 관객이 손해라고 할 수 있겠는가? 이 경우 그렇게 말할 수는 없다. 더군다나 다른 언어권 관객이 보다 행운이라고 가정하는 것도 역설이 아닐 것이다. 그에게 있어 '대머리'와 '죽음'의 관계는 처음부터 명료한 것이 아니라, 과정 속에 태어나는 것이다. 관객은 영화의 진행 과정에 따라 독자적으로 스페인의 관용구를 고안하게 된다.

이렇게 말하는 영화 제작에서는 '언어장벽'이 이중 효과를 나타낼 수 있다고 말할 수 있다. 한편 그것은 영화를 빈약하게 만들고, 다른 문화를 지각하는 것을 어렵게 한다. 그렇지만 예술은 진보가 아니며, 그것은 종종 이해하기 쉬운 길보다는 어려운 길을 선호한다. 그것은 소비가 아닌 과정이다. 그래서 다른 한편으로 언어와 문화 장벽은 종종 영화를 지각하는 것을 풍요롭게 한다. 예술은 익숙한 사물을 익숙하지 않은 세상에서 보도록 도와준다. 낯선 문화의 언어, 관습, 전형적인 사고방식을 모른다는 것은 종종 예술의 이러한 작업을 촉진시키고 영화 감상의 새로운 세계를 열어준다.

프레임 내부 목소리와 프레임 외부 목소리

벌써 영화가 시작한 뒤 영화관에 들어왔다고 상상해보자. 우리는 스크린에서 사람의 얼굴을 보고 그 목소리를 듣는다. 이때 이 화면에 대해 우리는 무엇을 말할 수 있는가? 의문이 생긴다.

우선 우리는 단어를 발음하는 주인공이 누구이며, 그 단어가 스크린에서 입술의 움직임과 일치하는가를 결정하게 된다. 스크린에 있는 사람은 침묵하는데, 그래도 소리가 울려퍼지는 경우를 가정해보자. 어떤 가능성이 존재할까?

첫 번째 가능성. 이 장면은 대화의 일부로서, 프레임 바깥에 있는 대담자의 이야기를 듣고 있다.

두 번째 가능성. 프레임 바깥에는 아무도 없고, 우리는 그 얼굴이 스크린에 나타난 등장인물의 '내면의 목소리'를 듣는다. 햄릿의 독백 "죽느냐, 사느냐……"가 각각 1948년 로렌스 올리비에Laurence Olivier, 1964년 그리고리 코즈니체프Grigorii Koznitsev에 의해 스크린화된 것이 그것이다.

마지막 세 번째 가능성. 영화공간에는 이 목소리의 주인공이 있을 만한 것이 아무 데도 없다. 이것은 바로 영화작가의 목소리다. 우리는 이 목소리의 담지자가 우리에게 보여질 것이라고 가정하지 않는다. 반대로 이것은 관객을 혼란에 빠뜨릴 것이다. 그래서 몇몇 감독들은 관객을 위해 뜻밖의 선물을 비축해둔다. 사우라Carlos Saura의 〈까마귀 기르기Cria Cuervos〉(1975, 스페인)에서는 자신의 어린 시절에 대해 이야기하는 성인 여자의 목소리가 들린다. 스크린에는 아직 소녀인 그녀가 움직이고 있다. 그런데 어떤 한 프레임에서 갑자기 카메라가 한편으로 물러서고, 앉아서 텍스트를 읽고 있는 여인의 형상이 갑자기 소녀 옆에 나타난다. 우리가 이전에 화면 밖에 있다고 간주했던 여인이다. 영화서술의 익숙한 제약성은 이 필름을 위해 감독이 특별히 고안해낸 낯선 것에 자리를 양보한다. 왜 사우라는 영화언어의 고정된 규정을 파괴했을까? 왜냐하면 그것은 너무 안정적이기 때문이다. 〈까마귀 기르기〉에서 새로운 기법 덕택에 우리는 시대의 인접성, 긴밀한 연합을 거의 물리적으로 감지한다. 여기서 미래에서 온 화자는 영적인 존재가 아니다. 전차 승객이 자기 어깨 너머로 신문 읽는 사람의 시선을 느끼듯이, 관객은 점차적으로 그녀의 시선을 느끼게 되는 것이다.

이것은 프레임 밖의 목소리는 보이지 않는 화자의 것이어야 한다는 규범을 의식적으로 파괴한 것이다. 우리는 그런 목소리에서 별다른 이상을 발견하지 못하기 때문이다. 한편, 유성영화 제작 초기 예술영화에서 성우의 목소리를 삽입하는 것은 매우 과감한 기법으로 간주되었다. 프레임 밖의 목소리는 심미안이 부족한 관객들에게는 특히 혼란스러운 것이었다. 러시아 감독 롬M. Romm은 그의 회상록에서 스탈린 시대의 영화에 대해 이야기했다. "……성우의 목소리를 삽입하는 것은 한때 금지되었었다. 왜냐하면 이런 기법이 사용된 스톨페르O. Stolper의 조종사에 관한 영화를 검열할 때, 스탈린이 다음과 같이 말했기 때문이다. '계속 들려오는 이 내세의 신비로운 목소리는 과연 무엇인가?' 이후 5년 동안 영화에 성우의 목소리를 삽입하는 것은 불가능했다. 그것은 러시아 민중의 예술 정신에 고유한 것이 아닌, 신비적인 것으로 간주되었다. 나는 〈비밀지령Sekretnaia Missila〉에 성우의 목소리를 넣기 위해 힘겨운 투쟁을 했는데, 스탈린과 내가 개인적으로 좋은 관계였기 때문에, 결국 나머지 반쪽 분량에는 성우의 목소리를 남겨두는 것을 허락했다. 성우의 목소리는 보도와 통지 형식의 기록영화 장르에서는 허용되었고, 레비탄Iu. Levitan은 친숙한 목소리로 그것을 낭독했다."

질문을 제기하자. 왜 스탈린은 2차대전 기간과 그 이후 유명한 성우 레비탄과 기록영화 장르에 예외를 두었는가? 대답은 한눈에 알 수 있을 정도로 간단하지는 않다. 좀 더 나중에야 목소리가 묘사에 미치는 영향에 대한 연구가 나타나기 시작했다. 보이지 않는 화자의 목소리에는 어떤 신비가 있다고 스탈린이 확신했을 때, 그는 진실과 멀리 떨어지지 않았다. 영화연구가들(특히 프랑스의 시옹M. Sion)이 주장하듯이, 고대 종파 — 고대 그리스의 피타고라스학파의 사람들이나 유대교와 이슬람교의 몇몇 분파들 — 의 전통은 신관, 교사, 성직자들이 예배 시간에 모두가 보는 앞에서가 아닌, 병풍이나 커튼 뒤에서 교리서를 읽도록 요구한다. 보이지 않는 목소리는 더욱 위엄 있게 들린다. 말하는 사람을 보는 것은, 우리가 동의할 수도 동의하지 않을 수도 있는 일정한 사람의 의견을 듣는다는 것을 의미한다. 보이지 않는 사람의 목소리는 보다 거대한 것 — 완전한 진리 — 을 말한다. 무엇보다 절대적인 것에 의해 좌우되는 인간의 어린 시절, 어린이는 목소리 소유자를 직시할 가능성을 거의 갖고 있지 않다고 주장한다. 예를 들어 걸음마를 가르칠 때, 가르치는 사람의 목소리는 등 뒤에서 들린다. 대체로 어른들의 목소리는 머리 위 어딘가에 떠다니게 된다. 이 모든 것이 보이지 않는 목소리에 위엄을 부여하고, 그의 견해에 확실한 명령의 뉘앙스를 첨가하는 것이다.

영화의 역사를 살펴보면 이러한 견해를 확인할 수 있다. 모든 시대에는 각각 그 시대의 표준 성우, 표준 목소리, 프레임 외부 목소리의 '단 하나의 올바른' 억양이 있다. 스탈린 시대의 레비탄은 그 대표적 예이다. 기록영화 화면이 그 자체로 의미하는 것은 적다. 거기에 필요한 음향을 첨가하려면 프레임 밖의 목소리가 필요하다. 여기에는 그가 발음하는 단어뿐 아니라, 이런저런 사건과의 연관관계를 관객에게 바르게 시사하는 억양이 중요하게 된다. 프레임 밖에서 들려오는 성우의 목소리는 설명이 아닌, 암시의 힘으로써 효력을 발휘한다.

현대 영화에 있어 프레임 밖의 목소리에 대한 문제는 이론적 토의의 문제일 뿐 아니라, 예술적 묘사의 테마가 되기도 한다. 그러한 두 영화를 언급해보자.

크리스 마르케Chris Marker의 기록영화 〈시베리아에서 온 편지 Lettre De Siberia〉(1958, 프랑스)는 러시아 극동부 야쿠츠크 생활의 기록 화면이 매번 새로운 주석을 달면서 세 번 연달아 돌아간다. 첫 번째 주석은 당대 소련의 선전용 영화를 모범으로 제작되었고, 두 번째는 냉전 시기 서구의 뉴스영화처럼 구성되었다. 세 번째 것은 '단체여행' 설명서와 유사하다. 이는 '쿨레쇼프 실험'을 연상시킨다. 관객은 매번 **다른** 거리에서 **다른** 사람들을 보게 되는 것이다.

프레임 외부 목소리의 본질을 보여주는 다른 텍스트는 수쿠츠A. Sukuts의 〈목소리Voice〉(1986, 라트비아)이다. 이 영화의 주인공은 리가 기록영화연구소의 나이든 성우 포드니엑스B. Podnieks이다. 깊고 부드러운 목소리의 소유자인 그는 2차대전이 끝난 직후부터 1980년대 중반에 이르기까지 라트비아의 모든 영화사를 거쳤다. 이 영화는 각각 새로운 시대는 성우의 목소리에 무엇을 요구하며, 어떻게 이를 암시하는 기법을 고안하는가에 관한 것이다. 포드니엑스는 스스로 자신의 작업에 대해 다음과 같이 말했다. "1950년대에 나는 레비탄과 미에르칼른스 Mierkalns에 비견되었다. 나는 그들의 무겁고 장중한 낭독풍을 모방했고, 이를 열정적으로 표현했다. 기록영화 시학이라 불리는 것이 라트비아에 시작되던 1960년대 부드러운 가락의 황홀한 속삭임 — 말하자면 여자의 귀에 대고 말하는 듯한 — 으로 바뀌었다. 모든 단어를 장식하고, 꿀을 발랐다. 음향감독 비슈네프스키Vishnevskii는 '벨칸토[18세기에 확립된 이탈리아의 가창기법]식으로 합시다'라고 말하곤 했다. 1970년대에 성우의 목소리는 가장 어려운 양식으로 바뀌었는데, 바로 단순한 이

야기풍이었다. 1970년대의 대표자는 스모크투노프스키Smoktunovskii
와 코펠리안Kopelian이었다."

〈목소리〉의 감독은 무엇을 했는가? 그는 포드니엑스의 주석이 달
린 뉴스영화의 단편을 연대기적 순서로 정리했고, 변화하는 목소리 ―
역사적 진실의 포고자로서 40년 동안 종사한 인간의 목소리 ― 를 재료
로 우리 사회에 있어 이상적인 진화의 모델을 압축된 형식으로 보여주
었다. 우리가 보는 앞에서 이 진실이 얼굴을 바꾼다. 억양이 바뀌며, 그
와 함께 진실이 떠오른다. 금속성에서 듣기 좋은 목소리로, 경건한 분노
에서 정의로운 격분으로, 훈계조에서 신뢰하는 억양으로 바뀐다. 억양
과 음색이 바뀌지만, 관객들이 생각하듯이, 수사학은 수사학이다. 영화
에 있어 프레임 밖의 목소리는 본질적으로 위엄 있는 것이다. 진실의 얼
굴로 이야기하려는 사람은 자신의 목소리를 거짓의 현으로 조율해야 한
다. 인간의 목소리에는 진실의 얼굴로 이야기하면서 올바른 틀에 남아
있도록 허용하는 그러한 억양이 없다. 목소리는 그것이 일정한 인간의
진실된 의견을 전달하는 한에 있어 올바르다.

이것이 〈목소리〉의 예술적 의미다. 그러나 이 영화의 예술적 논거
를 기반으로 프레임의 모든 주석이 애초부터 '비도덕적'이라는 결론을
내린다면, 그것은 실수일 것이다. 구체적인 작품에서 도출한 예술적 의
미를 일반화된 규칙으로 판단해서는 안 된다. 영화언어의 다른 모든 요
소들과 마찬가지로 프레임 밖의 목소리는 그 자체가 좋거나 나쁜 것이
아니다. 유사한 예로써 프레임 밖의 목소리가 상대적으로 '신비로운 내
세의 목소리'라는 스탈린의 의견을 같이하는 것을 의미하는지 판단해보
자. 프레임 내부 목소리와 프레임 외부 목소리는 영화언어로서 충분한

자격을 갖춘 요소이다. 그것은 영화에 있어 소리의 가능성이 아직 남아 있고 끝까지 의미화되지 않았기 때문이다. 훗날의 영화들은 시청각 관련 분야에서 실험적인 요소들과 자주 충돌하게 될 것이다.

〈시베리아에서 온 편지〉가 여러 가지 표현으로 되어 있는 소리의 세 가지 가능성을 제기한다면, 오타르 요셀리아니Otar Ioseliani의 〈달의 총아Favorites of the Moon〉(1984, 그루지야)에서는 모순적인 속성을 경험할 수 있다. 영화가 진행되는 동안 우리는 몇 번이나 똑같은 반향과 총체적인 대화를 듣게 된다. 구술 텍스트는 단지 똑같은 모티프로 회귀하는 것이 아니라, 문자 그대로 반향에 대한 반향을 반복하는 것이다. 남자와 여자는 말과 약속의 덧없음을 정중하고 날카롭게 교환하기도 하고, 책상에 앉아 있는 사람이 사냥터의 자연을 찬미하는 문학적 독백을 낭송하기도 한다. 한편 처음으로 사랑에 빠진 18세기 프랑스 귀족도 있다. 사랑에 눈먼 부유한 파리 여성과 돈 때문에 그녀를 유혹하는 전문 사기꾼은 옷을 입으며 대화를 반복한다. 자연에 대한 독백은 낭만적인 사냥꾼이 처음으로 읊었지만, 현대 파리에서는 보다 좋은 사회에 편입되기를 원하는 경찰들이 이 단어를 부지런히 외우고 있다. 요셀리아니 영화의 테마는 예술의 몰락, 장인성의 상실, 모든 것이 도둑·넝마주이·창녀의 손에서 투기의 대상이 되고 인류의 중요한 문화유산조차 흡수한 현대적 삶의 밑바닥에 매몰된 문화적 가치이다. 그것이 말, 단어이다. 손에서 손으로 전해지는 늙은 거장의 화폭은 소품으로 변하고(강도들이 매번 그림을 면도칼로 잘라내어 새로운 틀에 끼워맞춘다), 고풍스러운 접시는 깨진다. 인간의 말은 무의미한 파편, 진부한 인용문의 형태로 현대 세계에 도입된다.

무라토바의 〈운명의 변천〉에서 단어의 소리 실험은 더욱 과감하게 나타난다. 우리는 프레임 밖의 두 목소리 — 편지를 쓴 사람과 받은 사람 — 가 서로 번갈아 편지를 읽는 장면을 아직 기억한다. 사건의 주인공은 젊은 여자와 그녀에게 냉담해진 정부의 대화이다. 이 대화는 살인으로 이어진다. 파국을 예감하며, 여주인공은 사랑하는 사람에게 총을 쏜다. 이것이 영화의 중요한 중심 대화지만, 전체 구성에서 그것은 영화의 거의 끝에서야 스크린에 나타난다. 이 순간까지 관객에게는 중심회화의 여러 가능성이 다양하게 제기된다. 이 대화는 캐묻는 과정에서 재조립되어 여주인공의 꿈과 회상에서 반복적으로 변주되어 울려퍼진다.

　영화 시작 부분에서 우리는 모더니즘 양식의 인조 천국을 상기시키는(영화에서 사건은 세기의 경계선에서 발생한다) 겨울 정원에서 안락의자에 앉아 있는 여주인공을 본다. 우아한 젊은 남자가 나타나서 자신의 사랑을 정중하게 고백한다. 우리는 이것이 소설의 시작이라는 것을 알게 된다. 그런데 그와 함께 어떤 다른 대화의 대사인 듯한 이상한 목소리가 프레임 밖에서 울려퍼진다. 그 대화가 어떤 것인지는 끝까지 이해할 수 없다. 목소리는 영적이고, 게다가 완전히 억양을 상실했다. 그것은 입으로 하는 말이나 종이 위에 배열된 단어가 아니다. 그렇다고 기록된 문서도 아니다. 무라토바는 관객들에게 준비된 결론을 제시하지 않을 뿐 아니라, 상황의 개연성도 걱정하지 않는다. 다음 순간 다른 장면에 똑같은 대사가 나타날 때(남자, 여자 두 목소리가 그것을 발음한다), 우리는 이미 단어의 내용 — 우리에게 알려져 있는 — 보다는 그 풍부한 억양에 주의를 기울이게 된다. 영화 전체를 통해 목소리는 교향곡의 원칙에 따라 조직되어, 구절, 일정한 대사, 대화의 단편들이 반복된다. 그런데 반복되는 '모티프'들은 매번 다른 목소리로 주어지면서 서로 다른 정서적 색조를 수반한다. 가장 중요한 것은 대비로서, 그것은 맨 처음에 주어진다. 그것은 공허하고 냉정한 단어와 강한 감정으로 발음되는 단어들이 대비이다.

살인으로 끝나는 대화, 그 중심 이야기를 보게 될 때면, 우리는 갑자기 변호사나 예심판사도 끝까지 파헤치지 못했던 동기를 이해하게 된다. 우리는 살인의 동기가 대화 저편의 것 — 돈이나 정치, 혹은 낭만 — 과 관계되었다고 상상했다. 그러나 실제로 동기는 없었다. 총성은 대화의 일부, 즉 내적 논리에 따른 대사의 일부인 것이다. 그녀는 참회도, 종국의 파국도 받아들일 준비가 되어 있었다. 그렇지만 **그 어떤 변명도 하지 않는 것**, 변명 자체를 거부하는 것에는 동의할 수 없었다. 상대방은 여자에게 가장 고통스런 대화 방법 — 대화의 거부 — 을 택했던 것이다. 그는 대화에 참여하기를 원치 않았다. 그렇게 해서 대화는 감정과 공허의 결투로 변한 것이다. 그녀는 그를 이야기로 끌어들여 그에게 대화를 강요하다가, 마침내 직설적인 방법으로 들어선 것이다. 여주인공은 그에게 "나는 너를 사랑한다"는 말을 반복할 것을 요구했다. 그는 무심하게 반복했다. 그녀는 "너는 나에게 모순이다"라고 말할 것을 요구했다. 그는 고분고분 반복해서 대답했다. 법적인 관점에서 볼 때, 총격은 인간의 삶을 차단하려는 시도이다. 그러나 이러한 대화의 맥락에서 본다면, 총격은 사랑에 패배한 권태로운 삶을 돌이키고 분기시키려는 절망적인 시도로 간주될 수 있다.

6
영화양식의 탄생

영화를 보고 싶은데 표를 구하지 못했을 경우, 사람들은 각자 다르게 행동한다. 어떤 사람은 친구에게 전화를 걸어 줄거리를 이야기해 달라고 하고, 다른 사람은 극장으로 가서 '영화 포스터'를 들여다본다. 여러 다른 방법으로 우리는 영화를 이해한다. 그러나 각각의 경우, 우리는 한 영화에 대해 서로 다른 것을 알게 된다. 문제는, 모든 영화는 보이는 동시에 말을 한다는 것이다. 영화가 어땠는지 말로도 전달할 수 있다. 그렇지만 영화는 표현으로 이야기하는 예술이다. 똑같은 줄거리를 완전히 달리 표현하여 구상화할 수 있는데, 이것을 **영화의 양식**style이라고 한다. 전화로 쉽게 줄거리를 이야기할 수 있지만, 영화양식을 말로 형용하는 것은 아주 어려운 일이다. 일단 양식에 관심을 기울이는 사람은 영화 포스터와 친해지는 것을 택할 것이다.

영화에 있어 양식이란 무엇이며, 그것을 구성하는 것은 무엇인가?

우리가 좋아하는 영화에 다른 배우가 출연하거나 다른 장식이 있는 것을 상상하기는 힘들 것이다. 관객들은 예술작품을 유일한 가능성의 요소들이 유일한 가능성으로 연결되어 있는 **유기체**로 느낀다. 영화가 끝난 뒤, 그 줄거리를 이야기하는 것은 영화를 부당하게 왜곡하는 것이고, 따라서 그런 이야기를 하는 자리에 앉아 있다면 우리는 끊임없이 그 것을 수정하게 될 것이다. 양식에 관해서도 똑같이 말할 수 있다. 영화를 보고 극장에서 나온 우리는, 프레임을 연구하며 상영을 기다리는 사람들 곁을 지나면서, 체스판에서 얼마나 복잡한 관계를 형성하게 될지 추측하지 못한 채 말들을 바라보는 아이들을 내려다보듯이 그들을 바라보게 된다.

물론 이야기되는 것과 보이는 것은 서로 연관되어 있다. 그러나 그 것은 제삼자가 쉽게 파악할 수 있을 정도로 그렇게 엄격히 연관된 것도 아니며, 일면적 의미를 지니는 것도 아니다. 똑같은 장면 처리에 있어서도 감독은 몇몇 가능성을 갖고 있다(이중촬영이라 불리기도 한다). 그 것은 우선 연기의 질에 따라 구별되는, 때로는 그 감독만이 유일하게 선택할 수 있는, 본질적으로 다른 가능성으로 나타나기도 한다. 그 밖에도 이미 한번 촬영된 이야기를 새로운 영화로 재생하는 경우가 있다. 세계 영화 제작에 있어 그러한 경우는 재정적으로 법적으로 정당하다. 영어에는 그것을 위한 특별한 용어 '리메이크remake'가 있다. 존 스터지스 John Sturges의 〈황야의 7인The Magnificent Seven〉(1960, 미국)은 구로사와의 〈7인의 사무라이The Seven Samurai〉(1954)의 플롯을 토대로 미국적 상황을 '문자 그대로' 전이시킨 것이다. 일본의 모험 장르에 특징적인 '서부극' 스타일과 표현양식 속에 똑같은 스토리가 두 번 반복되는 것이다. 플롯과 스타일 사이에 결정적인 것은 없다.

영화양식은 서사에 있어 시간적-공간적 형상이다. 그것은 영화를 시간적(화면의 리듬, 흐름, 전환, 길이 등), 공간적(배우, 배경, 조명)으로 조직화된 것이다. 영화 서사 언어처럼 양식도 복잡한 진화과정을 겪었다. 프레임의 공간이 어떻게 구성되었는가에 따라, 영화사가는 영화가 언제 촬영된 것인지 구분할 수 있다. 화면을 차지한 사물, 공간의 깊이, 길이의 정도와 물질세계의 제약성 수준 등, 이러한 변수들이 양식의 이해를 돕고, 그 예로써 영화양식의 진화를 총체적으로 스케치하는 것이 보다 쉬워질 것이다.

평면과 입체

바이타그래프Vitagraph 영화사의 〈굶주린 예술가〉(1907, 미국)의 한 장면을 살펴보자. 배경은 정육점 입구이다. 주인공에게서 눈을 떼고, 행동이 일어나는 배경을 살펴보자.

첫 번째 눈길을 끄는 것은 공간 스케치에 있어 회화적 요소를 극복한 것이다. 공간적 배경은 이중적 형상으로 묘사되었다. 전면에 나타난 하나는 진짜 입체(판매대)이고, 다른 하나는 평면에 그려진 '가상'의 입체이다. 벽돌로 된 사각기둥은 출입문 깊이 들어가지 않았는데, 직각 모서리는 허구였던 것이다. 사각기둥이 바닥과 합치되는 곳을 주의 깊게 살펴본다면 그것이 거짓임을 알 수 있다(그림47의 프레임 단편을 보라). 차양의 천이 프레임 상부 가장자리를 따라 드리워진 것이 평면으로 묘사되어 있다. 정육점 주인의 등이 보이는 문만이 평면 뒤에 위치한다.

당시 영화와 연극은 이런 평면을 '배경'이라 불렀다. 〈굶주린 예술가〉의 배경은 아마도 널빤지였을 것이다. 덜 꼼꼼하게 제작된 영화에서는 드리워진 천이 배경 구실을 했을 것이다(배우가 지나치게 열심히 움

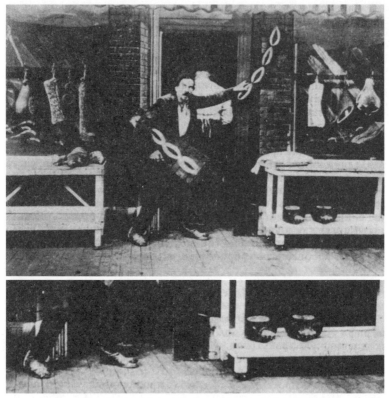

그림47 〈굶주린 예술가〉의 평면 장식. 자세히 보면 발뒤꿈치가 마룻바닥에 부착되어 있다.

직일 때면 그려진 배경이 흔들리곤 했다).

〈굶주린 예술가〉가 흥미를 끄는 이유는, 당시 세트를 꾸미는 기법이 불충분하다는 것을 스토리 자체에서 추측할 수 있기 때문이다. 진열장을 보면 유리도 그림이고 '유리 뒤'의 먹을 것도 그림이며, 진열장 앞에 걸린 커다란 고기들은 종이로 만든 것이다. 그렇지만 영화의 스토리 자체는 '진짜'와 그려진 것과의 대비로 구성된다. 관객은 진짜 사물과 그림으로 된 사물(진짜 소시지를 종이로 만든 견본으로 대치하는 속임수는 가능하다)을 구별할 줄 알기 때문에 그걸 모르고 속는 정육점 주인을 비웃는다. 그렇다면 〈굶주린 예술가〉는 어떤가? 그림의 특성상, 그것은 1900년대 영화의 회화적 배경에 상응한다. 이렇게 우리가 고찰한 영화는 당대의 영화양식에 있어 중요한 문제, 즉 평면이냐 입체냐, 가공이냐 실제냐, 사물이냐 그림이냐 등을 언급하기 때문에, 어떤 의미에서는 '영화 속의 영화'가 된다. 영화양식의 진화에서 1907년은 아주 중요한 해이다. 영화의 배경 장식은 자신의 진로를 개척하면서 싸구려 극장에서 사용되던 제약적인 평면적 배경에서 분리되려고 노력했다. 평면은 진짜 전경을 그린 입체에 그 자리를 양보했다.

진짜와 모조

더 나아가 〈굶주린 예술가〉와 부뉴엘의 〈부르주아의 은밀한 매력〉의 에피소드를 비교해보자. 상류사회 친구들을 단체로 저녁식사에 초대해놓고, 주인이 늦었다. 손님들은 탁자에 둘러앉아 있었는데, 웬일인지 위스키가 맛없는 레몬수와 비슷했다. 하인이 쟁반에서 병아리 요리를 떨어뜨리자, 병아리는 바닥에 부딪치며 수상한 소리를 냈다. 손님들은 주위를 살피기 시작했다. 점차 모든 사실이 밝혀졌다. 가구, 벽에 걸린 무기 수집품 등이 모조품이었다. 무엇보다도 불쾌한 사실은, 잘 차려진 음식 또한 알아차리기 어렵지만 모조였다는 것이다. 불현듯 무거운 커튼이 움직이면서, 초대된 사람들 앞에 관객으로 가득 찬 객석이 보인다. 관객들은 어리둥절해 있는 손님들에게 그들이 읽어본 적도 없는 희곡을 연기할 것을 요구한다.

　부뉴엘의 영화와 〈굶주린 예술가〉가 주는 '교훈'은 유사하다. 그것은 우리의 지각 작용이 진짜와 가짜, 현실과 장식을 구별하지 못할 정도로 둔탁해지고 자동화되었음을 경계하는 것이다. 그렇지만 진화적 측면에서는 다르게 보인다. 부뉴엘의 영화에서 종이로 만든 물체는 모조가 현실화된 것으로서, 우리가 진짜라고 믿는 모든 모조품의 세계를 상징한다. 즉, 진짜 음식은 이 모조의 세계에 반대되는 것이다(그래서 영화가 끝날 때까지 손님들은 식사를 하지 못한다. 진짜 성찬은 그들에게 주어지지 않는 것이다). 1907년 영화 관객들은 소도구 장식의 입체성을 요구했지만, 입체의 평면적 대용품으로써 모조품을 용인했다. 1900년대 영화에서 리얼리즘의 범주는 사물의 입체성이지 사물 자체가 아니었던 것이다.

공간의 깊이

　〈굶주린 예술가〉가 서툴게 채색된 배경에 대한 가시 돋친 '주석'을 내용으로 하긴 하지만, 그 시대에는 아직도 평면적 회화 배경이 공간의 유형에 속해 있었다. 이후 배경으로의 회귀를 종식시킨 영화양식의 혁명은 1914년 이탈리아 감독 지오바니 파스트로네Giovani Pastrone의 〈카비리아Cabiria〉에서 실현되었다. 이 영화를 위해 깊숙한 수많은 층으로 된 진짜 기둥이 건축되었다(그림48). 깊숙한(혹은 당시에 말했던 것처럼 '입체적인') 무대 장식은 그 자체로도 놀랍지만, 그것의 주요 공

그림48 파스트로네 감독의 〈카비리아〉에 등장하는 코끼리 장식은 거대함을 웅변한다.

로는 카메라, 배우, 조명을 해방시킨 것이다. 이제 배우는 자리를 바꾸어 물체 뒤로 **후퇴**할 수 있었고, 옛날 촬영실에서 밋밋하고 별 특징이 없던 조명*이 이제는 실제 용량을 표현하는 진짜 살아 있는 빛이 되었다.

모든 깊이는 상대적인 상황에 따라 결정된다. 먼 사물, 가까운 사물, 그리고 관찰자의 눈동자라는 세 시점이 그것이다. 이 각각의 시점의 변화, 그리고 그 자체의 강조는 깊이의 상관 구조를 변화시킨다. 실제 배경인지 그려진 배경인지를 실험하는 것은 아주 간단하다. 머리를 가볍게 흔들고 전면 프레임이 조금 뒤로 갔는가를 확인해보면 된다. 그려진 배경 앞에서는 모든 카메라의 움직임이 속임수인 것이 명확하게 나타날 것이다. 그래서 1900년대의 촬영세트에서 카메라는 부동의 위치 고수했다. 같은 이유로, 입체 세트가 처음 세워졌을 때 파스트로네는 카메라를 움직여서 그 입체감을 강조하려고 애썼다. 파스트로네는 후에 다음과 같이 말했다. "나보다 앞서 멜리에스가 카메라의 움직임을 실행한 바 있다. 〈고무머리 사나이L'homme à la tête de Caoutchouc〉(1901)를 찍을 때, 고무공처럼 줄었다 부풀었다 하는 느낌을 주기 위해서였다. 그는 카메라가 똑바로 배우를 향하도록 했다…… 나는 카메라를 움직일 때 입체적인 느낌을 강화하기 위해, 카메라를 정면이 아닌 사선으로 놓았다. 관객들에게 뱃멀미를 일으키거나 웃음거리가 될 위험을 무릅쓰고 말이다."

〈카비리아〉에서 관객을 놀라게 한 새로운 기법은 무엇인가? 사건은 어느 부잣집 별장 지하실에서 벌어진다. 거기서 귀족 플루비오 악실리야와 그의 하인 마치스트는 추격에서 잠시 피할 수 있는 도피처를 발견하게 된다. 주인공은 어떤 것에서도 즐거움을 느낄 수 없었다. 마치

---

* 그림47에서 오른쪽 '벽돌' 사각 기둥으로 '떨어지는' 그려진 조명을 주목하라. 차양의 그림자나 진열창의 '햇빛 반점' 또한 그려진 것이다.

스트는 지하실을 산책하고 악실리야는 분필로 벽에 그림을 그린다. 이 때 카메라는 다음과 같이 움직인다. 카메라는 배회하는 마치스트를 뒤따라 오른쪽에서 왼쪽으로 비스듬히 움직인다. 아직 벽의 앞쪽은 보이지 않는데, 그 벽에서 플루비오 악실리야는 물병을 든 여자의 모습을 거의 다 완성하고 있는 중이다. 이미 말했듯이 카메라의 비스듬한 움직임은 관객에게 배경이 사실적이라는 확신을 준다. 파스트로네는 이렇게 설명했다. "영화세트는 건축물이지 시선을 분산시키는 캔버스가 아니라는 것을 처음부터 관객에게 말하고자 했다."

게다가 마치스트가 고대 그리스의 암포라[고대 그리스·로마 시대에 쓰인 양쪽에 손잡이가 달린 병] 사이를 걸어다니는 것은 뜻하지 않은 일이다. 평면적 배경이 지배적이었던 이전의 영화공간은 어떠했던가? 다시 한 번 〈굶주린 예술가〉의 프레임에 눈을 돌리면, 공간이 세 개의 층으로 구성되었다는 것을 쉽게 알 수 있다. 항상 첫 번째는 배우, 두 번째는 입체적 소도구, 세 번째는 허구적 깊이의 배경이다. 〈카비리아〉에서 이러한 계층구조는 파괴된다. 암포라는 마치스트와 카메라 사이의 커다란 공간에 놓여 있다. 이전 법칙처럼 입체적 소도구의 배경과 마치스트 사이에 놓여 있지 않은 것이다. 여기서 '살아 있는 물체'의 느낌이 생겨난다. 이전에는 배우에게 할당되었던 공간을 소품이 차지하는 것이다. 주인공을 둘러싼 공간은 독립적인 삶을 영위한다.

사건이 진행됨에 따라 마치스트의 눈동자는, 방금 전 하인이 이빨로 깨물었던 지하실에 걸려 있는 고기에 멈추게 된다. 우리는 이 소품이 그렇게 흥미롭지 않다. 다만 마치스트가 굶주렸다는 것을 알게 된다. 관객은 앞의 장면에서 그가 도망에 지친 것을 알고 있으므로 이를 추측할 수 있다. 한편, 1910년대 관객에게 있어 이러한 동작은 〈카비리아〉가 혁신적인 영화로서 돋보임을 논증한다. 이전 영화에서 음식은 주로 소품을 이용했다. 〈굶주린 예술가〉에서는 소시지를 화면 밖으로 가져갔다. 배우는 그것이 진짜가 아니라는 것을 알기 때문에 우리 눈앞에서 그것을 먹을 수 없었다. 마치스트가 고기를 씹는 장면은 영화의 세트와 소품이 진짜라는 것을 새롭게 확인시켜주었다. '진짜냐 모조냐'에 있어, 파스트로네는 진짜를 선택했다.

〈인톨러런스〉의 바빌론

〈카비리아〉의 성공은 그리피스를 초조하게 했다. 이 이탈리아 영화를 보고 나서, 그는 〈인톨러런스〉를 구상했다. '영화언어' 장에서 우리는 이 영화가 다양한 시대의 플롯이 교차된다는 이야기를 했다. 이제는 〈인톨러런스〉의 묘사적 측면을 언급하자.

각각의 시대를 그 시대에 맞는 일정한 묘사적 전통과 연관시켜야 하는 어려운 과제가 그리피스 앞에 놓여 있다. 〈인톨러런스〉의 양식은 이미 전형적인 표현 양식에 들어간다. 그리피스는 그것을 재검토하려 하지 않고, 그 대신 세트를 진동시키거나 경비를 투자하여 그 원형을 능가하려 했다. 성 바돌로메 제일祭日의 밤을 위한 에피소드 양식은 〈기드 공작 암살사건L'assassinat du duc de Guise〉(1908, 프랑스)의 미학이었고, 바빌론의 에피소드의 모범은 파스트로네의 〈카비리아〉였다. 바빌론을 위해 영화 역사상 가장 많은 경비를 들인 가장 거대한 배경장식이

그림49 익스트림 롱숏으로 촬영한 〈인톨러런스〉의 한 장면

설치되었다. 공간의 깊이뿐 아니라, 건물의 높이도 결정적인 역할을 했
다. 카메라의 움직임을 반복하려는 생각이 그리피스의 머릿속에 떠올
랐는데, 단 수평이 아니라 수직으로 돌리는 것이었다. 막상 작업을 시작
하자, 촬영기사가 다닐 수 있는 그런 길을 만들 수 없을 것 같았다(오늘
날에는 이 장면을 헬리콥터에서 찍을 것이다). 그리피스의 요청에 따라
과제를 수행했던 두엔 감독은 다음과 같이 회상했다. "결국 나는 바퀴
위에 탑을 세우고 탑 안에 리프트를 설치할 것을 제안했다. 나는 아주

단순한 조립식 탑을 파이프로 만들었다. 흔들림을 방지하기 위해 레일과 철도 바퀴가 필요했다."

영화장식의 역사에서 가장 거대한 장면은 그렇게 촬영되었다. 그것은 오늘날에도 관객들의 영혼을 사로잡는다. 카메라는 거대한 바벨탑 꼭대기를 날아다니다가, 다시 땅으로 착륙하기 위해 물러선다. 보다 이후에는 아주 다양한 방향으로 영화양식을 추구했지만, 그 어떤 감독도 그리피스의 〈인톨러런스〉에 필적하는 규모를 감행하지는 못했다. 이 영화는 영화제작에 있어 기념비적인 작품으로 남아 있다. 더 놀라운 것은 〈굶주린 예술가〉와 〈인톨러런스〉의 촬영에 있어, 그 시간적 차이가 10년이 채 안 된다는 것이다. 이것은 정말 쉬운 일이 아니다. 그 10년 동안 영화는 그 이전에도, 그 이후에도 겪지 못했던 도약을 경험했다.

7
영화양식의 요소들

영화서사의 본질

'영화'라는 개념의 기저에는 움직이는 그림, 보다 정확히 말해 움직이는 그림의 도움을 받는 이야기라는 의미가 내포되어 있다. 애니메이션을 제외하고, 영화에서 '그림'의 역할을 하는 것은 사진이다. 사진은 영화의 기술적인 토대가 될 뿐 아니라, 영화는 사진으로부터 가장 중요한 특징을 상속받는다. 그것은 문화체계에서의 위치이다. 관객의 의식 속에 사진과 영화는 항상 함께 한다. 리얼리티와 관련된 중요한 특징에 있어서는 특히 그렇다. 리얼리티를 예술로 재현하는 모든 형태 중 영화와 사진은 신빙성, 기록성, 진실성에서 가장 높은 평가를 받고 있다. 바로 여기에서 삶과 그 소박한 동일화가 가장 잘 이루어지는 것이다.

그렇지만 사실 사진은 고정된 촬영으로 삶을 형상화하는 것인 데 비해, 영화는 역동적인 예술이다. 둘 사이에는 커다란 차이가 있다. "움직이지 않는 묘사의 도움을 받는 움직이는 이야기"라는 공식 자체에 모순이 내포되어 있다.

우리 눈앞에 두 개의 변환점이 있다(여기서는 광학기술적 측면이 아닌, 다양한 예술 형태의 본질과 가능성에 관한 것임을 강조하자). 그 하나가 사진이다. 그것은 3차원의 입체 리얼리티를 2차원의 환영으로 변화시킨다. 감각기관에 의해 감지되는 모든 리얼리티는 사진의 시각적인 리얼리티로 변화하고, 이때 객관은 객관의 묘사로 변화한다. 동시에 끊임없이 움직이는 무제한의 리얼리티는 정적이고 제한된 조각으로 변화된다.

현대 유성영화는 그 기본이 되는 사진을 심하게 변형시킨다. 2차원을 너무 과장했을 뿐 아니라 소리까지 첨가한다. 가장 본질적인 것은 부동의 것이 다시 움직이고, 무한의 세계에서 유한의 텍스트로 '잘려진' 프레임이 보다 심대한 기동력을 갖게 된다.

영화에서 묘사가 움직인다는 사실은 그것을 '이야기narrative'의 예술 범주로 이동시키고, 이런저런 스토리를 전달하는 서사의 방법이 되게 했다. 한편 여기서 유동성의 개념은 다른 의미를 갖는다. 여기서 기본적인 것은 다양한 묘사의 연결, 한 화면의 다른 화면으로의 교체이다. 이 연결이 움직이는 묘사의 도움으로 실현된다는 것은 가장 보편적인 특징이지만, 필수적인 것은 아니다. 서사의 본질은 텍스트가 통사론적으로, 즉 일정한 단편들이 시간적(선적) 인과관계에 따라 연결된다는 데 있다. 이 요소들은 다양한 본성을 가질 수 있다. 이는 단어, 음악, 그림의 연쇄고리로 나타난다. 어떤 구조적 원칙에 따라 연결되는 에피소드들의 논리적 전개가 서사로 나타나는 것이다.

이런 관점에서 볼 때, 움직이지 않는 묘사가 논리적으로 연결된 것 또한 서사가 될 수 있음은 중요한 지적이다. 움직이지 않는 그림이 논리적으로 연결되어 스토리가 전개되는 만화책이나 그림책, 삽화가 들어 있는 간행물 등이 그 예가 될 수 있다. 영화의 보고에서 이 가능성을 제외할 수 없다. 다음 예를 기억하자.

1961년 9월 20일은 폴란드 영화사에 있어 악몽의 날이었다. 폴란드의 재능 있는 감독 안제이 뭉크Andrzej Munk가 교통사고로 사망한 것이다. 그의 죽음은 영화 〈여승객Pasazerka〉(조피아 포스미슈-피아세카Zofia Posmysz-Piasecka의 중편소설을 각색한 것이다)의 작업이 절정에 이른 때였다. 영화의 사건은 시간에 따라 이중으로 전개되어야 했다. 대서양을 횡단하는 호화 여객선 갑판 위에서 두 여자 승객이 서로 만나 상대방을 알아본다. 전쟁 중 운명은 그들을 아우슈비츠로 이끌었다. 그들 중 한 명은 포로(폴란드인 마르타)였고, 다른 한 명은 나치 친위대의 간수(독일인 리자)였다. 아우슈비츠와 관련된 부분은 기본적인 것이 촬영되었는데, '현대' 부분(그것은 소설과 시나리오에서 스토리상 아주 많은 부분을 차지하고 있다)은 준비상태로만 있었다. 조감독 레세비치V. Lesevich와 시나리오 공동작가 포스미슈-피아세카, 보로쉴스키V. Voroshil'skii는 과감한 결단을 내렸다. 그들은 죽은 감독을 대신할 사람이 없다는 것을 깨닫고, 영화를 끝까지 찍는 대신 촬영된 부분을 아직 준비 단계에 있는 움직이지 않는 사진들과 합성하기로 한 것이다. 삽입된 모든 부분들은 정지화면으로 처리되었고, 그 화면은 뭉크가 준비한 사진들과 보로쉴스키가 쓴 프레임 외부 목소리로 구성되었다.

우연적인, 비극적이기까지 한 상황이 걸작을 산출하는 데 기여한 경우가 얼마나 많았던가. 이 영화는 천천히 펼쳐지는 고통과 애수의 복합적 음향, 격동적 비극의 에피소드 위에 구축된 비극적인 '수용소' 장면, 부동의 폭발 고리로 타오르는 얼어붙은 단편과 이와 대조를 이루며 관객의 심장을 강타하는 일련의 정지화면 등, 극한의 상황에서 벌어지는 복잡한 휴먼드라마를 연출한다. 영화 창조에 있어 비극적 상황의 결과로 빚어진 그러한 구성은 그 기본이 되는 소설과 시나리오와는 음색이 다르다. 직접적 사회 고발의 성격이 약화된 반면, 철학적 깊이가 더해진 것이다. 이때 우리에게 중요한 것은 프레임 밖의 목소리와 합성된 연속 정지화면이 내러티브 텍스트를 창조하는 기반이 된다는 것이다. 화면의 움직임은 필수적인 것이 아니다. 이때 중요한 것은, 일련의 정지화면과 결합된 내러티브가 효과적인 텍스트를 창출한다는 것이다. 장면 교체가 필수는 아니다. 화면은 한 정지화면이 다른 화면으로 넘어갈 때만 간신히 흔들리며 움직였다. 사건은 관객의 인식 속에서 움직였고, 스크린에는 움직이지 않는 정지화면이 교체될 뿐이다.

앞서 언급한 다른 예를 들 수도 있다. 레인 라아마트는 동화책을 차례차례 연속으로 넘기는 식으로 애니메이션을 구성했다. 끊임없이 움직이는 필름이 애니메이션이 되는 것처럼, 일련의 움직임 없는 그림들이 플롯을 형성하는 것 또한 서술의 훌륭한 방법임을 입증했다.

이렇게 서사를 위해서는 서로 연결된 일련의 그림들(사진들)이 필요하다. 여기서 '일련'이라는 것은 최소한 둘 이상을 의미하며, 많으면 많을수록 좋다. 그러면 어떻게 연결해야 하는가? 우리가 보는 순차적인 화면이 단순하고 우연한 모임이 아닌 의식적으로 연결된 것이라는 생각이 들게 하는 것은 무엇인가?

가장 간단한 경우, 그것은 프레임 외부 목소리나 삽입된 음악 등 외적인 방법으로 통일성을 획득할 때이다. 한편 우리는 개별적인 표현들을 구절로 연결하는 프레임 내적인 메커니즘을 본질적으로 이해한다.

두 프레임이 연결된 것을 '낮은 차원'의 서술이라고 하자. 몽타주 효과도 일종의 낮은 차원의 프레임 연결이라 할 수 있다. 다른 방법은 '운율'이라 명할 수 있다. 즉, 이웃하는 두 프레임의 똑같은 소품이 다른 맥락 속에서 반복되고, 이로써 다양한 것을 연결하고 인접한 것을 구분하는 전형적인 운율 상황이 연출되는 것이다. 평범한 기법이 여러 다양한 영화에서 수없이 반복된다.* 빔 벤더스Wim Wenders의 〈파리, 텍사스 Paris, Texas〉(1984, 미국)에서 주인공 트레비스는 망원경으로 커다란 은행의 꼭대기 층을 바라보고, 카메라는 펄럭이는 성조기를 잡는다. 그때 잠자는 소년 — 주인공의 아들 — 의 어깨가 클로즈업되는데, 그의 재킷에는 성조기가 그려져 있다.

어떤 소품이 두 번 이상 반복되면 운율 계열이 발생한다. 그것은 포화된 의미의 강력한 전달 수단이 되는 동시에, 개별 프레임들을 단일하게 고정시킨다. 안나 아흐마토바Anna Axhmatova[러시아의 여성 시인]는 이런 말을 했다. "본질에 도달하기 위해서 시인은 시에서 끊임없이 반복되는 형상의 근원을 연구해야 한다. 그 속에 작가의 개성과 그 시의 영혼이 숨겨져 있다. 엄격한 푸슈킨주의를 경험한 우리는 푸슈킨의 시에서 '구름의 무리'를 수십 번 만날 수 있다."** 여기서 알 수 있는 것은, 시인의 민감한 귀에는 이 형상이 나타나지 않은 수많은 텍스트가 일련

---

* 예를 들면 시체를 발견한 여자의 비명은 살인자를 싣고 달려가는 기차의 경적으로 이어진다. 이러한 기법(이름하여 쇼크-몽타주shock-montage)은 1929년 히치콕이 고안한 것인데, 〈39계단The 39Steps〉(1935)에서 그 예를 볼 수 있다.

** 여기서 한 가지 실수가 발견되는데, 이는 아흐마토바의 생각에 대한 관심을 더욱 증대시킨다. 푸슈킨의 시에서 '구름의 무리'는 수십 번이 아닌 딱 세 번 나온다. 『날아가는 구름의 무리가 줄어든다』, 『북풍』, 『실패한 기사』에서다.

의 조직된 것으로 들렸다는 것이다. 여기서 기억의 실수가 나왔다. 아흐마토바는 시인의 의식 깊은 곳에 감춰진 개인적인 연상이 시인이 '무심코 말하는' 것과 같은 '끊임없이 반복되는 형상'의 형태로 나타나는 것을 말하고 있다. 그러나 청중의 관점에서 볼 때, 이러한 반복 자체는 다양한 종류의 재료들을 단일한 텍스트에 고정시키는 것이다.

두 화면의 원인-결과 관계는 영화문법에 있어 중요한 요소이다. 첫 번째 화면에서 문이 열리거나 총 쏘는 사람이 보이면, 두 번째 화면에는 누군가 열린 문으로 들어오거나 쓰러지는 사람을 보게 된다. 화면의 인과 관계가 어떤 형태로든 복잡하게 되었을 때, 그 기저에는 모두 '원인-결과' 관계의 간단한 모델을 갖고 있다. 존 포드의 〈역마차〉에 등장하는 두 카우보이의 결투(우리는 이미 이 장면에 대해 이야기했다)와 관련된 에피소드에서 원인과 결과가 몇 장면에 걸쳐 있는 것이 그 예이다. 적들의 느리고 불길한 접근(게다가 우리가 예상한 대로다. 주인공 링고 키드는 죽어야 한다. 그렇지만 우리의 영화 경험은 주인공은 죽지 않는다는 것을 예견한다)은 궁금증을 유발한다. 감독은 관객과 유희를 하면서 다음 장면을 쉽게 예상할 수 없게 만들지만, 무엇보다 분명한 것은 우리가 보는 것과 사건들 사이에 어떤 관계가 있다는 것이다. 궁금증은 여러 화면들을 단일한 구절로 접합한다. 에피소드는 사건이 응접실로 옮겨진 다음 화면에 의해 차단된다. 그곳의 사람들은 초조하게 결투의 결말을 기다린다. 총성이 울리고, 에피소드의 원인-결과 관계는 이제 응접실에 승자의 모습이 나타나리라는 것을 예견케 한다. 문이 활짝 열리고, 거리에서 들어오는 선명하게 밝은 불빛에 적의 모습이 나타난다. 자연히 관객은 링고 키드가 죽었다는 결론을 내린다. 그러나 그 승자는 가짜로서, 그는 기둥을 향해 두 걸음 움직이더니, 바닥에 쭉 뻗고 만다. 치명적인 상처를 입었던 것이다. 그 다음 진정한 승자 링고 키드가 문가에 나타난다.

이렇게 행위의 결과를 인접한 프레임에서 어느 정도 거리를 둔 프레임으로 이동시키는 것도 행위와 결과의 사이를 지연시킴과 동시에 의미소의 결합, 즉 영화서사 내부의 영화적 문장 형성을 가능케 한다. 이것은 '슬로모션'과 비슷한 것으로, 이에 대해서는 러시아의 비평가 슈클로프스키가 서사의 법칙과 더불어 서술한 바 있다.*

그러나 영화는 판단하는 것이 아니라 보는 것이다. 그것은 원인과 결과, 가정과 결론이 엄격하게 정리된 법칙에 따라 우리의 사고를 조직하는 논리가 영화에 있어서는 자신만의 고유한 논리를 가진 일상적 인식에 종종 자리를 양보하는 것과 관련되어 있다. 예를 들어 논리의 고전적인 실수 "post hoc, ergo propter hoc('그 사건 이후'라는 것은 '그 사건 때문'이라는 것을 의미한다)"는 영화에서 진실로 변화한다. 관객은 시간적 인과관계를 원인으로 감지한다. 이것은 작가가 논리적으로 연결되지 않는 것이나, 혹은 결합되지 않는 조각들을 불합리하게 연결할 때(예를 들어 부뉴엘이 했던 것처럼), 특히 두드러진다. 작가는 단순히 연결되지 않는 단편들을 합성할 뿐이지만, 관객에게는 논리가 파괴된 세계가 발생한다. 왜냐하면 관객은 자신이 보는 그림들의 연쇄고리가 시간뿐 아니라 논리적으로도 인과관계의 순으로 위치해야 한다는 것을 처음부터 전제로 하기 때문이다.

---

* 슈클로프스키의 『신문의 이론Teoriia prozy』(Moskva; Leningrad, 1925, pp.38-40)을 참조하라.

이러한 확신은 의미론적 추론에 근거하는 것으로, 관객은 다음과 같은 것을 본다는 데서 출발한다. 1) 관객에게 보여주는 것. 2) 일정한 목적을 갖고 보여주는 것. 3) 보이는 것이 의미가 있는 것. 따라서 관객은 자신이 보는 것을 이해하려면 먼저 이러한 연쇄고리의 의미를 이해해야 한다. 이러한 표상이 언어영역에서 고안된 관습, 즉 읽기와 듣기의 관습을 영화에 이식한 결과라는 것을 쉽게 알 수 있다. 말하자면 영화를 텍스트로 받아들이면서 우리는 본의 아니게 우리에게 보다 익숙한 언어 텍스트로 그 속성을 바꾸게 되는 것이다. 우리가 영화에서 달리는 기차를 볼 때, 우리는 그 그림이 일정한 논리적 고리로 이어져 있다고 생각하지 않는다. 만일 우리가 놀고 있는 어린아이들을 먼저 보고 난 뒤에 자동차가 충돌하는 장면이나 유쾌한 젊은이가 우리 눈앞에 나타난다면, 우리는 이 장면들을 원인-결과나 어떤 다른 논리적 혹은 예술적 의미로 연결하지 않을 것이다. 여기서 "이것이 인생이다"라는 유형의 텍스트를 인위적으로 창조할 생각이 아니라면 말이다. 마찬가지로 창밖을 내다보며 우리는 "이 산이 뭐지?"라고 자신에게 되묻지 않는다. 그렇지만 무엇보다도 영화에 관한 이야기를 할 때, 이 질문은 전적으로 적합한 것이다.

예를 들어보자. 샤브롤Claude Chabrol의 〈부정한 여인Le Femme Infidèle〉(1969, 프랑스)에서, 혐의는 있지만 아직 확실하지 않은 범죄자는 몇 번이나 두 명의 추적자를 만나게 된다. 첫 번째 프레임은 우선 범죄자가 관객에게 등을 돌리고 추적자 중 한 명이 범죄자와 관객에게 얼굴을 향하도록 구성되었다. 나머지 한 명의 얼굴은 감독의 무관심 때문인지 아니면 장면 배치의 '자연스러운' 구성 때문인지 스크린 가장자리에 정연하게 잘려진 모습으로 나타난다. 관객은 이를 부분적으로만 볼 수 있다. 그러나 이렇게 용의주도하게 '얼굴 없는 눈동자'로 범죄자를 설정한 것은 범죄가 발각되리라는 결론에 대한(실제 삶에서는 불합리한) 전제가 된다.

이렇게 인식하지 못하더라도 우리가 스크린에서 보는 영화는 본질적으로 해결되지 않은 심오한 모순을 내포하고 있다. 그것은 영화가 리얼리티에 대한 이야기인 동시에 리얼리티 자체라는 것이다. 이야기되고 보이는 리얼리티는 다양할 뿐 아니라, 서로 배타적 구조의 원칙에 종속된다. 보이는 리얼리티는 현재, 즉 '내가 보고 있는 순간'과 현실적인 양상만을 알 뿐이다. 그렇지만 사건에 대한 이야기 구성에는 지시적인 동시에 비현실적 경향을 지닌 시간을 표현하는 체계가 필수적이다. 말하는 이와 이야기의 관계는 언어의 메커니즘을 통해 자연스럽게 표현되는데, 무엇보다도 영화언어에서는 적당한 방법을 고안하기 위해 특별한 수고를 요한다.

그 결과 영화에서 서술의 필요성이 발생하자마자, 그것은 자연어 구조의 모방이라는 과제에 직면한다. 자연어의 문법은 규범에 따라 받아들여지고, 그 모범에 따라 영화언어 구조의 서술문법을 구성하도록 제기한다. 이것은 라틴어가 문법에서 대체로 유일하게 이상적 규범으로 간주되던 시기에, '야만적' 유럽어의 문법 창조 과정을 회상시킨다. 그 과제는 라틴어 구조에 끼워 맞출 수 있는 민족어 규범을 찾는 것으로 귀착되었다.

이러한 과정은 결과적으로 영화언어를 풍성하게 했고, 현 시점에서 실제 단어로 이야기될 수 있는 모든 것이 영화서술 언어로 전달될 수 있다는 결론에 이르렀다.

주인공을 다른 시대로 이동시키는 것을 고안하면서부터 문법적 시간은 확장되었다. 『폴타바Poltava』에서 푸슈킨은 감옥에 갇혀 처형을 기다리는 코추베이를 묘사하면서 서정적 시구를 창조했다.

> 그는 자신의 폴타바를 회상했다.
> 가족과 친구들의 일상,
> 지나간 날들의 부귀와 영광,
> 그리고 딸의 노랫소리와
> 노동과 편안한 잠을 알았던
> 자신이 태어난 집을……

이것이 준비된 시나리오이다. 감옥에 있는 코추베이의 묘사는 현재 벌어지는 일처럼 감지되지만, 영화에서 평범한 기법의 하나로 삽입되는 회상 장면(예를 들어, 주인공의 몽상적 자세와 예기치 않은 서정적 음악이 자연스럽게 이어지는 것 등)은 과거를 현재처럼 감지하게 한다. 꿈이 시간 전환의 역할을 할 수 있다(그 기법이 현저하게 복잡해지는 타르코프스키의 〈이반의 어린 시절〉과 비교해보자. 과거뿐 아니라 실현되지 않았지만 실현 가능한 미래가 꿈에 나타나고, 시제뿐 아니라 접속법도 변화한다. 이때 주인공 이반이 자신이 겪지 않은 일을 꿈꾸는 것은 명백히 불가능하므로, 꿈의 주체는 아마 관객이 될 것이다. 즉 자신의 생각 속에서 자신을 제한적인 미래로 옮긴 것이다).

이렇게 스크린에는 시제와 태aspect라는 동사적 범주가 혼합되어 나타난다. 스크린에서 벌어지는 일에 참여한 사람들이 실제로 현재라고 받아들이는 역사적 과거로 묘사할 때도 관객들은 현재로 받아들이도록 초대한다. 물론 영화 주인공에게 있어 현재는 관객에게 있어 제약적인 현재로 나타난다. 이때 '제약적'이란, 관객이 플롯, 배경, 의상으로 인해 영화의 시간과 자신이 실제 살고 있는 '현실' 시간을 전적으로 동일시하지 않고, 영화 상영시간 동안 관객이 이후 진행된 역사적 사실을 알지 못하는 주인공의 심리 상태를 함께 경험할 수 있는 것이다. 토마스 모어Thomas More(1477~1535, 영국의 정치가·인문주의자)의 삶을 그린 진네만Fred Zinnemann의 〈사계절의 사나이A man for all saesons〉(1966, 영국)를 예로 들어보자. 주인공이 처형당한 후 프레임 밖에서 들려오는 목소리가 헨리 8세와 그 밖에 모어를 박해하던 다른 사람들이 언제 어떻게 죽었는지 나열할 때, 그것은 마치 예언처럼 울려퍼진다. 여기서 흥미로운 것은 다음과 같다. 프레임 밖의 목소리는 문법적으로 과거시제로 나타나는데, 이는 20세기 관객을 대상으로 16세기 후반의 사건을 서술하기 때문이다. 그러나 그것은 미래처럼 감지되는데, 이는 영화의 사건과 관련된 일이 모두 그의 죽음 이후에 벌어지기 때문이다. 이렇게 과거시제 문법으로 이야기되는 예언은 영화의 시간을 감지하는 데 예외적인 특징을 지닌다.

　한편으로는 현재시제와 직설법, 다른 한편으로는 과거시제와 미래시제, 그리고 모든 형태의 가정법이 서로 상반되게 투쟁하는 것이 영화 문법과 언어문법의 세계가 서로 충돌하는 것임을 쉽게 알 수 있다. 영화의 기본 속성의 하나인 현실 속의 환상, 즉 관객의 마음속에 스크린에서 벌어지는 일이 진짜라는 감정을 끊임없이 불러일으키고, 사물의 표식이 아닌 진짜 사물이 눈앞에 있다고 믿게 하는 것이 이야기를 가능하게 하는 새로운 문법 창조의 요구와 투쟁하는 것이다. 그러나 문법은 언어를 조직하는 것이지 현실을 조직하는 것은 아니다.* 문법도 자신만의 문법이 있어, 그 관점에서 볼 때 동사의 희구법希求法**은 직설법만큼이나 현실적이다. 새롭게 고안된 영화서술 방법은 이러한 투쟁의 결과로서, 그 속에는 가시적이고 물적인 형상이 문법적 표식의 범주로 변형된 흔적이 나타나 있다. 영화를 문법적으로 서술함에 있어 제약적(조건부) 속성은 그것이 실제적 대상의 어떤 속성에 의거하는 것이 아니라 감독과 관객 사이의 비밀스런 약속에 근거한다는 데 있다. 관객은 영화의 어떤 대목이 비현실적 행동을 의미하는가를 알아야 한다.

그 예로 안델슨L. Andelson의 〈만일…If…〉(1968, 영국)을 들 수 있다. 이 영화의 테마는 학교에서 공부하는 청소년들의 내면세계이다. 여러 주인공들의 희망과 사고 등 실제 삶의 장면이 서로 구별되지 않고 번갈아 나타난다. 외형적으로는 유사하지만, 필름 조각의 양상이 다르다는 것을 구별할 줄 아는 관객이 필요하다. 예를 들어 소년들이 지붕에 앉아 일요일 모임을 위해 그림 같은 푸른 초원을 줄지어 걸어가는 부모들을 향해 기관총을 겨눌 때, 관객은 그 안에서 감독의 아이러니한 양식을 발견하고, 그 자신이 보는 것에 대해 의식적으로 '만일……'을 가정해야 한다는 것을 알아야 한다. 이때 구조적 문법의 제약적-조건적 속

---

* 현실구조에서 언어구조의 자율성은 예외 없이 그들의 상호작용을 암시하는데, 특히 우리는 현실에 대해 고안된 언어 구조를 통해 현실을 인식하는 것이다.
** 희구법은 "가정법의 의미가 미묘하게 표현된 실현 가능한(확실한) 희망의 문법적 의미이다." O. S. Axhmatova, *Slovar' Lingvisticheskixh Terminov*, Moskva, 1966, p.248.

성은, 주인공 소년을 마치 사냥의 표적처럼 쏘려는 어머니의 모습이 꿈 속에서처럼 나타나 외적으로 동기화되는 스탠리 크래머Stanly Kramer 의 〈여섯 소년들Bless The Beast and Children〉(1971, 미국)보다 날카롭 게 나타난다.

잠재력의 표현, 즉 "실현될 수 없는 가설을 표현하는 비현실적 방법 에 반대되는 실현 가능성을 표현하는 문법적 형태"*로 정의되는 '가정 법'을 표현하기 위해서(이때 영화서술의 관점에서는 이 두 서술 모두 실 현가능하지 않고 비현실적이라는 것을 얘기해야겠다) 이런저런 에피소 드의 연속적인 두 버전이 이용된다. 이때 이러한 구조의 형식적-언어 적 속성은 관객이 그것들을 시간적 연속체가 아닌 동시에 가능한 존재 로써 인지하는 것으로 나타난다(그렇게 인지되도록 배워야 한다!). 레 네와 로브그리예의 〈지난해 마리엥바드에서〉에서 우리는 이 두 버전 중 어느 것이 실제 사건을 표현하는지 알지 못한다. 랴자노프E. Riazanov 의 〈잊혀진 플루트의 멜로디Zabytaia Melodiia dlia Fleity〉(1987, 러시아) 에서 지시력과 잠재력의 관계는 서로 다르게 구축되었다. 여기서 우리 앞에는 극적으로 모순되는 두 가능성의 열쇠가 되는 모든 플롯적 에피 소드가 순차적으로 전개된다. 주인공의 성격은 문법적 범주를 할당하 는 열쇠가 된다. 우리는 주인공이 약한 사람이라는 것을 알게 된다. 그 가 하려는 일은 언제나 정반대로 나타난다. 착하지만 소심한 기질은 그에게 질서 있는 행동을 속삭이지만, 관료세계는 위선적이고 거짓된 세계이다. 따라서 주인공이 감동적이고 극적인 상황에 처해서 정직하

---

* Zh. Maruzo, *Slovar' Lingvisticheskixh Terminov*, Moskva, 1960, p.222.

고 용감하게 자신의 진가를 발휘할 때(예컨대 업무를 거부할 때, 사랑하는 여인에게 돌아갈 때, 가난하게 살 준비를 할 때 등과 관련된 에피소드들), "'……하는 것이 좋겠지만' 하고 그는 생각했다" 혹은 "그의 눈앞에 희망이 반짝였다" 등의 문구가 삽입되는 것이 적절하다는 것을 관객들은 알고 있다. 그렇지만 무의미하고 상투적인 관료의 말투로 이야기할 때, 우리 눈앞에는 현실적인 행동이 벌어진다.

한편, 단순하고 현실적인 접근과 형식적–문법적 접근의 갈등은 영화서술에 있어 전형적인 제3의 그 무엇을 창조할 수 있게 한다. 한편으로 우리는 영화 감상에 있어 단순하고 환상적인 심리학을 극복할 가능성을 부여받는데, 이는 아이러니와 같은 영화 텍스트에 대한 감독과 관객의 다양한 태도를 위한 문을 열어놓게 된다. 다른 한편으로 영화의 시각적–구체적 본질은 형식적 범주를 단지 형식적**으로만** 감상하지 못하도록 한다. 만일 우리가 "'당신들이 죽는다면……' 그는 자신의 아내와 장모를 생각했다"와 같은 유형의 문구를 상상한다면, 이렇게 투박한 사고와 표현의 효과는 총에 맞은 주인공의 어머니와 장모가 쓰러지거나, 혹은 그가 그들을 달여서 비누를 만드는 소름끼치는 에피소드가 눈앞에서 벌어지는 제레미P. Jeremy의 〈이탈리아식 이혼Divorzio all'Italiana〉(1961)과 똑같지 않을 것이다. 별로 눈에 띄지 않는 프리치M. Fritch의 코미디 〈왕중왕King of Kings〉(1963, 체코)에는 다음과 같은 에피소드가 있다. 테러리스트는 자기가 제거해야 하는 적에게 폭탄이 장착된 만년필을 선물한다. 그 사람은 아무 의심 없이 화려한 자동차를 타고 대로를 질주하다가, 고집 센 염소를 밧줄에 매어 끌고서 길을 건너는 시골노파를 추월하게 된다. 자동차에 놀란 염소는 튕겨나가 저편으로 던져진다.

"오, 네가 이렇게 되다니……" 분노에 가득 찬 노파가 중얼거린다. 이때 폭탄이 터지고, 자동차가 있던 자리에 폭탄의 흔적이 남아 있을 뿐이다. "이걸 바란 건 아닌데……" 노파가 중얼거린다. 여기서 우리 눈앞에는 말과 영화에 있어 비현실적 행동의 차이가 전개된다. 비현실성은 언어 텍스트보다 영화에서 더욱 현실적이다.

현실적 행동과 다양한 비현실적 양상을 분리시키기 위해 흑백과 컬러의 대비, 수동 카메라의 도움을 받는 촬영, 짧은 초점거리의 열린 카메라 등을 이용할 수 있다. 소련의 촬영기사 우루세프스키S. Urusevsky는 실제 행동과 잠재적 가능성 사이의 뉘앙스를 섬세하게 구별하는 거장이다. 그는 〈학이 날아간다Letjat Zhuravli〉(1957)에서 실제 벌어지지 않은 보리스의 결혼식을 인상적으로 연출했다. 비현실적인 장면은 내용적으로는 죽은 보리스에 궤를 맞추는 한편, 형식적으로는 가볍게 흐르는 듯한 묘사와 고속 촬영, 빠른 장면 이동으로 설명된다. 죽음 직전에 보이는 모습은 다른 리듬으로 주어진다.

서사의 다음 단계는 문장을 넘어서는 것이다. 여기서 수사학 법칙이 과제로 대두된다. 영화텍스트의 일정한 단편— 영화문장— 은 평행, 대비, 대조, 동일화의 상관구조로 나타나고, 그 결과 부가적 의미가 발생한다. 단편들의 상관관계는 통상 관객에게 반복을 수반하는 영화문장(어두중첩)이 시작된다는 신호가 된다. 예를 들어 베리만의 〈제7의 봉인The Seventh Seal〉(1957, 스웨덴)에서 반복되어 나타나는 '기사'와 '죽음'이 체스를 두는 장면(그림50)은 단편적 스토리들의 상호관계로 나누어짐을 의미한다.

갈등의 다음 단초는 플롯적 요소이자 서술의 한 단위로서의 주인공

그림50 〈제7의 봉인〉에서는 중세의 기사가 '죽음'과 장기 두는 장면이 반복되어 나타난다.

과 우리가 스크린에서 보는 실제 배우 얼굴의 상관관계이다. 일반적인 인식에 있어 그들을 분리시키는 것이 인위적으로 생각될 만큼 이 두 개념은 긴밀하게 연관되어 있다. 한편 실제로 이것은 서로 모순되는 두 힘이다. 배우의 얼굴은 실제 세계에 속해 있다. 그것은 자신의 이름과 성을 갖고 있으며, 영화 밖에서 삶을 영위하는 관객에게 잘 알려진 인간의 얼굴이다. 관객은 다른 영화에서 이 얼굴을 보는 것에 익숙하다. 관객들은 이 배우가 연기한 여러 역할들을 어떤 독립적 존재를 소유한 제약적 의미의 개인과 연관시킨다. 이런 현상이 특히 두드러지는 것이 '스타'의 운명이다. 한편 서술적이 되기 위해서 단편적인 텍스트는, 영화문장이 구문론의 법칙에 따르듯이(영화문장에 있어 화면의 조합), 구성법칙을 따라야 한다. 만일 영화문장에 화면들의 반복성과 대조성의 법칙이 작용한다면, 영화서술은 관객들이 알 수 있는 전형적 스토리의 충돌 속에 인물들이 반복적으로 삽입된다.

마음속으로 실험을 해보자. 영화가 상영되는 동안 그 부분 부분에 다른 작품의 골격을 끼워 넣어보자. 보통 관객들은 이것을 즉시 알아차린다. 왜냐하면 스크린에서 플롯의 논리가 파괴되고, 여태까지 연기하던 등장인물들이 어떤 다른 설명도 없이 다른 사람으로 대체되기 때문이다. 한편 우리는 다음과 같은 두 상황을 상상할 수 있다. 같은 배우들이 다른 스토리를 연기하는 한 장면이 삽입되는 것과 다른 배우들이 같은 배역을 연기하는 한 장면이 삽입되는 것이다. 물론 이런 모든 경우 서술의 메커니즘은 우리 눈앞에 다양한 형태로 파괴될 것이다. 첫 번째 경우에는 영화언어의 시각적－물적 요소가 보존되고, 언어 서술의 경험이 영화에 이식된 서사의 구조적 부분이 파괴될 것이다. 두 번째 경우에는 언어적－플롯적 부분이 보존되고, 그 영화를 구두로 전달하는 것에 어려움이 없을 것이다. 그렇지만 그것을 보는 일은 쉽지 않을 것이다. 이러한 두 플롯 층의 불일치가 예술적 인식의 원칙으로 전환된 예를 살펴보자.

루이스 부뉴엘의 〈욕망의 모호한 대상〉에서 주인공은 자신이 사랑하는 여인 콘치타를 사로잡고 싶어 한다. 그런데 콘치타 역은 외모상 분명히 차이가 있는 두 여배우가 의식적으로 서로 다른 두 유형을 연기한다. 그리고 이 여배우들이 창출해내는 성격이 다르다. 첫 번째 경우에는 여자의 순결에 대한 주인공의 과장된 기대가 깨지고, 두 번째 경우에는 그만큼 과장된 여자의 타락에 대한 기대가 산산조각난다. 주인공은 갈수록 방향감각을 잃게 되는데, 관객도 마찬가지다. 그렇지만 관객은 일정 시간이 지나면 방향감각을 찾게 되고, 외견상 차이를 쉽게 무시할 수 있게 된다. 예를 들면 콘치타(한 여배우)가 문으로 들어올 때는 하얀 손가방을 들었는데, 그녀(다른 여배우)가 나갈 때는 검은 손가방을 들고 나가는 에피소드가 그것이다. 우리는 '다른 외모, 다른 인물'이라는 익숙한 도식을 버리고 '다른 외모, 같은 인물'이라는 게임의 규칙을 받아들인다. 어떻게 우리는 다른 두 여자를 한 인물로 동일시하게 되는가? 문제는 물론 그들이 같은 이름을 가졌다는 데 있는 것만은 아니다. 중요한 것은 다른 등장인물들, 공간, 주위 세계에 대해 그들이 같은 관계에 위치하고 있다는 것이다. 플롯에 있어 그들은 똑같은 위치를 점유하고 있으며, 플롯 전개에 있어 그들은 서로 서로 계속된다. 이렇게 서술의 '문학적' 층 — 일정한 의미에서 시나리오에 상응하는, 말로 전개되는 — 과 관객이 상상할 수는 있지만 말로 전달할 수는 없는 순전히 영화적인 층 두 개가 복잡하게 하나로 결합되어 영화 플롯의 기저에 놓여 있다.

이렇게 우리 앞에는 영화에 있어 서로 다른 가치를 지닌 두 서술의 가능성이 있다. 영화에 있어 모든 스토리와 모든 이야기는 두 가지 방법으로 전달할 수 있다. 그것은 단절적 묘사와 자신의 내부를 변화시키지 않는 연속적 묘사이다. '단절적' 서술의 단적인 예는 부동의 사진으로 구성된 필름이고, 연속적 서술의 단적인 예는 하나의 시퀀스로 구성된 필름이다. 히치콕의 〈올가미Rope〉(1948)의 화면은 그런 연속적 시퀀스의 기념비적 예이다. 이러한 두 층들 사이에는 커다란 양식적 범주의 가능성이 있다. 감독은 선택하고, 영화양식의 강한 전통에 자유롭게 참여한다. 이 각각의 전통 뒤에는 세계의 일정한 환영이 있고, 그들 각각은 영화적 사고에 대한 고유한 형태를 나타낸다.

영화의 메타포

단어가 자신의 고유한 의미가 아닌 전이된 의미로 사용될 때, 그러한 말의 형상을 메타포라 한다. 사람에 대해 '양'이라고 말하거나 어떤 개체를 '살아 있는 뱀'이라고 말하는 것을 들을 때, 우리는 그 동물들의 어떤 성격이 근접하는 기반이 되었다는 것을 이해한다. 영화, 특히 무성영화 시대의 영화는 기꺼이(자주는 아니더라도) 메타포적 묘사에 의거했다. 메타포적 전이라는 아주 단순한 방법은 문학 언어에서 직접 차용되었다. 1920년대 이탈리아의 가벼운 애정영화 〈뱀Snake〉(그림51)에서 당대의 유명한 스타 프란체스카 베르티니Francesca Bertini가 눈앞의 희생물을 유혹하는 장면은 모르모트를 물고 있는 뱀의 묘사와 번갈아 교차된다. 1920년대 사람들은 도시의 군중들을 양의 무리와 즐겨 비교했다.

영화적 사고에 있어 그러한 메타포는 전적으로 몽타주 양식에 속하는 것이다. 자신의 영화가 일정한 묘사들의 연속체라고 생각하는 감독만이 양식의 단일성을 파괴하지 않고 스토리에서 탈피하여, 실제로 전혀 존재하지 않는 뱀이나 양을 우리에게 보여줄 수 있다.

그렇지만 이것이 '연속적' 영화양식의 세계, 말하자면 플롯의 틀을 존중하고 리얼리티를 플롯에 끌어들이는 영화에 있어서 메타포가 불가능하다는 것을 의미하지는 않는다. 여기서 메타포적 전이는 다른 방법

그림51 로베르티R. Roberti 감독의 〈뱀〉에서 연기하는 프란체스카 베르티니

을 획득한다. 이때 제일 중요한 것은 **조형 메타포**이다.

특히 메타포의 양면적 성격에서 조형적인 유사성 ─ 어디서 어디로 의미가 전이되는가 ─ 은 영화에 항상 존재했다. 교활한 미녀 프란체스카 베르티니는 비늘 원피스를 입은 몇몇 장면으로 이동한다.

보다 복잡한 다른 예를 들어보자. 영화의 고전인 몽타주 양식의 대가 에이젠슈테인은 자신의 첫 번째 영화 〈파업〉에서 다양한 메타포적 전이를 구성했는데, 그중에는 플롯 외의 것도 있다. 등장인물들은 부엉이나 불독, 원숭이에 비교된다. 시위하는 노동자들의 살육 장면은 도살장 화면과 몽타주된다. 그렇지만 이 영화의 메타포들은 덜 파격적이나 더 예민하게 감지되도록 구성되었다. 그것은 동맹파업자들의 비밀집회 화면에서 경찰에 연행되는 화면으로 이행될 때이다. 이때 어느 순간에 메타포가 발생하는가? 경찰은 주동자의 체포 명령서에 서명하기 위해 펜으로 손을 뻗는다. 모반자 무리에서 경찰관 장면으로 이행하는 것은 급작스럽지 않게 서서히 바뀐다. 그러한 기술은 이전 화면을 금방 몰아내지 않고, 점점 새로운 장면에 밀려 '사라질' 때를 기다린다. 그렇게 화면이 자연스럽게 이어지는 순간 메타포적 사고가 생겨난다. 충분히 확대해서 찍은 경찰의 손은 마치 타협 중인 노동자를 한 줌에 그러모으는 듯하다.

그렇지만 조형 메타포가 화면의 접합에 의해서만 발생하는 것은 아니다. 묘사적 요소, 혹은 갑자기 우리를 다른 리얼리티의 층으로 보내는 총체적인 묘사가 때로 메타포의 힘을 발휘한다. 그러한 복잡한 조형 메타포는 므누슈킨Mnouchkine의 〈몰리에르Moliere〉(1978, 프랑스)에서 볼 수 있다. 영화는 18세기 유랑극단 몰리에르 일행에 대해 이야기하고 있다. 당시 유랑극단은 '바퀴 위에서' 직접 연극을 공연했다. 무대는 바로 마차 위에 설치되었다. 그리고 거대한 평원 한가운데, 일단의 농부들 앞에서 배우들은 고전적 비극을 상연했다. 갑작스런 돌풍이 훌륭한 무대 장치에 몰아치면, 무대와 함께 배우들도 그 자리에서 흔들리기 시작했다. 바람은 잠잠해지지 않고, 무대는 점점 더 흔들렸다. 그러나 유랑 집단의 규범에 충실한 배우들은 계속해서 대사를 낭독했다. 처음에는 무대 앞을 떠나려던 관객들도 남아 있게 되었다. 이후 우리 눈앞에는 믿기 어려울 정도로 아름다운 광경이 펼쳐진다. 파도를 연상시키는 양떼 속에서 빨간 돛대를 단 기선의 무대가 항해하고, 그 무대에서는 라신의 고전적인 시구를 낭송하는 목소리가 들려온다.

다른 예로 고아원의 생활을 그린 영화 〈초등학생들을 위한 놀이 Igry dlia Detei Shkol'nogo Vozrasta〉(1986, 에스토니아)를 살펴보자. 도주를 계획한 일곱 살 여자아이 케르타는 나이든 보모로부터 신분증을 훔친다. 하지만 발각되어 가혹한 징벌에 처해진다. 옷을 벗기운 채, 어린 소녀는 세탁기 속에 집어넣어진다. 세탁기 안에서 벌거벗은 어린이의 몸통이 빙글빙글 돌아가는 것이 유리를 통해 보인다. 이 잔혹한 장면은 조형 메타포의 힘으로 얻어졌다. 어린 소녀의 몸은 어머니 뱃속에 있는 태아의 상황을 연상시키는 자세로 돌아갔다. 영화는 부모 없는 어린이에 관해 서술한다. 케르타를 자신의 금속 자궁에 받아들인 세탁기는 우리 눈에 어머니의 역학적 대용품으로 비친다. 실제로 고아원 전체가 대용품이 된다. 기계 속에서 회전하는 어린 소녀의 형상은 영화 전체의 테마를 흡수한다. 그것은 모성의 테마, 더 정확히 말해, 모성을 상실한 현대 사회의 테마이다.

화면 속의 묘사

묘사의 묘사는 때로 메타포와 비슷한 역할을 한다. 우리는 종종 배우에게 주의를 기울이면서도, 그 주변 장식을 행위에 있어 필수적인 것이 아닌 제약적인 것으로 간주하여 덜 살펴보는 경우가 있다. 그렇지만 영화에 있어 장식은 우연이 아님을 상기하는 것이 좋겠다. 감독, 음악가와 미술가는 프레임의 모든 세부적인 부분을 심사숙고하여 결정한다. 따라서 영화를 완전히 이해하려면 벽에 걸린 그림 하나도 소홀하게 여겨서는 안 된다. 실제로 그림이나 삽화 장식은 때로 그 장면에 대한 독특한 경구가 된다(그림52를 보라).

우리가 앞서 살펴보았던 〈까마귀 기르기〉를 예로 들어보자. 이야기는 부잣집에 사는 고아 소녀에 대한 것이다. 소녀는 부모의 사랑만 빼고는 모든 것을 다 갖고 있다. 한 장면에서 감독 사우라는 몇몇 행동을 조합하여 모성의 테마를 이끌었다. 소녀는 인형을 보자기에 싸서 가슴에 안고 짐짓 엄격하게 말한다. "물어뜯지 마." 이 장면과 평행하게 소녀가 뚱뚱한 하녀 로사와 어떻게 아이를 낳는지 알아내려고 이야기하는 장면이 대두된다. 이 장면의 배경으로 벽이 이용되는데, 벽에 걸린 달력에는 아기에게 젖을 먹이는 마돈나의 그림이 들어 있다. 여기서 화면의 묘사는 그 내용의 반복에 불과하다. 이것은 가장 단순한 예이다. 그렇지만 화면의 묘사가 그 화면 자체나 영화의 예술적 목표와 보다 복잡한 관계로 나타나는 경우가 빈번하다.

빔 벤더스의 〈파리, 텍사스〉에서 우리는 일하는 주인공을 만나게 된다. 그는 주문 받은 그림을 그리는 화가로서, 수십 미터 거대한 광고

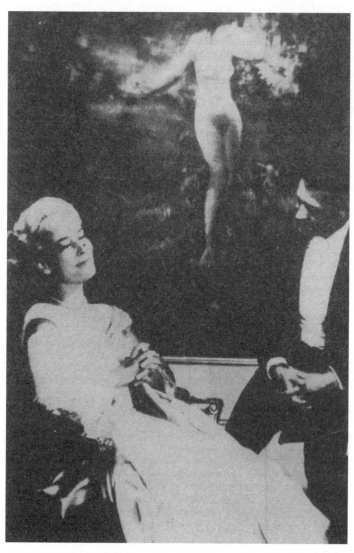

그림52 드레이어 감독의 〈게르투르트Gertrud〉(1964)의 화면 속 그림. 이 장면에서는 회화 텍스트가 기저 텍스트로 차용된다.

화면 속에 미국의 정경을 묘사한다. 이것은 단순한 행동의 배경이 아니다. 조화롭고 이상적인 그림은 미국에 표준적 형상을 부여하는데, 그 형상은 영화가 진행되는 동안 한편으로는 텍사스 사막의 모습, 다른 한편으로는 초현대적 도시의 '인공 풍경'과 의미론적 상호관계를 연출한다.

펠리니의 〈인터뷰Interview〉(1987)에는 유명한 에피소드가 있다. 이 영화에도 역시 하늘과 구름을 그린 수십 미터 높이의 그림이 있다. 이것은 나무랄 데 없이 만들어진 무대 배경으로, 이후 이탈리아 치네치타Cinecitta 영화제작소의 일반적인 영화 장면을 연출하게 된다. 배경은 화면 전체를 장악하고, 처음 우리는 그것을 진짜 하늘로 생각한다. 얼마 지나서야 우리는 천장에 매달려 막 하늘 색칠 작업을 마친 화가들은 보게 된다. 이와 함께 두 명의 화가는 작은 목소리로 욕을 하지만, 텅 빈 작업실에서 그들의 목소리는 이상한 메아리가 된다. 우리는 펠리니적 메타포의 특성을 알게 된다. 인공의 영화 세계에서 천사가 하늘에서 흔들거리고 있는 것이다. 이것은 또한 헬리콥터가 거대한 대리석 천사가 있는 도시 위를 날고 있는 〈달콤한 인생La Dolce Vita〉(1959)의 유명한 펠리니 형상이 변주된 것이다. 한편에는 인공 하늘을 배경으로 살아 있는 '천사'가 있고, 다른 한편에는 진짜 하늘에 인조 천사가 있는 것이다. 〈인터뷰〉는 예술의 인공성에 관한 잔혹한 영화이고, 그것은 〈달콤한 인생〉 이전까지 펠리니 영화의 특성인 수줍은 서정을 역으로 전도시킨 것이다. 예술은 대용품 없이는 절대 성립할 수 없으며, 따라서 주요 장면은 분장과 화장, 전차를 세로로 가르며 헤쳐 나가는 판자 코끼리, 능숙하게 그려진 하늘 등, 기존의 시각에는 이상하게 보이는 장식에 할당된다고 이 영화는 말한다.

카메라 이동

영화언어 부분에서 말했듯이, 영화가 언어를 획득하기 위한 필수 조건은 시점의 가동성可動性이다. 그런데 카메라의 가동성이 촬영 대상에 중요한 자리를 점하는 것이 카메라의 능력이라면, 그것이 어떤 방식으로 행해지는가는 양식의 문제이다. 만일 감독이 단절적이고 도약적 서술의 신봉자로 클라이맥스적 구성의 법칙에 따라 영화를 구성한다면, 그의 카메라는 이곳에서 저곳으로 자유롭게 뛰어다니며, 그 사이에 일어나는 일은 그다지 염려하지 않을 것이다. 그러나 우리도 알다시피, '클라이맥스적 구성'은 도약이나 누락보다 순서와 연속을 선호하는 영화의 서술양식에 대립된다. 카메라의 움직임에 대해서 이야기할 때, 우리는 우선 자연스런 이동 형식을 받아들이는 시점의 가동성을 염두에 둔다.

그러나 우리가 자연적 이동과 도약적 이동을 대립할 때, 자연적 이동이 알아차리지 못하게 일어났다면 도약적 이동은 관객의 주의를 끌게 된다는 것을 생각할 필요가 없게 된다. 예술에 있어 알아차리지 못한다는 것은 익숙한 것이 기능하는 것이다. 만일 어떤 특별한 것도 없다면, 시점의 도약적 변화는 등장인물의 얼굴에서 그가 보는 대상을 향해 '시선을 옮기는' 카메라의 움직임을 알아차리지 못하는 것처럼, 관객이 알아차리지 못하는 사이에 일어날 것이다. 그러나 만일 감독이 시점의 변화로 의미론적 대비를 강조하도록 구상한다면, '자연적' 이동, 말하자면 카메라를 움직이는 방법으로 이동하는 것은 아마 가장 효과적인 방법이 될 것이다. 레르비에에L'Herbier의 〈돈L'Argent〉(1927, 프랑스)에서 카메라는 주가의 오르내림을 묘사하면서 거래소 위로 날아오르기도 하고, 단호하게 내려앉기도 한다. '기묘한' 카메라의 움직임에 관한 다른 예들은 '객관적 시점과 주관적 시점' 장에 나와 있다.

일반적으로 카메라 이동은 '사실주의' 양식에 적합하다고 알려져 있다. 그 이유는 눈동자의 움직임, 주의 집중 등 우리 유기체 조직의 몇 몇 운동적-심리적 기능에 상응하기 때문이다. 그것은 맞기도 하고 틀리기도 하다. 영화언어는 실제로 아주 단순한 형식으로 우리의 심리 과정을 모델화하지만, 우리는 도약적 이동의 몽타주 언어보다 카메라 이동이 그것들을 더욱 잘 모델화한다고 말할 수는 없다. 이 모델, 저 모델 모두 너무 독단적인 것이다. 다른 문제는 눈동자의 이동이 예술적 묘사의 대상이 **될 수 있는가**, 그리고 된다면 이를 위해 카메라 이동이 요구되는가에 대한 것이다. 마물리언Rouben Mamoulian은 〈크리스티나 여왕 Queen Christina〉(1934, 미국)의 애정 신 중간에 갑자기 할리우드의 법칙인 '이탈'을 끼워 넣었다. 카메라는 여인의 얼굴에서 벗어나 호텔 방 번호가 붙어 있는 벽을 배회하며 각각의 소품에 멈춰 서기 시작했다. 다음 대화에서 우리는 그에 대한 설명을 들을 수 있다.

남자 뭐하는 거지요?

여자 우리가 행복했던 이 방을 기억하려 해요.

우리가 카메라 이동을 시선의 이동으로 감지하는 것은 이렇게 예술적 맥락에서 이용될 때뿐이다.

무엇보다도, 몇 번이나 말했듯이, 영화언어의 요소는 의미론적 입

그림53 오손 웰스의 〈시민 케인〉. 외부와 단절된 성은 롱숏으로 촬영되었다.

장에서 끝까지 중립적일 수 없다. 우리는 3차원의 세계에 살고 있다. 모든 영화에 있어, 우리의 인식 속에서 상부 이동은 하부 이동보다 복합적 표상과 더욱 밀접하게 연관된다. 카메라의 접근과 멀어짐, 오른쪽 파노라마와 왼쪽 파노라마 등에 대해서도 똑같이 말할 수 있다. 모든 카메라 이동은 우리 주변 세계의 깊은 표상과 어떤 식으로든 관련되어 있다.

카메라 이동은 충분히 복잡할 수 있지만, 3차원 공간에서는 그것을 쉽게 기본적인 세 요소로 나눌 수 있다. 좌우, 앞뒤, 위아래가 그것이다. 그런 각각의 이동은 충분히 영화언어의 중립적이고 보조적인 요소가 될 수 있다(실제로 대부분의 경우가 그러하다). 예를 들어 등장인물의 이동을 수반하는 카메라 이동은 중립적일 것이다. 그렇지만 감독과 촬영기사는 공간 언어에 반응하기 위해 카메라 이동을 그렇게 구성할 수도

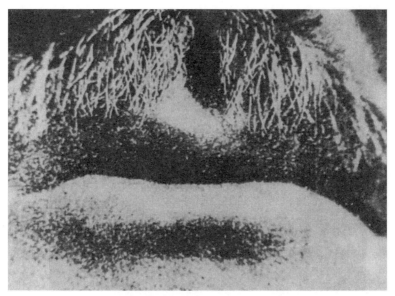
그림54 극도로 클로즈업된 케인의 입술. 수수께끼 같은 말을 하는 케인의 입술은 언제나 닫혀 있다.

있을 것이다.

　앞서 우리는 카메라가 접근하는 것으로 시작해서 멀어지는 것으로 끝나는 비더의 〈군중〉을 자세히 검토했다. 지금까지 다가감과 멀어짐은 영화의 시작과 끝에 수반되는 충분히 전통적인 형식의 양식이었다. 문제는 우리의 인식 속에서 다가감은 공간의 외부에서 내부로의 진입, 멀어짐은 내부에서 외부로의 이동과 관련되어 있다는 것이다. 모두들 영화의 훌륭한 클리셰들을 잘 알고 있다. 인물이 생각에 잠긴다, 클로즈업…… 그리고 우리는 벌써 주인공의 내면세계로 침투하여 그와 함께 과거를 회상하고 있다.

　인식할 수 없는 인간의 내면세계를 주요 테마로 하는 웰스의 〈시민 케인〉은 '외부인 출입금지'라는 푯말과 함께 시작된다. 그 뒤로 어둠 속

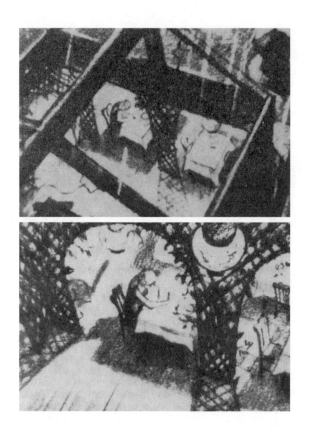

에 성이 보인다(그림53). 카메라 접근, 우리는 일련의 장애물을 넘어, 케인의 방에 있게 된다. 그렇지만 바로 그때, 그는 수수께끼 같은 말을 중얼거리며 죽어간다(그림54). 그 이후 영화는 그 사람이 누군지를 알고 마지막 말이 무엇을 뜻하는지에 대해 그와 가까웠던 사람들을 통해 알아내려는 시도이다. 집의 유리 지붕을 통한 접근, 그리고 우리는 그의 옛 아내에게 와 있지만, 그녀는 우리에게 케인이라는 인물에 대한 어떤 열쇠도 주지 못한다(그림55-58). 그렇게 카메라는 접근 행위를 반복하면서도 그 인물의 내면으로 가는 길을 제시하지 않는다. 고인의 장난감 속

그림55-58

〈시민 케인〉의 카메라 접근

유리로 된 지붕을 통과한 카
메라는 케인의 전 부인이 소
유한 카페 안으로 점점 다가
간다…… 그렇지만 여기서
수수께끼 해결을 위한 어떤
단서도 찾아볼 수 없다.

에서 수수께끼 같은 말을 폭로하며, 마지막으로 우리가 그에게 접근하
게 될 때도 그러하다. 그러나 그 말은 우리에게 거의 설명되지 않는다.*

　측면이동. 이런 동작의 특성은 그로 인해 화면 내부 공간이 복구된
다는 데 있다. 화면 밖에 있던 것이 화면에 나타나고, 이미 익숙한 공간

---

* 존 카펜터John Karpenter의 〈스타맨Starman〉(1985, 미국)에서 사용된 카메라 접근도 흥미롭다.
이 공상과학영화(카메라 접근 외에 주목할 사항은 거의 없다)에서 외계인은 인간이 되기 위
해 유전자 코드 구조를 통과해야 한다. 다음 화면은 머리카락에 대한 접근인데, 그것은 통나
무만큼 커진다. 결국 '접근' 은 스크린에 유전자 코드의 공간적 모델이 성장하지 않는 동안 머
리카락의 세포 수준까지 지속된다.

은 프레임 밖으로 사라진다. 공간을 프레임 밖으로 축출하고 보이던 것을 보이지 않게 함으로써, 카메라의 측면이동은 인물들을 침묵하게 하고 사건을 은닉하는 데 적당한 방법이 된다. 1910년 곤차로프와 시베르센V. Siversen이 네크라소프Nekrasov의 서사시 『행상인Korobeiniki』을 영화화하면서 성교를 스크린에 표현해야 했을 때, 그들은 네크라소프의 시와 등가를 이루는 영화식 비유를 찾았다.

> 깊은 밤만이 알고 있다.
> 그들이 어떻게 화합했는지……
> 몸을 쫙 펴라, 너 키 큰 호밀아,
> 신성한 비밀을 간직하라!

해법은 간단했다. 촬영기사 시베르센은 결정적인 순간 카메라를 측면으로 끌고 갔다. 스크린에서 연인들의 자리는 호밀밭이 차지했다. 그 이후 유사한 상황에서 감독들은 종종 카메라의 측면이동을 이용했다.

카메라를 측면으로 이동하는 또 다른 예를 들어보자. 뉴욕 갱 집단의 싸움 이야기인 하워드 혹스Howard Hawks의 〈스카페이스Scarface〉(1932, 미국)에서 우리는 영화적으로 표현된 환유를 만나게 된다. 영화에 있어 환유는 은유와 같이 비교 대상이 같은 공간에 위치할 경우에만 가능하다. 이렇게 개념의 전이는 유사성에 의해서뿐 아니라, 인접성에 의해서도 구현된다. 갱의 우두머리가 볼링장에 숨어든다. 그의 소재를 알아낸 적들은 복수를 하기 위해 볼링장으로 향한다. 우리는 그들이 볼링장에 들어가고, 숨어 있던 자가 달아나면서 볼링장의 레인에 공을 굴리는 것을 보는 동시에 기관총 소리를 듣는다. 감독은 이후 어떻게 할 것인가? 우리는 단지 볼링공을 굴린 사람이 경련을 일으키는 것을 알아차릴 뿐이다. 카메라는 측면이동으로 공을 뒤쫓는다. 볼링공은 레인을 따라 달려간다. 마침내 공은 소리를 내며 핀을 쓰러뜨린다. 우리는 결국 공을 던진 자가 기관총에 쓰러졌음을 알게 된다.

모든 카메라 이동 중에서 가장 강렬한 것은 카메라의 수직이동이다. 인간은 수직적이고, '하늘-땅'도 수직의 양 극단에 있다. 우리를 둘러싼 3차원 공간에서 수직은 가장 종교적이다. 신도의 눈동자를 수직으로 들어올리는 중세 교회 건축물이나 설교자의 몸짓을 떠올려보자.

그렇다면 과연 카메라의 상부이동은 항상 존재의 긍정적인 면을, 하부이동은 항상 부정적인 면에 접근하는 것을 의미하는가? 그렇다고 확신할 수는 없다. 웰스의 〈시민 케인〉에서 카메라의 접근을 기억하자. 접근은 관객에게 묘사되는 세계의 내부 공간을 통찰하게 하고, 감독은 관객에게 주인공의 사고와 감정의 세계를 열어 보일 수 있게 된다. 그러나 이와 동시에 모든 예술적 구성의 논리는 관객으로 하여금 그러한 통찰이 불가능하다는 것을 확신하게 한다. 웰스는 접근의 기법을 이용하지만, 동시에 그러한 기법이 실행되었는가에 대한 의심을 갖게 한다. 〈시민 케인〉에는 유사한 구상의 다른 에피소드가 있다. 재능 없는 오페라 가수인 케인의 아내가 스크린에 나타난다. 아리아가 시작되지만, 관객들은 아무 기대도 하지 않는다. 그 사이 카메라는 높은 아리아음처럼 위로 날아오른다. 관객은 이러한 카메라 움직임에서 노래하는 목소리를 옹호하거나 칭찬하는 것을 추측한다. 카메라는 보이지 않는 목소리를 따라 극장의 둥그런 천장으로 올라간다. 그러나 이러한 카메라의 수직 상승은 무대 기둥 끝까지 도달하고, 아래를 내려다보는 두 노동자에게 멈춘다. 그들 중 한 사람이 다른 사람에게 돌아서서 풍부한 표정으로 코를 틀어막는 것이다. 여기서 웰스는 상부이동의 경향적 기법과 화면의 궁극적 의미를 다시 예리하게 대비시켰다.

무라토바의 〈운명의 변천〉에 나오는 수직 파노라마에 대해서도 똑같이 말할 수 있다. 우리는 아내의 배신을 알게 된 남편의 운명을 어떻게 전달받는가? 무라토바는 장난하는 털북숭이 고양이들을 보여준다. 이 화면은 판화 엽서를 연상시킨다. 한 고양이가 뒷발로 서서 늘어진 끈으로 장난을 한다. 카메라가 위로 올라간다. 그 끈은 검은 구두에서 늘어진 것이고, 구두의 주인은 목을 맨 남자임이 밝혀진다. 〈운명의 변천〉은 전통적인 멜로드라마의 요소를 포함하고 있다. 무라토바는 멜로드라마적 긴장을 규정하는 감정의 양극단을 빠르게 넘나들며, 하나의 수직 파노라마의 복잡한 예술적 구조 속에 이 장르의 정수를 보여주었다. 털북숭이 고양이들의 장난은 삶의 온기가 응축되어 구현된 것으로써, 사랑으로 인한 죽음을 의미하는 것이다. 이러한 모순은 불길함을 전혀 예시하지 않는 카메라의 수직 이동에 의해 더욱 첨예해진다.

조명

영화양식의 또 다른 변수는 조명이다. 특히 몇몇 감독에게 있어 조명은 변수의 하나 이상으로써, 양식의 중요한 요소이다. 슈테른베르크의 작품은 조명의 예술로 유명한데, 그는 자신에게 있어 배우란 화가의 캔버스에 필요한 얼룩 정도라고 주장했다. "빛의 모든 층은 점을 갖고 있는데, 그 점 속에서 이미 자신을 잃어버린다. 빛은 자신의 사명을 완수하기 위해 점을 붙잡아야 한다. 빛은 무無로 존재할 수 없다. 빛은 똑바로 떨어질 수도 있고, 통과하기도 하고 되돌아올 수도 있다 반사하거나 굴절할 수도 있고, 모여지거나 흩어질 수도 있고, 비누거품처럼 굴절될 수도 있고, 불꽃을 낼 수도, 암초에 걸릴 수도 있다. 빛은 어둠 속에서는 보이지 않고, 빛은 빛의 중심에서 시작된다. 이 중심에서 어둠으로 향하는 광선의 행로가 바로 빛과 어둠의 갈등과 드라마인 것이다." 프랑스의 누보로망[전통적인 소설의 형식·관습을 부정하고 새로운 수법을 시도한 소설. 특별한 줄거리나 인물, 사상의 통일성이 없으며 시점이 자유롭다] 작가 클로드 올레는, 슈테른베르크에게 있어 진정한 실체는 빛이고, 화면에 나타나는 사람과 사물들은 그 실체화를 위한, 즉 광선을 '포착'하기 위한 동기에 지나지 않는다고 했다.

조명의 이용은 예술적 선택의 영역을 엄청나게 확대시켰다. 영화 속의 가장 '자연스러운' 조명조차도 조명기구를 이용한 모방이 가능한 것이다. 조명 없이는 대낮에도 실물사진을 찍을 수 없다. 밤 장면을 촬영하는 데는 특히 강력한 조명이 이용된다. 밤에 벌어지는 장면은 찍지 않는다. 즉, 어둠 속에서의 촬영은 기술적으로 불가능한 것이다. 반대로 특별히 강력한 빛이 일정한 방향으로 흐르는 것은 무성한 검은 그림자를 만들어낸다. 이로써 '밤' 장면에 특징적인, 강한 조명과 얼룩진 어둠 속의 대비 효과를 얻을 수 있는 것이다. 그러나 강렬한 조명의 대비는 ― 독일의 표현주의[제1차 세계대전 이후, 인간의 내면 세계를 비사실적·비자연적으로 표현하려는 독일의 전위적 성향의 영화]는 이를 눈부시게 활용했다 ─ 공포, 불안, 알 수 없는 위험의 침입과 관련된 심리 상태를 동시에 나타낸다. 마치 자연적인 것에 근거한 듯한, 강렬하게 흔들리는, 인공성을 강조하는(횃불, 모닥불, 화재, 자동차의 헤드라이트) '비일상적' 빛의 안티테제는 화면의 배경이나 분위기를 선택할 수 있는 가능성을 창출한다.

1930년대 미국 갱 영화에서 사건이 대부분 밤거리에서 일어난다는 것은 그 주인공들의 어두운 생활의 일면을 설명해주는데, 왜 항상 그 화면에 나오는 거리는 방금 전 내린 비로 젖어 있는지, 양식의 문제를 벗어나서 설명할 수 있다. 자동차의 헤드라이트 불빛이 반사되는 젖은 아스팔트는 충분한 조명효과를 창출하는 것이다. 혹은 '밝은 조명-안개'가 대비되는 다른 예가 있다. 구로사와의 〈거미의 성Throne of Blood〉(1957)에서 길 잃은 기사 ─ 맥베드 ─ 가 안개 낀 평원을 질주하는 것이나 존 포드의 〈밀고자The Informer〉(1935)에서 안개 낀 더블린은 주인공의 상태, 우리가 그를 만났을 때 그는 정신적으로 복잡한 상황임을 알게 해준다.

조명 예술에 있어 두 가지 커다란 양식인 일반적 조명과 표현적 조명에 주의를 기울여보자. 조명의 표현양식은 대비의 양식이다. '빛과 어둠의 드라마'라는 슈테른베르크의 표현처럼, 최대한 강조되도록 광원들을(더 정확히 말하자면 하나의 광원, 왜냐하면 표현적 화면은 보통 굉장히 강렬한 대형 램프 하나로 표현되기 때문이다)을 배치한다. 1910년 중반에는 어둠 속에서 일정한 사물을 추출한 광선인 일명 '렘브란트 조명'이 유행했다. 그때 '실루엣 조명'이 발생했는데, 그것은 광원이 인물들 뒤에 위치하는 것으로, 이때 인물들은 연극에서 그림자와 비슷하게 되었다. 표현적 조명은 무성영화에 널리 적용되었다(이 양식의 대가는 에스토니아의 촬영기사 모스크빈A. Moskvin이다). 훗날에는 화면에 역동성이나 불안감을 주기 위해 광선을 흔들거나 요동하게 했다. 클루조 A. Clouzot의 〈까마귀Le Corbeau〉(1943, 프랑스)에서 클라이맥스의 대화 — 익명의 밀고자의 폭로 — 는 전부 흔들리는 램프 불빛 아래서 촬영되었다. 익명의 밀고자의 얼굴은 그림자 속에 잠겼다 반사 빛으로 타올랐다를 반복한다.

빛과 어둠의 투쟁 속에 정상적인 조명은 날카롭지 않은 완만함을 지향한다. 그러한 양식은 점진법을 존중하고 극단적 상태의 빛의 이행을 허용하지 않는다.* 이를 위해 촬영 대상은 다양한 종류의 광원에 둘러싸이게 된다. 이로써 분산된, 부드러운, '자연스런' 조명을 모방하는 것이다. 이 모든 복잡한 장치들은 관객이 조명을 알아채지 못하도록 필요한 것이다.

위에 언급한 사항을 사람의 얼굴을 예로 들어 설명해보자. 얼굴은 빛에 대해 유난히 민감하다. 우리는 "그의 얼굴에 그림자가 드리웠다", "그녀의 얼굴이 빛난다"라고 말한다. 이러한 메타포는 얼굴에 기분이 나타나는 것을 의미한다. 그러나 모든 영화 촬영기사는 이러한 메타포가 다른 원형이 있다고 주장한다. 얼굴 표정이 조명 효과에 달려 있음을 증명해주는 실험을 다같이 해보자. 저녁을 기다렸다가 램프를 들고 거울 앞에 서서 자신의 얼굴을 비추어보자. 얼굴을 아래에서 비춰보자.

---

* 여기서는 렌즈의 유연성, 필름의 감도 등 대비의 정도를 규정하는 다른 요소들에 대해서는 언급하지 않기로 한다.

거울에서 누가 나를 바라보는가? 우리는 피셔T. Fisher의 영화에 나오
는 흡혈귀 드라큘라와 비슷하게 된다(그림59). 위에서 비춰보자. 무엇이
바뀌었는가? 크게 다르지 않다. 거울 속의 얼굴은 다른 괴물— 웨일J.
Whale의 〈프랑켄슈타인Frankenstein〉에 나오는 시체 — 을 연상시킨
다. 이제 조명을 옆에 놓자. 우리 얼굴은 어느 정도 착해졌지만, 그래도
아름답지는 않다. 커다란 그림자가 코에서 뺨으로 흐른다. 마찬가지로
조명 하나만을 이용해서 우리는 많은 것을 얻는다. 다시 기회를 포착하
여 등 쪽에서 자신을 비춰보자. 갑자기 머리카락이 살아난다. 머리카락
은 온통 빛나지만, 얼굴은 그림자로 가려져 있다. 만일 광선을 앞에서
직접 얼굴에 비춘다면, 얼굴은 평평하게 된다. 하나의 조명으로는 부족

그림60
측면조명과 대비조명에 비춰진
마를렌 디트리히Marlene Dietrich와
게리 쿠퍼Gary Cooper.

하다. 이제 촬영기사가 여주인공의 얼굴을 클로즈업할 때, 왜 오랫동안 꼼꼼하게 '조명을 세우는지' 이해할 수 있을 것이다. 왜 전성기의 유명 스타들은 '자신의' 촬영기사가 있는지도 이해할 수 있을 것이다.

스크린에서 얼굴이 '자연스럽게', 말하자면 조명이 없는 것처럼 보이기 위해서는 보통 최소한 조명 3개가 필요하다. 그중 하나는 **기본**(혹은 묘사)조명으로, 가장 강한 조명이다. 그것은 정면과 측면에서 조명을 비추는 것인데, 얼굴에서 불필요한 그림자를 제거하기 위해서 반대편에서 어느 정도 약한 **평면**조명이 얼굴에 떨어진다(일반적으로 평평한 빛의 조명은 카메라의 옆, 조금 뒤쪽에 위치한다). 그것은 얼굴의 질감, 말하자면 양각의 질감 효과를 창출한다. 1920년대 유럽 영화에서 조명

그림61 대비조명은 은빛 테두리를 만들어낸다.

은 두 개로 충분했다. 그러나 당시 영국에서 활동했던 히치콕이 지적한 바와 같이, 영국과 미국의 화면 양식에는 분명한 차이가 있다. 미국인들은 배경에서 대상을 분리하는 데 성공했지만, 유럽인들은 돌출부분을 무시하고 전경과 배경을 합치시켰다. 미국인들은 그때 이미 제3의 조명인 대비조명을 이용했다. 이는 뒷배경에서 대상을 비추는 것이다(조명을 집중하기 위해 대비조명은 기본조명보다 약하게, 그러나 평면조명보다는 강하게 했다). 스크린에서 여주인공의 프로필이나 얼굴 윤곽을 묘사하는 은빛 테두리를 볼 때—마치 머리카락이 내부에서 빛나는 것 같다— 대비조명의 결과라는 것을 알아야 한다(그림60, 61을 보라).

이것이 영화에서 눈에 띄지 않는 기본적인 조명이다. 그렇지만 영화는 한번 조명을 설치하면 영원히 지속되는 사진이 아니다. 빛은 동적인 요소이다. 우리는 영화가 진행되는 동안 일반적 조명이 표현적인 조

그림62 '불안정한 조명'은 얼룩진 리듬을 창출한다

명에 자리를 양보하는 것을 자주 본다(그림62을 보라). 범죄영화를 좋아하는 사람은 왜 갑자기 광고사진에 다른 장면이 연출되는지를 쉽게 알아차린다. 음모가 진행됨에 따라 그림자가 길어지고, 낮이 밤으로 바뀌고, 눈에 띄지 않던 고른 조명도 주머니 속의 전등처럼 예민한 빛으로 바뀐다. 이것은 다른 설명이 필요 없는 가장 간단한 예이다. 영화의 역사를 살펴볼 때, 사건의 정서적 분위기 이상을 나타내는 명암관계를 살펴볼 수 있다. 빛과 어둠은 그 이상의 것이다. 그것은 영화의 다른 요소들과 상호작용하며, 예술적 구조의 중심이 될 수 있다.

드레이어의 〈분노의 날Vredens Dag〉(1943, 덴마크)을 보자. 이 영화는 17세기 덴마크 역사의 한 페이지를 음울하게 장식했던 '마녀사냥'에 대한 이야기이다. 영화 초반에 '악마의 약초'를 만드는 노파를 잡아 화형에 처하는 장면이 나온다. 그 다음 젊고 아름다운 여주인공의 혐의가 짙어지는데, 그녀의 어머니도 언젠가 똑같은 죄목으로 처형을 당했다 (이것은 면밀하게 숨겨져 있는데, 시간이 지나면서 점점 드러나게 된다). 여주인공 안나가 그 지방 마녀 사건을 처리하도록 위임받은 중년 목사의 아내라는 점에서 사건은 더욱 복잡해진다.

이렇게 우리 눈앞에는 한편으로는 잔혹한 교회 권력, 다른 한편으로는 농민 계층의 어두운 심리에서 발생한 야만적 탄압에 관한 전형적인 스토리가 나타난다. 그런 스토리의 가장 신빙성 있는 해석은 아블라제T. Abuladze의 〈참회Pokaianie〉(1985, 그루지야)에서 선택한 방법이다. 화면에는 '폭군'과 '희생양'이 대비되어 나타난다. 폭군은 명백한 사탄의 표식을 갖고 있는 반면, 희생양은 성인의 수난을 받아들인다. 드레이어가 선택한 방법은 더욱 복잡하다. 우리는 처음에는 〈분노의 날〉의 작가가 한 시대의 역사적 사건에 대한 고발자의 위치를 점하고 있다고 생각한다. 우리는 광폭한 군중을 피해 안나의 다락방에 몸을 숨기는 초로의 여인의 고통을 함께 하며 안타까워하는데, '악은 거대한 힘을 숨기고 있기' 때문에 독약을 만드는 풀을 밤에 교수대 밑에서 뜯어 왔다는 그녀의 말에는 특별한 주의를 기울이지 않는다. 자기 어머니의 끔찍한 운명을 기억하는 안나는 노파를 구원하기 위해 남편에게 급히 달려간다. 그러나 목사는 강직했다. 노파를 심문하고, 고문 끝에 마녀임을 자백받는다.

이 장면에서 드레이어는 다음과 같은 에피소드를 내세웠다. 안나는 아무도 모르게 심문이 행해지는 교회로 숨어든다. 이때 심문은 최고조에 달하고, 그녀는 노파가 마녀임을 자백하는 것을 엿듣게 된다.

드레이어(그리고 촬영기사 안드레센K. Andreasen)는 이 화면의 조명을 어떻게 처리했을까? 우리는 사원의 어느 장소에 있는 안나를 본다. 하얀 벽과 교회의 아치가 빛이 충만하게 조명된다. 똑같이 충만한 빛이 안나의 얼굴에 비친다. 교회 전체가 빛나는 것처럼 얼굴이 '빛난다'. 안나의 등 뒤에는 성화가 있다. 오른쪽에는 계단과 문이 있다. 우리는 이 문 뒤의 어둠 속에 고문실이 있음을 알고 있다. 이렇게 빛이 스며들어 있는 '안나의 공간'은 벽 뒤 종교재판관의 공간과 대조를 이룬다.

그러나 이것은 '계몽된 관객'의 기대에 답하는 출발점일 뿐이다. 영화가 진행되는 동안 관계는 복잡해진다. 종교재판관인 목사는 인간을 신뢰하는 선한 사람이다. 그는 자신이 중대한 죄를 범하고 있다는 것을 알고 괴로워한다. 언젠가 그 어머니에게 화형을 선고하면서, 그는 어린 안나를 껴안고 용서를 빌었다. 그런 다음 그녀와 결혼을 하는데, 교회에는 어린 아내의 신분을 숨긴다. 하지만 이러한 사랑과 자비의 행위가 사탄에 굴복하는 것이 아닌가 하는 의혹이 목사를 괴롭힌다. 정화된 교회에 그녀를 감추면서, 그는 그녀의 영혼을 독점적인 악마의 힘에 넘긴 것은 아닐까?

이때 이상한 일이 서로 일치된다. 늙은 마녀는 화형을 당하면서 교회 재판부 일원의 죽음을 예언하는데, 예언이 현실로 이루어지는 것이다. 안나는 그녀의 어머니가 소유했던 마법의 기술에 더욱 강한 관심을 보인다. 관객들은 안나가 얼마 전 교회에 잠입한 것이 늙은 여인의 고문에 대한 동정에서뿐 아니라, 마녀의 비밀에 대한 기이한 관심 때문이 아닐까라는 생각을 하게 된다. 여기서 안나와 동갑인 목사의 아들 마틴에게 주의를 돌려보자. 젊은이들 사이에는 애정이 싹튼다. 목사 가족 내의 상황은 극도로 복잡해지는 것이다.

플롯의 이 단계에서 감독은 안나에 대한 보다 깊은 새로운 시각을 제시한다. 관객은 안나의 얼굴에서 그녀라는 인물에 대한 무언가 새로운 것을 찾아낸다. 안나는 이미 종교재판관이 지배하는 어둠 속의 '한 줄기 빛'이 아닌, 잔혹한 시대를 살아가는 강인하고 결단력 있는 여인이다. 그녀는 자신이 남편의 아들을 사랑하고 있다는 것을 두려움 없이 인정한다. 이와 함께 그녀의 얼굴은 빛으로 가득 찬 분명한 윤곽이 지니는 단일한 의미를 상실하게 된다. 안나와 마틴 단 둘이 남아 있는 장면에서 감독은 평범하지 않은 시각을 제기한다. 화면의 시각적 양상에 있어 본질적인 것은 날카롭고 분명한 묘사와 날카로운 면을 어느 정도 완화시킨 묘사의 대조에 있다는 것을 우리는 이미 말했다. 불분명한 묘사는 눈물에 젖은 눈동자나 안개 등에 기인할 수 있지만, 그것은 전반적으로 원인을 상실할 수도 있다. 1920년대 멜로드라마의 서정적 장면은 '베일로 가린 채' 촬영했다. 여주인공의 얼굴이 은색 후광으로 흐릿해질 때, 이것은 그녀가 사랑에 빠졌거나 혹은 누군가 그녀를 사랑한다는 것을 의미했다.* 이와 더불어 드레이어를 비롯한 몇몇 감독들에 있어 흐릿하고 완화된 윤곽은 악의 존재와 연관되어 있다. 세상에 존재하는 미지의 악에 관한 영화인 드레이어의 〈뱀파이어Vampyr〉(1931)는 전부 소프트 포커스로 촬영되었다(마트R. Matte가 촬영을 맡았다). 드레이어는 〈분노의 날〉의 애정 장면을 어떻게 처리했던가? 안나 앞에는 수틀이 수직으로 놓여 있다. 안나는 레이스를 수놓고, 목사 아들 마틴과의 대화는 평평한

---

* 다른 모든 기법과 마찬가지로 '베일로 가린 채' 촬영하는 기법 역시 부정적 의미를 지닐 수 있다. 소박한 여공을 이상으로 하는 1920년대 소비에트 영화에서 후광이 있는 클로즈업은 '네프만[벼락부자 등을 일컫는다]' 차지였다.

수틀의 레이스를 통해 이루어진다. 우리는 두 사람을 안개 속에서 보는 듯하다. 이렇게 화면에 불분명한 묘사를 도입함으로써, 드레이어는 두 개의 중요한 뉘앙스를 전하는 데 성공했다. 그 하나는 사랑의 탄생이요, 다른 하나는 그것이 근친상간적 요소가 농후한 비도덕적 사랑이라는 것이다.

교회의 계율을 믿는 마틴은 자신의 감정과 투쟁한다. 에피소드가 이어지고, 영화의 다중적 의미는 끝에 가서야 밝혀진다. 안나는 그녀의 어머니가 어떤 이유로 처형을 당했는지 알고 있다. 사람들은 그녀가 의지를 강화하면 사랑하는 사람을 자신에게 불러올 수 있고, 죽음을 바라는 것만으로도 사랑하는 사람을 죽일 수 있다고 생각했다. 안나는 이 힘을 이어받았는지 실험하기로 결심했다. 이어서 긴 화면이 이어진다. 안나는 방 안을 혼자 서성거린다. 그녀는 이상한 걸음걸이로 책상가를 맴돌다가 창가에 멈춰 선다. 카메라는 안나의 행동과 그녀의 얼굴에 나타난 투쟁의 흔적을 집중적으로 추적한다.

이 장면에서 드레이어는 그림자라는 조명의 새로운 변수를 도입한다. 일반적으로 영화에서 그림자는 공간의 특성을 나타내는 데 이용된다. 배우가 그림자를 드리울 때, 우리는 그가 달빛이 비치는 광장을 걷거나 담을 타고 걷는 것을 추측한다. 배우가 드리운 그림자뿐 아니라, 그 자신에게 드리워진 그림자 또한 공간에서 배우의 상황에 대해 이야기한다. 슈클로프스키는 부닌Bunin[러시아의 시인·소설가. 1933년 노벨문학상을 받았다] 산문의 영화성에 대해 다음과 같은 표현을 인용했다. "그녀가 있다. 그런데 그녀는 그를 바라는가, 아니면 피하는가. 그는 알지 못했다. 한동안 그는 빛과 어둠이 그녀의 형상 아래에서 위로 미끄러지는

그림63 대비조명으로 인해 안나의 얼굴은 그림자 속으로 가라앉고, 그 얼굴에는 선량한 빛이 사라진다.

것을 보지 못한다. 즉, 그녀는 다가오고 있는 것이다. 만약 그림자가 위에서 아래로 미끄러졌다면 이것은 그녀가 멀어지고 있다는 것을 의미하는 것이다." 한편 드레이어는 미끄러지는 그림자를 다른 목적으로 이용했다. 우리의 의식 속에서 빛과 어둠은 영혼의 내적 상태에 깊게 근거하고 있다. "그녀의 얼굴이 빛난다", "그녀 얼굴에 그림자가 드리웠다"는 대조적인 어구는 이러한 표상에 답한다는 것은 이미 이야기했다. 안나는 자신이 마법의 힘을 소유하고 있는지 시험하기 위해 창가로 간다. 그 과정에서 그녀의 얼굴에는 커튼의 그림자, 창밖에서 흔들리는 나뭇잎의 그림자가 차례로 드리운다. 처음에 안나는 강한 대비조명으로 비추어진다. 그녀의 머리카락은 빛나지만 얼굴에는 그림자가 져 있고, 따라서 왠지 악한 인상을 풍긴다. 그런데 창가에 다가감에 따라 얼굴이 빛나기 시작한다. 안나는 걸음을 멈추고 입술을 모아 어떤 단어를 발음한다.

그 순간 그녀의 얼굴에는 창밖에서 흔들리는 나뭇잎의 그림자가 내려와 있다.

드레이어는 이렇게 섬세하게 구상함으로써, 실제로 안나의 얼굴에서 일어나는 일이 검은 마법과 축복받은 영혼의 투쟁인가, 아니면 단지 우연한 빛과 어둠의 놀이인가(그림63)라는 날카로운 의심에 대해 관객들이 지속적인 평형을 유지하도록 한다. 바로 그 순간 방 안으로 마틴이 들어온 것은 우연인가, 아니면 마법의 주문의 결과인가? 후에 그녀가 목사에게 "죽어라"라고 말했을 때 그가 죽은 것은, 사랑하는 아내에게 그런 말을 듣고 약한 심장이 동요해서인가 아니면 젊은 마녀의 마법의 힘이 그를 놀라게 해서인가? 안나는 목사의 관 앞에서 떳떳하게 자신의 마법을 고백하지만, 그때조차도 관객은 안나가 누구인지에 대한 직접적인 대답을 듣지 못한다. 편견의 희생양, 어렸을 때 어머니를 잃고 사랑하지 않은 사람과 결혼한 후, 첫사랑에 맹목적인 불행한 여인인가? 아마 그럴 것이다. 그녀는 정신병에 걸려 자신이 마녀임을 믿는 여인인가? 그럴 수도 있다. 그녀는 마틴을 '마법에 걸고' 미신을 믿는 목사를 놀라게 해서 죽이려고 의식적으로 마녀의 이름을 이용했던 것인가? 아마 그럴 것이다. 결국 드레이어는 안나가 진짜 마녀라는 가장 간단한 대답과 함께, 일어난 모든 일은 단지 우연의 일치라는 정반대의 대답도 빠뜨리지 않는다.

이렇게 드레이어는 우리에게서 일면적 의미의 대답을 빼앗는 동시에, 20세기 인간의 무지를 근거로 전 세기를 판단하는 권리도 빼앗는다. 비결정성, 무지, 우연과 악마적 흉계를 명확히 구분하는 능력의 부재, 마법으로 인해 얼굴에 나타난 나뭇잎의 유희 등등 드레이어가 영화 관객을 추측과 의심의 심리상태로 밀어넣는 것은, '왜'에 대한 해답을 제시하는 것보다도 우리가 17세기를 더 잘 이해하도록 한다. 이러한 예술적으로 깊이 있는 결단은 이 영화가 파시즘의 광기에 사로잡힌 새로운 '마녀사냥'이 절정에 이른 1942~1943년에 만들어졌다는 점에서 더욱 놀랍다. 이미 그때 드레이어는 대중적 탄압 현상을 단순히 선과 악, 신과 악마라는 신화적 투쟁의 새로운 현상이 아닌, 희생양과 형리의 심리가 대조되기도 하고 제약적으로 서로 얽혀 있기도 한 심리적 비극의 영역에서 바라보도록 제안하는 것이다.

8
영화의 심리학

예술의 심리학, 특히 영화의 심리학에 관해 말하자면, 창작의 심리학 문제가 먼저 떠오를 것이다. 그렇지만 사실 "영화 작품은 어떻게 만들어지는가", "영상은 어떻게 생겨나는가"는 무척 복잡하고 난해한 문제이다. 따라서 많은 학자들이 일반적인 심리학의 수준에서 창작을 이야기하는 것에 회의적인 시선을 보내는 것은 전적으로 정당하다. 심리학의 기본은 실험이며, 그것은 초기 가설을 지지하거나 배격하는 것이다. 의심나는 모든 것은 반복된 실험을 통해 결과를 얻을 수 있다는 전제 하에, 모든 실험은 입증할 수 있다고 간주된다. 이로 인해 심리학의 토대는 인간심리 현상의 동질성, 반복성, 그 결과 나타나는 실험 행위의 예측 가능성이다. 그러나 창작 과정을 관찰할 때, 예술가의 행위는 예술 '작품'의 행위와 마찬가지로 사실상 미리 알 수 없다. 특히 결과의 비예측성은 일상과 창작을 구분하는 주요 특징이 된다.

이렇게 영화의 심리학은 영화가 어떻게 만들어지는가가 아닌 어떻게 지각되느냐에 대한 연구이다. 지각은 집단적인 반복 행위이다. 이미 말했듯이, 영화언어는 인간 언어의 소리, 단어, 문법 등 제약적 특징의 단계를 거쳐 전형화되고 습관화된 심리적 반응에 주의를 기울여왔다.

영화언어는 가장 간단한 심리 과정을 '모방한다'. 관심의 대상에 접근하여 주의를 환기시키고, '내면의 목소리'로 의견을 '속삭이고', 눈동자의 움직임을 흉내 내서 동요하는 인간의 시각을 재현하는 것이다. 여기서 우리는 영화언어의 심리학은 관객의 심리를 계산하고 조절하는 것이라고 말할 수 있다. 이 장에서 이야기할 것은 영화언어와 그것을 지각하는 관객 심리의 상관관계이다.

관객에게 주의를 돌리기 전에, 잠시 "영상은 어떻게 생겨나는가"라는 문제로 돌아가자. 과연 그런 문제 제기는 정당하지 않으며, 창조자의 실험실을 조금이라도 엿볼 기회는 없단 말인가?

영화가 어떻게 만들어지는가(조명기사, 촬영기사, 작곡가, 프로듀서 등 전문가 집단이 일제히 활약하는 현실화 단계가 아닌, 작가의 깊은 생각 속에 화면이 눈앞에 떠오르는 구상 단계를 말한다)를 우리는 이 화면에서 저 화면으로 옮겨지는 모티프로써 판단할 수 있다. 예술가가 '삶에서 직접 재료를 추출한다는 것', 즉 먼저 '삶을 연구'하고 그 다음 '이상적인 예술작품'을 만든다고 상상하는 것은 현실적 상황과 일치하지 않는다. 그것은 마치 하늘에서 내린 영감이 영혼을 충동하여 예술이 생겨난다는 생각과 같다. 실제로 영화작가는 자기가 속한 문화나 전통 외적인 문제는 생각할 수 없으며, 자신의 창작품으로 그것을 논박하거나 입증할 수도 없다. 또 다른 문제는 전통과의 관계뿐 아니라 전통 그 자체도 예술가에게 있어서 사소한 것이 아니라는 것이다. 문화라는 복잡한 유기체 속에서 상속의 길은 직선이 아니다.

고골리의 중편소설을 애니메이션으로 만든 〈외투Shinel〉의 한 장면을 예로 들어보자. 애니메이션에서 주인공 아카키 아카키예비치[제정 러시아의 하급관리로서 주된 업무는 정서正書하는 것이다는 평범한 필기용지를 손에 들고 있는데, 거기에서 불투명한 우윳빛 광선이 뿜어나와 관객을 놀라게 한다. 감독 노르슈테인은 이 광선이 '무엇을 의미하는가', '고골리의 『외투』에서 상응하는 것이 무엇인가'에 대한 질문을 받았는데, 대답은 더 예기치 못한 것이었다. 노르슈테인은 자신이 깊은 인상을 받은 영화 〈7인의 사무라이〉의 한 장면을 이야기했다. 피비린내 나는 싸움이 진행된다. 늦은 가을, 장대비가 내리고 있다. 사무라이와 그의 적들(농민을 약탈하는 도적의 무리)은 무릎까지 오는 진흙탕에서 사투를 벌이고 있다. 주인공 한 명이 죽는다. 이때 구로사와는 죽은 사무라이의 옆쪽에서 카메라를 잡는다. 빗줄기가 서서히 흙을 씻어내리고, 관객은 사무라이의 다리가 대리석처럼 하얗고 깨끗해지는 것을 본다. "구로사와의 이 장면은 내가 본 죽음의 이미지 중 가장 인상 깊은 것이었다. 그것은 지금까지 그 어떤 영화도 도달하지 못했던 것이다." 〈외투〉의 광선 종이에 대한 답으로 노르슈테인은 이렇게 말했다. 플롯의 동기화로 따진다면 전혀 일치하는 것이 없음에도 불구하고, 노르슈테인의 애니메이션에 나오는 이 불투명한 광선은 〈7인의 사무라이〉의 장면과 비교될 수 있다. 그것은 일상적으로 삶의 전투가 벌어지는 혼탁한 세상에 대비되는 것이다. 노르슈테인은 『외투』의 영화화에 있어 연상되는 러시아 문학의 전통적인 궤도를 이탈했는데, 그것은 일본 영화에 필적하는 충격적인 묘사로써 영화를 풍요롭게 하기 위해서였다.

구로사와의 〈7인의 사무라이〉의 영상은 톨스토이의 단편 『삼림채벌Rubka Lesa』에 나오는 세부묘사와 공통점이 있다. 그것은 죽어가는 병사에 관한 이야기이다. "끈을 풀고 장화를 벗자 하얗고 건강한 다리

여러 가지 '유랑'의 모티프

▲그림64 일본 판화(에이젠슈타인의 소장품)
▼그림65 에이젠슈타인의 〈이반 대제〉의 한 장면

▲그림66 스틸러M. Stiller의 〈아르네씨의 돈Herr Arnes Pengar〉(1919, 스웨덴)의 한 장면
◀그림67 에이젠슈타인의 〈전함 포템킨〉의 한 장면
▶그림68 브라이언 드 팔마Brian de Palma의 〈자매들Sisters〉(1973, 미국)의 한 장면

가 드러났고, 그의 맨 다리를 본 나는 몹시 괴로웠다." 고전의 전통은 지리학적 경계나 예술 상호 간의 경계를 넘나들며 그 우회로에 자유롭게 위치한다(그림64-68을 보라). 때로 작가 자신만 그 영향의 출처를 감지하고, 그 전후관계를 포착하지 못할 수도 있다. 이에 슈테른베르크는 자신의 회상록에서 정확한 형상적 이미지를 부과했다 "내 영화는 많은 영향을 받았다. 갑자기 얼음구멍으로 사라진 바다표범*이 나의 화면에서

불쑥 떠오를 수 있다. 그러나 이미 북극에는 바다표범이 없다. 나는 바다표범의 갑작스런 움직임을 빌어왔을 뿐이다. 내 마음에 든 모든 것이 내게 영향을 준 것은 사실이다. 그러나 나는 한 번도 베낀 적은 없다. 나는 그런 것을 모른다."

관객

자신이 지구의 한 연극 공연장에 착륙한 외계인이라고 상상해보자. 그는 지금 자기가 떨어진 곳이 어디인지, 자기 앞에 펼쳐진 광경이 무엇인지 생각하고 있다. 그가 맨 처음 보는 것은 서로 다른 두 그룹의 사람들일 것이다. 수적으로 우세한 첫 번째 그룹은 우리의 관찰자에게는 비활동적이고 수동적으로 보일 것이다. 그보다 위쪽에 위치한 두 번째 그룹은 보다 능동적이고 활동적으로 보일 것이다. 만일 다른 행성에서 온 관찰자에게 이 두 그룹 중 어디에 보다 적극적 의미를 부여하겠냐고 묻는다면, 그는 아마 관객보다 배우를 택할 것이다. 왜냐하면 그 행위가 보다 의미 있는 것으로 여겨지기 때문이다. 그렇지만 그것은 성급한 결론이다. 왜냐하면 외부 관찰자는 무대 위의 배우가 이미 주어진 프로그램에 따라 연기하는 것이고(배우는 희곡의 줄거리, 3막에서 파트너가 하는 대사는 물론, 결말이 어떻게 되는지도 알고 있다), 지적인 작업은 잠자코 앉아 있는 사람들 그룹(관객들)에 집중되어 있다는 것을 고려하

---

* 에스키모의 삶을 추적한 플래허티의 〈북극의 나누크Nanook of the North〉(1922)를 가리킨다.

지 않기 때문이다.

　이러한 주장의 정당성을 확보하기 위해 무대 위의 배우를 영화 스크린으로 옮겨보자. 스크린에는 항상 프로그램화된 그림자가 움직인다. 객석에 앉아 있는 사람들은 긴장된 작업에 종사한다(앞에서 행해지는 연극을 지각한다). 객석은 소리 없이 사고하는 거대한 기계인 것이다. 지각하는 것은 이해하는 것이고, 이해하는 것은 무지를 극복하는 것이다. 오셀로를 연기하는 배우에게 주목하고 인사를 한 외계인은 실수한 것이다. 살아 있는, 프로그램화되지 않은 이성으로서, '지각하는 사람'인 관객만이 미지와의 조우를 준비한다. 영화를 지각하면서, 우리는 입수되는 시청각 단서를 정리하고 그것과 일상적인 경험을 서로 비교한다. 관객은 사고 장치가 부착된 일종의 컴퓨터이고, 영화는 그 사고의 진행을 위해 주어진 프로그램이다.

영화를 어떻게 볼 것인가

　다음 실험을 해보자. 깨끗한 종이를 집는다. 종이에 아무것도 씌어 있지 않은 한, 우리는 종이를 주변 공간을 구성하는 많은 물체 중 하나로 인식한다. 우리는 위아래가 어디인지, 오른쪽 왼쪽이 어디인지 말하기 어렵다. 손바닥에 종이를 펴고, 위치를 바꾸어도 상관없다. 아이들만이 이 흰 종이를 '처리'할 수 있다.

　화가 파보르스키V. A. Favorskii는 다음과 같이 말했다. "……아동 미술의 특징은 물질, 선, 점, 특히 종이조각에 대한 직접적이고 실질적인 태도이다. 이와 관련하여 어린이들이 종이를 사용하는 것을 관찰하는 것은 흥미로운 일이다. 아주 어렸을 때는 종이를 사람들이 다니는 땅으로 생각한다. 그 다음에는 행동이 벌어지는 장소로 생각하는데, 위에는 하늘을 그리고 아래에는 사건이 벌어지는 땅을 그린다." 우리는 발전 단계의 어린이들처럼 하얀 종이를 걸어다닐 수 있는 땅으로 볼 수는 없다. 연필 밑의 종이에는 인간의 모습이 나타난다. 사물 속의 사물인 종이는 금방 독립적인 공간으로 변화하는 것이다. 당신은 이미 다리를 위쪽으로 들지 않는다. 아니, 더 정확히 말하자면, 다리를 들지만, 그것은 머리에서 발끝까지 공간이 구성되었다는 것을 의미한다. 종이에는 위, 아래, 오른쪽, 왼쪽, 전방, 그리고 배경이 나타난다.

이렇게 인간의 모습은 묘사의 평원을 건설하고, 그것에 공간의 성격을 부여한다. 청각의 공간도 똑같이 말할 수 있다. 영화음향 분야의 전문가들은 관객은 음향을 소음과 동일하게 간주하는 것이 아니라, 능동적으로 지각한다고 주장했다. 청각적 매체 속에서 우리의 청력은 우선 인간의 목소리를 찾는다. 영화연구가 시옹은 다음과 같이 말했다. "영화에는 여러 음향들이 있고, 그중에 인간의 목소리가 있다고 주장해서는 안 된다. 우리는 영화에서 인간의 목소리를 듣고, 그 다음 다른 소리를 듣는다고 말해야 한다. 즉, 목소리는 우리 주변의 청각의 마그마에 계급제도를 도입한다." 실제로 귀를 찢는 거리의 소음이 들려오고, 이를 배경으로 목소리가 속삭이는 장면을 상상해보자. 우리는 소음이 아닌 속삭임에 청각을 맞출 것이다. 시옹은 말을 이었다. "마치 어머니가 창밖의 소음이 아닌 벽 뒤의 아기 울음소리 때문에 밤에 잠을 깨는 것처럼, 말소리, 비명소리, 한숨소리, 속삭임은 음향 매체를 조직화한다."

이렇게 시각적 공간과 청각적 공간을 지각하는 것에서 우리는 모든 것을 인간 위주로 생각하는 인간중심주의antropocetrism라는 하나의 현상을 발견한다. 공간은 인간이란 표준적 현상에 충실하고 이 척도에 의해서만 변화된다. 역설적인 것은 인형극 영화에서 세계를 지각하는 양식이다. 1912년 세계 최초로 스타레비치의 인형극 애니메이션이 등장했다. 이 인형극은 아주 정상적인 인간의 집에 살면서 모터사이클을 타고 여행을 하고, 잘 차려진 식탁에서 식사하는 곤충의 생활을 다룬 것이다. 관객은 자유롭게 표준적 크기를 선택할 수 있다. 예를 들면, 우리는 이 영화가 우리에게 익숙한 크기의 집에 살고 있는 카프카F. Kafka의 단편 『변신Die Verwandlung』의 주인공과 유사한 커다란 딱정벌레에 대한 이야기라고 생각할 수 있다. 하지만 어떤 관객도 그렇게 생각하지 않는다. 관객에게 있어 크기의 표준은 실내나 공간 등 익숙한 형태의 것이 아닌, 인간의 모습을 한 딱정벌레나 개미인 것이다. 관객은 처음부터 스타레비치의 애니메이션이 축소된 작은 집에 사는 곤충에 관한 것이라고 생각하고 싶어 한다. 우리에게 있어 공간은 인물과 동등하지만, 인물이 공간에 종속되는 것은 아니다.

인물과 배경

앞서 말한 예는 무슨 뜻인가? 화면과 음향을 지각하는 것은 주어진 재료를 섞고 분해하고 분석하는 능동적인 과정이라는 것이다. 그런 분해의 첫걸음은 일반적인 선에서 목소리나 모습 등 '인간적인' 특징으로 분리할 수 있는 요소들을 뽑아내는 것이다. 관객에게 있어 인간의 모습은 그 주변 공간에 대해 보다 많은 정보를 제공한다. 우리의 시선은 화면에서 인간을 찾으며 집요하게 쳐다보지만, 그 주위 공간에 대해서는 현저히 적게 주의를 기울인다. 인물과 배경은 동등하지 않은 요소이다.

여기서 영화의 역사가 진행되는 동안 영화공간의 지각과정 변화를 말하는 한 쌍의 단어를 언급해야겠다. 영화 역사의 초기, 영화에 익숙하지 않은 관객에게 영화의 결정적인 특징은 움직임이었다. 눈동자는 우선 움직임에 주의를 기울이고, 화면에서 움직이지 않는 것에는 거의 주의를 기울이지 않았다. 이런 상황에서 역설적이게도 움직임의 발생지는 화면 중앙이 아닌, 움직이는 물체가 움직이지 않는 프레임과 만나는 지대인 화면 주변에서 더욱 날카롭게 감지되었다. 헤엄을 못 치는 사람이 어떻게 해안 끝에 매달려 있는지, 화면의 프레임은 많은 사건에 당황하는 관객을 끌어당긴다. 초기 무성영화 주인공들도 유사하게 행동했다. 역할이 중요하면 할수록, 배우의 움직임은 집중적이었고, 관객은 대부분 그에게 주의를 기울였다. 그 밖에도 가장 초기 영화에 있어 행동의 중심은 보통 화면의 중심이 아닌, 프레임이 있는 가장자리까지 뻗어갔음을 지적해야겠다. 화면의 중심에서 가장 중요한 것을 찾는 데 익숙한 우리는 1900년도 영화를 이해하기가 더욱 어려울 것이다. 우리는 사건이 일어나는 궤적을 보지 않는다.

초기 러시아 영화인 〈스텐카 라진〉에 나오는 '방탕한 숲의 연회'의 한 장면을 분석해보자. 주의를 끄는 것은 현대 영화 관객에게 낯선 화면 구성이다. 대규모 전투 장면은 두 그룹으로 나누어 구성되었다. 하나는 강도들, 다른 하나는 공작과 라진이다. 강도 집단이 화면의 중심을 점유하고, 주요 등장인물은 화면 왼쪽 가장자리에 몰려 있다. 우선 여기서 연극에서 익숙한 군중 장면을 볼 수 있다. 연극에서 측면 무대 장치 가까이 선 주인공의 상황은 이야기의 중심이 되는 그 역할과 모순되지 않는다. 그들 뒤로는 주도적인 대화가 벌어지지 않는다. 말하자면 연극에서 주변 공간은 음향 공간에서 주인공의 중심 상황을 상쇄한다. 목소리가 들리지 않는 무성영화에서는 문제가 다르다. 현대의 학교 강당에서는 군중들 가장자리에 위치한 라진과 공작을 단순히 알아차릴 수 없기 때문에, 보통 어떤 이유로 강도의 몸짓이 어떤 때는 기쁨을 어떤 때는 분노를 표현하는지 이해하기 어렵다. 특히 그 당시 관객은 연극의 군중 장면과 스크린의 원심적 지각 법칙에 익숙했기 때문에, 우리도 그런 구성을 지침으로 하여 화면의 중심이 아닌 가장자리에서 행동의 중심을 찾는 것이 좋을 것이다.

그러나 공간의 지각 유형은 1910년대에 이미 변화했다. 관객의 눈동자는 이미 행동의 발생지를 찾지 않았다. 관객은 스크린의 역학적 영역이 아닌 의미론적 영역에 반응하기 시작했다. 중요한 것과 중요하지 않은 것, 인물과 배경, 여주인공과 하녀를 구별하는 것은 이미 '누가 더 움직이는가'의 특징이 아닌, 보다 복잡한 징후에 따른 것이었다. 1900년대의 참기 힘든 배우의 제스처는 1913년에는 웃음거리로 회상되었다. 한 잡지는 다음과 같이 썼다. "그 당시 등장인물들은 죽은 사람들과 키스하는 사람들을 빼고는 모두 바늘방석에 앉은 것 같았다. '걸을 때는 무릎을 들고, 어쨌든 무슨 일이든 하시오, 카메라가 작동하지 않습니까'라고 그들에게 말했다. 그리고 배우들은 마치 단순함에 대해 벌금이라도 치르듯 연기했다." 서서히 배우의 연기 양식에 플러스였던 모든

그림69 1910년대 은막의 여왕 아스타 닐슨. 주연배우가 등장하는 장면은 차츰 정적이 되어갔다.

특징들이 마이너스로 변화했다. 이전에는 제스처를 할 권리가 주요 연기자에게 주어져 있었다. 이제는 조연들이 제스처를 했고, 주요 등장인물들은 점잖게 행동했다. 이전 드라마에서는 첨예한 순간이 돌발적인 제스처로 답했다면, 이제는 정적인 장면이 되었다. 1910년대에 덴마크 스타 아스타 닐슨Asta Nielson의 그 유명한 '생각하는' 눈동자가 생겨났고, 오페라 가수의 동작을 본뜬 이탈리아 '처녀'의 그림같이 아름답고 감동적인 포즈도 생겨났다(그림69). 배우의 역할이 중요할수록 장면은 정적이어야 한다는 법칙이 확고해졌다. 조연들은 손님을 받는 식당 종업원처럼 분주했다. 이러한 특징은 러시아 영화에서 특히 분명히 드러난다. 러시아 영화양식은 세계에서 가장 느린 것으로 간주된다. 스타의 격이 높을수록 그려지는 역할은 정적인데, 이반 모주힌, 베라 홀로드나야Vera Kholodnaia, 비톨드 폴론스키Vitold Polonskii과 같은 스타들은 충격적인 장면에서도 전혀 움직이지 않았다. 반면에 구성적으로 그들은 변함없이 스크린 중앙에 위치했다.

이렇게 인물과 배경, 인간과 스크린의 공간, 주인공과 주변 인물들은 알려진 바대로 대조적인 쌍을 이룬다. 관객은 항상 군중 속에서 주인공을, 배경으로부터 일정한 비중을 갖는 물체를 포착하여 분리하려고 애썼다. 그것은 영화 지각 과정의 첫걸음이다. 이것이 감독이나 촬영기사가 관객으로서는 복잡하기 그지없는 양식을 준수해야 함을 의미하는 것은 아니다. 초기 영화뿐 아니라 지금도, 관객은 움직이지 않는 것보다 움직이는 물체에 자동적으로 주의를 기울이며 반응한다.

그러나 히치콕은 〈열차 안의 낯선 자들〉에서 정반대로 화면을 구성했다. 우리는 열광적인 팬들이 관중석을 가득 메운 있는 테니스코트에 있다. 관중들의 얼굴이 이쪽에서 저쪽으로, 저쪽에서 이쪽으로 테니스공을 뒤따라 율동적으로 방향을 바꾼다(우리는 공을 보지 못한다. 화면은 온통 얼굴들로 가득 차 있다). 움직이지 않는 하나의 얼굴이 우리의 시선을 붙잡는다. 그것은 반대편 관중석에 앉은 사람을 집요하게 추적하는 살인자의 얼굴이다.

또 다른 예는 감독이 인물을 배경에서 분리시켜 화면에서 주인공을 알아보기 어렵게 함으로써, 의도적으로 관객의 지각 심리에 도전장을 던지는 경우이다. 구로사와의 촬영기사 중 한 명인 시라이Sirai는 한 인터뷰에서, 이 감독과 일하는 것이 그의 동료들에게 있어 얼마나 어려운 일인지 다음과 같이 말했다. "구로사와와 함께 오랫동안 작업했던 뛰어난 촬영기사, 베테랑 중의 베테랑이 슈퍼 망원렌즈로 미후네Mifune Tosiro[〈라쇼몽〉, 〈7인의 사무라이〉, 〈거미의 성〉, 〈붉은 수염〉 등 구로사와 감독의 여러 작품에 출연했으며, 특히 사무라이 역할에서 독보적 연기를 보여주었다]를 촬영했다. 나는 그가 구로사와의 생각과 지시를 이해하지 못하고, 비범한 자격과 고도의 기술을 요하는 복잡한 촬영을 시작할 때 당황하는 것을 보았다. 그는 거대한 군중 속에서 움직이는 미후네의 형상을 망원렌즈로 잡았는데, 이를 놀랄 만큼 정확하게 할 수 있었다. 그러나 구로사와는 그의 작품을 거절하며 다음과 같이 말했다. '이럴 수가! 뭐 하러 이렇게 꼼꼼한 거야? 왜 항상 미후네를 화면 중앙에 놓는 거지? 이런 건 쓸모가 없어…… 광란하는 장면에서는 화면에서 끌어내고, 가끔씩 중요하지 않을 때는 화면에 절반만 나오게 하라구. 그러면 훨씬 더 자연스러워."

구로사와 직접 한 다른 인터뷰에서, 그는 중앙 화면 구성 양식을 파괴하는 자신의 원칙에 다음과 같은 근거를 부여했다. "광란 상태의 인간을 항상 화면 중앙에 위치시킨다면, 그의 행동은 광적인 인상을 남기지 않습니다. 표현에는 항상 일정한 '긴장'이 있습니다. 예를 들어 책상이 있고 그 한편에 무엇인가 놓여 있는 그림을 그릴 때, 관객은 책상과 그 위에 놓여 있는 것이 모두 화폭 테두리 밖으로 튀어나온 것처럼 느낍니다. 이것은 회화에서 아주 중요한 요소입니다. 만일 모두가 다 점잖게 중앙에 위치하고 주변은 텅 비어 있다면, 그 어떤 '긴장'도 일어나지 않을 것이며, 그런 그림은 그다지 좋은 그림이 아닐 겁니다. 제 말을 이해하시겠습니까?"

이렇게 인물과 배경, 중앙과 주변의 대비는 관객이 영화를 쉽게 이해하기 위해서뿐 아니라, 익숙한 상호관계를 파괴하여 사건을 이해하기 어렵게 하고, 그럼으로써 관객이 보다 깊이 영화의 세계에 빠지게 하기 위해서이기도 하다. 긴장에는 두 가지 유형이 있다. 하나는 문학적 서술의 유형으로, 무엇이 일어났는지, 누가 살인을 했는지 알지 못한 채, 이를 추적하는 사람과 함께 밝히려고 하는 경우이다. 대부분 영화에 있어 우리는 주인공을 알고 있다는 것을 상기하자. 대부분의 경우 주인 공의 얼굴은 우리 앞에 늦게 나타난다. 처음에 관객의 관심은 주인공에 게 집중한다. 예를 들어 커티스M. Curtis의 〈카사블랑카Casablanca〉 (1943, 미국)에서 먼저 우리는 '카페 아메리칸'의 흔들리는 간판을 본다 (그러나 처음에는 사소한 부분에 주의를 기울이지 않는다). 그 다음 카 메라는 우연히 들른 손님의 시점을 따라 카페 안을 지나간다. 우리는 대 화의 단편들을 엿듣고, 단골손님들과 친해진다. 알려진 대로, 이들은 이 후 스토리 전개에 커다란 역할을 한다. 그 와중에 우리는 카페 주인 릭 의 이름을 듣고, 이 사람에 대한 단편적인 지식을 갖게 된다. 마침내 카 메라는 릭의 서재를 보여주지만, 우리가 보는 것은 서재의 주인이 아닌 종이 위의 서명이다. 그 다음 체스 말에 멈춘 릭의 손이 나타나고, 이러 한 예고 행진 끝에 가서야 주인공의 얼굴이 나타난다. 이렇게 주인공은 서서히 전면에 등장하여 배경에서 분리되고, 주위환경과 구분된다.

여기서 구로사와가 회화와 비유하는 것을 계속 이야기해보자. 인터 뷰는 구성의 법칙에 관해 말하지만, 회화에는 다른 법칙이 존재한다. 그 것은 인물과 배경의 관계를 조정하는 '세밀화'이다. 액자의 그림을 보 면서, 그 대상이 여러 단계로 정밀하게 묘사된 덕분에 우리는 그것이 공 간적으로 모순되지 않은 전체라고 지각한다. 인물과 소품은 우선 최대 한 선명하게 묘사될 수 있고, 인물과 배경의 사물은 쉽게 희석되고 일반 화된다. 배경의 희석화를 정당화하는 — '공중원경'은 말할 것도 없 다 — 기능적 설명이 가능하다. 화가는 우리의 주의를 분산시켜야 한다. 어떤 것은 관객이 오랫동안 집중적으로 보게 해야 하고, 어떤 것은 순간적으로 눈길만 주도록 해야 한다. 바스네초프는 다음과 같이 말했다. "……모든 것이 **뚜렷하고 선명하게** 보이는 졸렬하게 엮어진 창조성 없는 그림을 진정한 예술작품으로 생각해서는 안 된다. 이런 종류의 작품은 마치 나쁜 악마가 화가의 손을 이끌었던 것 같다. 화가는 사물의 본질을 꿰뚫기를 바랐지만, 그 손에서는 일반적인 감동과는 거리가 먼 대량의 소품으로 얼룩진 그림이 나왔다." 꼼꼼하게 그린 배경은 관객으로 하여금 궤도를 이탈하게 할 것이다(초기 관객들이 뤼미에르 형제의 필름을 보았을 때 일어난 것과 유사한 현상이 벌어진다. 관객은 자신이 무엇을 바라보는지 알지 못하고 당황해한다. 카메라 렌즈는 배경에 고정되고, 사물은 정확히 똑같은 것을 우선으로 했다). 회화의 전통적인 법칙에 동의한다면, 관객은 배경보다는 인물에 더욱 주의를 기울여야 한다. 그것은 체스를 둘 때 여왕의 위치를 강화하기 위해 병사를 희생하는 것과 같다.

그렇지만 전시회나 박물관에서처럼 그림을 볼 수 있는 다른 방법이 있다. 복사하여 화집을 만드는 것이다. 복사품에는 대부분 그림의 배경이 되는 소품들이 보다 분명하게 표현되어 있다. 전체 그림에서 분리되어 하얀 사각 앨범에 고착된 단편은 커다란 화폭의 경계에 있던 것과는 다른 의미를 갖게 된다. 이제 우리의 시선은 주의 깊게 살피도록 예정해 놓지 않은 곳까지 살핀다. 무심한 듯 불분명한 윤곽이 돌연히 독립적인 심리적 가치를 획득하고, 한 번의 붓질이 특별한 역할을 하기 시작하는 것이다.

재생된 단편의 힘은 그뿐만이 아니다. 앨범을 한 장 한 장 넘기면서, 단편에 묘사된 것이 마치 '뜻밖'인 것 같은 느낌을 포착할 것이다. 단편화된 그림은 마치 이 단편 속의 현실이 보는 이에게 '가까이 있는' 것처럼, 시선집중을 예상치 않았던 곳에 우리의 눈길을 고정시킨다. 이 효과는 '몰래 카메라' 효과와 유사하다. 일상적인 거리의 장면이 가까이 접근한 카메라 렌즈에 의해 강하게 포착되는 것처럼, 금지되고 예상치 못한 것을 엿보는 듯한 느낌이 있다. 이때 화가가 계획했거나 혹은 교육 받은 거리('사람을 직시해선 안 된다')가 파괴된다.

〈카사블랑카〉에서 '카페 아메리칸'을 미리 준비하여 서서히 통과하고, 그 다음 주인공의 습관, 서명, 목소리, 손, 벽에서 움직이는 실루엣에 차근차근 익숙해지게 하는 것은 전통적 액자 그림에서 가장 중요한, 꼼꼼히 그려진 세부묘사를 연상시킨다. 그렇지만 우리는 원칙적으로 다르게 구성된 또 다른 영화를 볼 수 있다. 부뉴엘의 〈자유의 환상Le Fantome De La Liberte〉(1974)에서는 각각의 에피소드의 등장인물들(그런 전통적 무명인물 중에는 심지어 호텔의 여급도 있다)이 매번 주인공으로 변한다. 요셀리아니는 〈달의 총아〉의 처음 장면에서 사람들이 택시 정류장에 줄을 서 있는, 아마도 전형적인 듯한 장면을 제시했다. 우리는 그들을 잘 모르고, 그들도 서로서로를 모른다. 시작이 그렇다는 것에서 우리는 그중 누군가는 주인공이고, 나머지는 그 화면과 함께 영화에서 사라져버리는 단역배우들로서 배경에 불과하다는 사실을 알 수 있다. 다시 말해, 우리는 뤼미에르 형제의 영화 상영 때 처음 나타났던 회화 평론가들과 같은 기대를 하게 되는데, 그것은 "그림의 어떤 요소들이 비본질적인 배경인가, 이제 우리는 누구에게 다가가서 그를 군중과 구별해야 하는가"이다. 그러나 요셀리아니의 영화는 다소 다른 논리 하에 구축되었는데, 그것은 단편들의 배경에서 본질을 뽑는다는 논리다. 택시 정류장에 있는 해괴한 줄은 모두 장차 영화의 주인공들로 밝혀졌다(이는 영화가 진행되는 동안 서서히 밝혀진다). 요셀리아니의 사물은 배경의 반대가 아니다. 보다 정확히 말하자면, 영화의 사물이 배경이 되는 것이다.

관객과 배경의 필연적 거리를 상실한, 과장된 '생생한' 배경의 미학은 게르만A. German의 〈내 친구 이반 랍쉰Moi drug Ivan Lapshin〉(1984, 러시아)에서 더욱 확연히 나타난다. 이 영화의 카메라 이동을 연구한 얌폴스키가 지적하듯이, 카메라는 종종 주인공을 놓치고는, 등장인물과 관계 있는 우연한 일에 '넋을 잃는다'. 인물과 배경은 의미상 동등한 위치에 있고, 이러한 영화의 특성은 준비되지 않은 관객에게 의혹, 심지어 분노를 일으키게 한다. 감독이 영화의 줄거리를 명료하게 구성할 줄 모른다고 힐난하는 관객으로부터 영화를 방어하면서, 한 비평가는 다음과 같은 실험을 제안했다. 즉, 각자의 가정생활을 스크린 모양의 네 손가락 프레임에 비추어 관찰하는 것이다. 비평가는 주장했다. "당신이 알아차리지 못하는 동안, 당신의 '영화'는 〈내 친구 이반 랍쉰〉의 양식을 연상시킬 것이다. 그러나 보이는 것을 의도적으로 각색해보라. 그러면 당신은 아무것도 얻지 못할 것이다. 이 때문에 게르만의 예술이 필요한 것이다."

비평가가 제안한 방식은, 갤러리에서 관심을 거의 끌지 못했던 작품을 화집으로 제작하여 출판하는 것을 연상시킨다. 인물과 배경, 주인공과 단역, 사물과 그를 둘러싼 공간은 질서를 형성하는 구조적 요소들이지만, 바로 이것이 감독을 충동하여 우리가 익히 알고 있는 세계의 모

형과 어떤 것이 중요하고 어떤 것이 부차적인지를 확신하는 우리의 생
각을 재검토하게 한다.

인물과 얼굴

　화면의 어떤 요소가 배경을 형성하고 어떤 요소가 인물을 형성하는
지 정한 후, 후자에 주의를 집중해보면 어떤 현상이 벌어지는가? 능동
적 지각 과정을 상실할까, 아니면 묘사에서 본질적 요소와 부차적 요소
들을 구별하고 분석하는 것을 지속할까? 이를테면, 주인공이 밝혀진 후
에 관객의 시선은 어디로 움직일까?

　인간의 모습을 인식하는 것은 동등한 의미의 영역이 아니다. 전체
모습을 따라가다가, 우리의 시선은 얼굴에 멈춘다. 다양한 스크린 공간
에서 인간의 얼굴은 독특한 에너지의 장을 형성한다. 시인 블록은 시에
대해 다음과 같이 말했다. "모든 시는 날카로움이 감추어진 몇몇 단어
들로 전개된다. 이 단어들은 별처럼 빛난다. 그것이 시다." 스크린은 인
간의 얼굴 배치로써 성좌를 형성한다. 히치콕은 한 인터뷰에서 촬영 전
에 스케치를 하느냐는 질문을 받고 다음과 같이 대답했다. "화면을 구
성하기 전에 스케치를 하는데, 이때 관객의 눈에 띄는 '얼굴'을 제일 먼
저 스케치한다. 화면 구성은 원칙적으로 얼굴 배치에 달려 있다."

　관객이 스크린에 나타난 얼굴에 얼마나 충실한지 설명하기 위해(특
히 클로즈업된 얼굴에 크게 감동받는 것), 몇몇 학자들이 정면의 얼굴에
대한 반응은 타고난 것(혹은 적어도 출생 이전 인간의 두뇌를 '보호하

는' 것)이라는 것을 입증하는 심리 실험을 했다. 그중 하나가 원판 실험이다. 신생아는 검은 점 두 개가 찍힌 하얀 원판에 대해 마치 엄마의 얼굴을 보는 것처럼 반응했지만, 한 개 혹은 세 개가 찍힌 원판에 대해서는 그렇게 반응하지 않았다.

영화 화면에 있어 얼굴이 차지하는 특별한 위상은 몇몇 감독들과 촬영기사들의 작업 기법으로도 설명된다. 화면의 모든 요소들에 올바른 색상 단계를 적용하는 것이 컬러필름에서 얼마나 어려운 일인지는 잘 알려져 있다. 촬영기사는 인접한 몇몇 색상의 혼합이 옆 화면까지도 허용된다는 것을 알고 있다. 예를 들어 관객은 장식의 색깔, 심지어 나뭇잎 색깔도 서로 일치하지 않는다는 것을 알지 못한다. 물론 일정한 정도에서이다. 그렇지만 대중의 얼굴색에 대해서는 특별한 고집을 부린다. 빛을 넣을 때 촬영기사는 표준 얼굴 색상을 취한다(전문가들은 이 색상을 '새끼돼지 색'이라 부른다). 모든 등장인물의 얼굴색은 동일해야 하고, 남자와 여자의 얼굴색에만 차이를 준다. 그렇지만 항상 그렇듯이, 일반적 법칙이 특정한 영화에 필수적인 것은 아니다. 에이젠슈테인은 〈이반 대제〉 2부의 색상 작업을 하면서 스타리츠키의 얼굴을 초록빛 조명으로 밝혔는데, 그것은 관객이 상대적으로 차르의 음흉한 계획을 예감할 수 있도록 하기 위해서였다. 비스콘티의 〈루트비히Ludwig〉(1972)와 므누슈킨의 〈몰리에르〉에서 분장의 색 변화는 주인공의 심리 변화를 관객에게 알려준다(두 영화 모두 전기영화이다).

드레이어의 〈분노의 날〉에서 이미 보았듯이, 흑백영화에서 화면의 분위기는 얼굴에 반사되는 빛과 어둠의 놀이에 달려 있다(그림70을 보라). 완전범죄를 다룬 영화인 와일더의 〈이중배상Double Indemnity〉

그림70 마야 데렌Maya Deren의 〈오후의 올가미Meshes of The Afternoon〉(1943, 미국)의 한 장면. 유리창에 비친 나뭇가지가 만들어낸 무늬는 보티첼리S. Botticelli의 그림을 연상시킨다.

(1944)은 또 다른 예이다. 어느 순간 주인공은 자신의 빛나는 계획이 처음부터 실수였고, 때문에 체포되는 것은 시간문제라는 것을 알게 된다. 우리는 주인공의 이런 생각을 스크린의 내부 독백 형식으로 듣게 되는데, 이때 주인공은 거리를 걷고 있을 뿐이다. 그러다가 "……이런 생각이 떠오르는구나……"라는 말에서 배우는 그늘진 곳에서 햇빛 쏟아지는 거리로 나가고, 지금까지 그림자에 가려 있던 그의 얼굴은 선명하게 빛난다. 빛, 진리의 빛, 마침내 판사의 눈부신 램프 빛에 이르기까지, 이

모든 것이 얼굴의 조명 변화라는 순전히 기술적인 방법으로 관객의 인
식을 뒤흔드는 것이다.

얼굴과 눈

얼굴이라는 공간, 특히 스크린 전체를 덮는 얼굴은 다 똑같다고 말
할 수 없다. 그 얼굴에는 고도의 의미론적 긴장 지대와 상대적 중립 지
대가 있다. 우리의 일상적인 습관이나 일상적인 교제에 대해서도 똑같
이 말할 수 있다. 대화 중 상대방의 다리를 쳐다보는 것은 버릇없는 아
이들뿐이다(어쨌든 이 주장은 현대 유럽 문화에 있어 정당하다).

그렇지만 상대편의 얼굴을 본다고 해서, 그의 귀를 보는 것은 아니
다. 대화는 말로도, 말이 아닌 것으로도 할 수 있지만, 말로 대화를 하는
중에도 우리는 계속 말없는 표식으로 설명한다. 전화로 하는 이야기가
아닌 경우(전화로 하는 이야기는 나름대로 제약성이 있다), 손이나 머
리, 눈, 얼굴 근육의 미세한 움직임이 우리를 도와준다. 이는 말하는 이
와 듣는 이, 누구에게 더욱 도움이 되는가? 말하는 이일 수도, 듣는 이
일 수도 있다. 교제의 작은 윤활유가 설명하고, 예증하고, 악센트를 넣
고, 이야기의 구조를 강조한다. 얼굴 근육은 그중에서도 말하는 이와 그
말하는 대상과의 관계에 있어 말에 표현성을 부여한다. 청각이 좋지 않
은 사람이 당신의 입술을 주의 깊게 살펴본다면, 그것은 단어를 식별하
기 위한 것이다. 그렇지만 보통의 청각을 가진 사람이 그런다면, 그것은
얼굴에서 입술 부분이 만족이나 불만족을 분명하게 표현하기 때문이

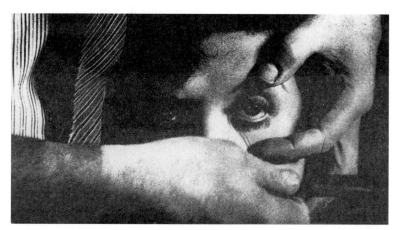

그림71 〈안달루시아의 개〉에서 눈동자에 가해지는 폭력 장면.

다. 눈썹은 표정이 아주 풍부하다.

　그러나 교제 심리학 실험에 있어, 사람들은 무엇보다 서로의 눈동자를 바라본다는 것이 밝혀졌다. 눈은 특히 나이 어린 아이들을 끌어당긴다. 대화가 진행될 때 말하는 이가 상대방의 눈동자를 바라보지 않는다면, 상대방의 대답은 좀 더 시간이 걸린다. 감독들은 기차에서 나란히 앉아 있는 사람과 서로 마주 보고 앉아 있는 사람은 각각 다른 이야기를 한다는 것을 알고 있다.

　이 모든 것이 등장인물의 눈동자에 대한 관객의 특별한 관심을 설명해주지만, 그것이 전부는 아니다. 많은 감독들이 쇼킹한 장면이나 비일상적 상황을 연출하기 위해 그 요소들을 이용할 수 있긴 하지만, 여기서 우리는 예외적인 경우에 대해 이야기하는 것이 아니다. 타베르니에 B. Tavernier의 〈죽음의 중계Mort en direct, La〉(1979, 프랑스)에서는 등장인물의 눈동자에 맞추어 망원경이 장치되었고(텔레비전 스튜디오의 모니터 화면의 영상은 눈동자가 움직이는 것처럼 움직이고, 또 순식간에 재생된다), 영화관의 관객들은 배우가 실제로 의안을 한 것처럼 주인공의 눈을 특별히 관심 있게 바라본다. 모두 인정하듯, 영화사에서 가장 으스스한 장면은 부뉴엘의 〈안달루시아의 개Un Chien Andalou〉(1928)에서 여자의 눈을 면도칼로 도려내는 장면을 클로즈업한 화면(그림71)이다. 몇몇 심리학자들은 이 장면의 효력을 무성영화 관객의 독특한 심리상태에 의한 것으로 간주했는데, 관객은 시간적인 것 이외의 모든 능동적 요소가 최소한으로 축소되기 때문에 눈동자에 대한 폭력을 더욱 날카롭게 감지한다는 것이다. 어쨌든 이 모든 경우 눈동자는 스토리의 전개 요소가 된다. 그렇다면 일반적인 보통 영화에서 스크린의 등장인물 눈동자에 더욱 주의를 기울이는 것은 무엇 때문인가.

지각은 두 번 되풀이되지 않는 과정으로, 그것은 일정한 방향성을 갖고 앞으로 향하는 행위이다. 이는 모든 서사예술(혹은 앞에서 말했듯이 '시간'예술)의 법칙이다. 그러나 이 법칙은, 원한다면 재미있거나 중요한 곳을 다시 읽을 수 있는 문학과 같은 장르보다 영화에 있어 더욱 엄격하다. 영화에서 그런 재미는 관객에게 또다시 표를 사게 만든다. 이미 말했듯이, 예술은 과거 형상으로 돌아가는 메타포, 아직 기억에서 지워지지 않고 평행하게 회귀하는 몽타주로써 순환하는 것이다. 예술언어의 이러한 본질로 인해, 우리가 극장을 나와 방금 본 일반적 총체적 형상을 기억 속에 재생하려 할 때, 이 형상은 우리의 인식 속에서 시간적 과정보다는 우리가 익히 알고 있는 인물들이 동시에 존재하는 단일한 공간에 대한 표상으로 나타난다.

한편 거듭 이야기하지만, 영화언어는 예술언어의 동의어가 아니다.

그림72 보르게제F. Borghese의 〈유모레스크Homoresque〉의 한 장면. 클로즈업은 미세한 표정들로써 국경 없는 풍요로운 장면을 연출한다. 눈동자의 표정, 눈물 등……

매혹적으로 잘 만들어진 모든 영화는 자동적으로 높은 수준을 지니게 되는데, 그것은 '법칙'보다는 '예외'들로 이루어진다. 영화언어는 일반적인 예술언어보다 정확하다. 그것은 만담가와 유사하여, 표준규격의 실제 대화에 참여하도록 요구하기보다는 낯선 나라로의 여행을 보다 쉽게 하도록 이끄는 것이다. 따라서 다른 예술언어와 달리 영화언어는 우리의 시지각 과정이 지시하는 방향으로 시간의 '흐름에 따라' 표류한다. 스크린에 나타나는 눈동자의 여행 단계를 기억하자. 눈은 공간에서 인물을 식별하고, 그 인물을 공간에서 분리시킨다. 그 다음 눈동자는 분해를 시작하는데, 전체에서 얼굴을 분리하고, 다른 부분에 비해 얼굴을 선호한다. 순간이 지나 똑같은 일이 눈동자에게 벌어지고, 눈동자는 이 여행에 종지부를 찍는다. 관객의 눈동자는 스크린에서 자신의 분신을 찾게 된다(그림72를 보라).

　이미 이야기했던 또 다른 경우를 기억하자. 그것은 화면을 여러 다른 크기의 숏으로 분리하는 것이다. 중앙에 사람의 모습이 있는 미디엄 숏을 상상해보자. 어느 정도 영화언어에 친숙한 관객은 왜 이 화면이 무한대로 길어질 수 없는지, 언제 다른 화면으로 바뀔 것인지 알고 있다. 두 번째 화면은 뭔가 다른 것, 예를 들어 다른 사람, 다른 물체, 다른 공간 등을 묘사할 수 있다. 우리는 이에 대한 준비가 되어 있다. 또한 우리는 다음 화면에서 똑같은 사람이 다른 숏으로 나오는 것을 볼 준비도 되어 있다. 마음속 실험을 계속하자. 클로즈업과 풀숏 중 우리가 보다 높은 기대를 하는 것은 무엇인가. 미디엄숏에서는 보다 클로즈업된 화면으로의 이행 가능성이 크다고 직관은 속삭인다. 실제로 우리가 변화를 알아차리지 못하기 위해서는 그렇게 이행하는 것이 훨씬 더 자연스러울 것이다. 클로즈업은 지각의 심리적 방향성과 일치하는 것으로, 얼굴을 특별한 주의를 기울일 가치가 있는 객체로 분리한다. 이때 영화언어는 심리적 시각의 명령에 복종한다. 여기서 경험 있는 편집자에게 잘 알려진 법칙이 나오는데, 숏의 확대(풀숏에서 미디엄숏, 미디엄숏에서 클로즈업 등과 같은 방향으로의 변화)는 조용한, 부드러운, '자연스런' 몽타주 연결을 보장한다는 것이다. 그렇다면 이것은 반대 방향으로의 움직임은 금지되어 있다는 것인가? 물론, 아니다. 관객의 심리도, 영화언어도, 주어진 규격대로 정확히 밑줄 긋는 컴퓨터 프로그램이 아니다. 그러나 숏의 '일반화'(이 단어는 '확대'라는 단어와는 달리 부자연스럽게 들리기조차 한다)는 털을 조금씩 거꾸로 쓰다듬는 것처럼 느껴진다. 보다 일반적인 숏으로의 이행은 부가적인 동기를 요구한다. 이 또한 편집시 준수해야 할 또 하나의 규칙이다.

그런 동기화는 방 안에 사람이 나타나는 것을 예로 들 수 있는데, 그때 이행은 자연스러운 것처럼 보인다. 혹은 동기화는 보다 높은 예술적 질서와 연관되어 있기도 하다. 차르드이닌은 〈절벽〉을 촬영할 때, 타치야나 할머니의 놀란 모습이 어느 정도 클로즈업된(당시에는 심하게 클로즈업된) 장면 다음에, 고개를 숙이고 거실에 앉아 있는 그녀의 외로운 모습을 풀숏으로 집어넣었다. 흐름을 거스른 편집으로 차르드이닌은 억눌린 공간의 '상실감'을 획득했다. 에이헨바움은 1927년 그런 구성을 '역행적'이라 했는데, 그것은 일반적인 경향에 반하는 것을 의미했다.

이제 그 다음에 무엇이 있는지 질문해보자. 우리의 시선은 시각적 분석의 사슬고리 끝까지 와서, 등장인물의 눈동자에 집중했다. 이 순간 관객은 어떤 정보를 얻는가? 주인공의 세계에 참여하기 위해 살펴보는 눈동자의 표정, 눈물, 기쁨, 그리고 사물들에 대해서는 이야기하지 말자. 편집에 관한 이야기를 계속하자. 이미 알려진 대로, 화면의 변화가 스크린의 객체는 반드시 같은 형태로 머물러 있어야 함을 의미하는 것은 아니다. 우리는 다음 화면에서 다른 등장인물이나 다른 사물을 볼 준비를 하고 있다. 여기서 관객은 몇몇 질문에 대한 답을 요구하게 되는데, 그중 하나는 똑같은 공간에 새로운 객체가 위치하는가(이때 '공간'이란, 예를 들면 방과 같이 완전 검사가 가능한 총체임을 이해할 것이다), 혹은 어떤 다른 머나먼 공간이 보여지는가이다. '같은' 공간과 '다른' 공간의 구별은 우리가 등장인물을 어떤 시야에 편입시키는가에 달려 있는데, 등장인물 A가 등장인물 B를 바라볼 수 있는가 등과 같은 것이다. 이런 몇몇 특징에 따라, 우리는 새로운 화면이 똑같은 공간을 나타낸다고 확신한다. 다음 질문은 관객이 스스로에게 제기하고 영화언어가 그에 답해야 하는 것으로, 등장인물들(혹은 등장인물과 사물)의 공간적 상황은 어떻게 상호 관련되어 있는가이다.

여기서 영화언어의 법칙 하나가 큰 효력을 발휘한다. 이에 따르면 관객으로 하여금 영화공간에 대한 표상 관계를 나타내는 주요 좌표가 설정되는데, 그것은 '시선의 방향'이다. 삶에서 우리는 무슨 일이 벌어지는지 볼 수 없다. 그러나 영화에서 감독은 항상 배우가 정해진 방향을 볼 수 있도록 집요하게 추적한다. 문제는, 모주힌의 실험에서처럼 배우의 얼굴 화면 다음에 수프접시 화면을 덧붙인다면, 그것은 접시를 바라보고 있는 사람이 되는가 하는 것이다. 그리고 만일 감독이 행위 공간의 핍진성을 간직하고 싶다면(다른 곳에서 이야기한 것을 반복하자면, 영화예술은 원칙적으로 그런 유형의 핍진성을 준수하지 않지만, 아주 뛰어난 독립적 재능의 소유자만은 그런 공간 유희가 가능하다), 시선과 인물, 배경, 사물의 상관관계를 아주 분명하게 상상해야 한다.

얼굴과 접시는 가장 간단한 예이다. 그렇다면 탁자에 일단의 사람들이 앉아 있고, 탁자 위에는 한 개가 아닌 수십 개의 접시들이 놓여 있는 복잡한 장면을 어떻게 한 화면에 담을 것인지 생각해보자. 그렇게 복잡한 화면 속에서 몽타주된 공간은 수많은 시선이라는 보이지 않는 실로 꿰어져 있고, 바로 이 실이 그 공간에 통일성을 부여한다. 시선의 방향은 영화언어의 기본적 편집 원칙이라 불린다. 이는 대화 중 카메라는 화자에 따라 충분히 자유롭게 위치를 바꿀 수 있지만, 단 하나, 등장인물들이 서로의 눈을 바라보는 가상의 선을 따라 교차하는 것은 금지되어 있음을 말한다.

이렇게 주인공의 눈길을 찾는 스크린으로의 여행을 마무리하면서, 우리 관객의 눈동자는 주인공의 시선에 위임되는 것 같다. 등장인물은 화면 너머 오른쪽을 바라보고, 그의 시선을 역으로 포착한 관객은 화면 외부 공간 오른쪽으로 자신의 기대를 집중한다. 몽타주의 이동은 그렇게 심리적인 준비를 한다. 처음에 관객은 화면 중심부에 빠져들지만, 탐색하면서 보이는 공간에서 불필요한 공간을 잘라낸다. 이제 등장인물은 보이지 않는 공간, 화면 밖 다른 화면에 있는 관객에게 '재수신'하게 된다. 그러나 광선에 반영된 그러한 심리적 유희가 해체된 시선을 따라 일어나는 한, 다음 화면은 인간과 사물의 공간 배치 법칙에 상응하여 등장인물의 시야에 들어갈 수 있도록 하는 것이 중요하다. 바로 이것이 때로 아무 법칙도 없는 것처럼 보이고, 때로 숨쉬는 것처럼 이야기하는 영화언어의 심리적 법칙의 내막인 것이다.

9

결론을 대신하여

이 책을 읽으면서 독자는 영화의 세계로 첫 발자국을 내딛었다. 만일 영화의 세계에 흥미를 갖고 영화가 지배하는 왕국에 들어가 더욱 깊이 알고 싶어 하는 독자가 있다면, 저자는 이를 돕도록 노력할 것이다. 예술의 이해는 어려운 과제이다. 모든 어려운 과제는 노동을 요구한다. 독자들은 흔히 휴식이나 오락으로 생각하는 영화 보기를 어려운 일, 혹은 그 이상 복잡한 일로 이야기하는 것이 이상할 수도 있겠다. 우리는 소설 읽는 것을 휴식이라 하고, 음악회에 가는 것을 오락이라 한다. 그렇지만 삶의 비극에 눈물 흘리는 진지한 독서는 정신적인 작업이지 않은가? 진정한 예술작품과 싸구려 모조품을 구별하기 위해서는 교양, 즉 지성과 정신을 풍요롭게 하는 끊임없는 노력이 요구되지 않는가? 가벼운 무대음악에 익숙한, 준비되지 않은 청중에게는 진지한 교향곡이 전달될 수 없지 않은가?

그렇다, 예술을 이해하려면 노동이 필요하다. 그것은 여러 다양한 예술의 역사와 그 이론에 친숙하려는 지적인 노동이며, 연극, 박물관, 극장을 방문하고, '지적인 독서'를 하고, 화랑이나 영화관의 그림을 '지적'으로 감상하는 습관을 갖는 교양을 쌓는 것이다. 18세기 말 러시아 연극의 창시자 수마로코프A. P. Sumarokov는 공연 도중 "특별석의 관객들이 자신의 일주일 동안의 생활을 큰소리로 떠들거나 호두를 까먹는 것"을 한탄하며, "호두는 집에서도 까먹을 수 있다"고 서글프게 말했다. 에르미타주[루브르, 브리티시 박물관과 더불어 세계 3대 박물관의 하나로 꼽히는 러시아의 박물관으로, 제정 러시아 황제의 궁전인 동궁을 개조하여 만들었다]를 방문할 때 안내자의 말을 지루해 하는 견학생이나 심각한 영화로부터 '도망'가는 관객을 한 번쯤은 다 보았을 것이다. 그들은 감상할 **준비가 되어 있지 않고**, 단지 지루한 인상만 받을 뿐이다. 그렇다면 그들을 비난할 수 있는가?

관객이나 청중의 지적인 가능성을 넓혀주는 이론적 준비, 예술작품의 청취와 관조를 통해 얻어지는 교양은 서로 보조를 맞추어야 한다. 그렇게 해서만이 '지적인' 시각과 '지적인' 청각이 만들어지는 것이다. 예술의 이해를 배우는 것은, 시작은 있지만 끝은 없는 길이다. 예술은 그 속성상 역동적인 것으로, 모든 뛰어난 작품은 새로운 이해, 새로운 사고, 새로운 시각을 요구한다. 갑자기 새로운 예술작품을 만난 관객은, 그 예기치 못함에 놀라고 그 이해할 수 없음으로 초조해 한다. 예술의 이해는 기존의 개념과 취향에 도전하는 혁신의 긴장된 충돌이며 투쟁이다. 이 투쟁은 항상 극적이다. 어떤 사람은 고도의 경지에 도달한 예술은 이미 익숙한 규범과 작품에 연관되어 있기 때문에 개혁가의 노력이란 실제로는 몰락을 의미한다고 하고, 다른 사람들은 과거의 업적이 이미 발전을 저해하는 도그마로 변했다고 주장한다. 예술의 창조자들을 이간시키는 갈등은 또한 관중의 분열을 야기한다.

우리는 예술 감상을 이야기하면서 '어려운 일', '노동', '투쟁'과 같은 단어를 사용했다. 만약 예술이 실제로 노동과 투쟁과 연관되었다면, 그것은 왜일까? 예술이 없다면, 삶에서 노동하고 투쟁할 일이 없어서 그렇단 말인가? 우리는 예술을 휴식, 오락, 편안함과 연관시키지 않는가? 체스가 투쟁이다? 물론이다. 이론 습득, 과제 해결, 지적 긴장 등 노동 없이 체스 두는 기술을 배울 수 있는가? 물론, 그렇지 않다. 전문가 수준의 훌륭한 체스게임은 노동과 긴장을 요한다. 그런데도 체스가 휴식이다? 두말할 나위 없다. 오락? 물론이다. 왜냐하면 알려진 대로, 노동과 투쟁은 휴식의 반대 개념이 아니라 서로 보완하는 것이다. 그렇다면 그 조건은 무엇인가?

지적—의지적 노동은 피곤할지라도 휴식과 만족을 제공한다. 놀이나 심미적 체험은 공포를 공포의 묘사로, 위험을 위험한 놀이로 변화시키는 세계를 창조한다. 놀이와 예술을 통해 세계를 인식하면서, 그 인식세계에 승리가 있는 한 인간은 그 위력을 체험한다. 그러므로 예술은 노동이고, 긴장이고, 투쟁이다. 희열이고, 휴식인 동시에 승리이다. 창조된 예술세계가 어렵고 복잡하고 모순될수록, 그 승리는 더욱 무겁고 값진 것이다.

여러 다양한 형태의 예술들은 각각 자신의 언어로써 다양한 형상의 세계를 창조하지만, 그들 중 글과 스크린, 두 형태의 예술만이 완전히 충만한 형상의 리얼리티를 재현할 수 있는 총체적 언어를 갖고 있다. 이러한 사실로 인해, 이 두 예술은 문화에서 특별한 의미를 갖게 된다. 그렇다면 그 의미는 무엇인가?

예술은 인간 문화의 부차적, 임의적 요소가 아닌, 필수적으로 중요한 요소의 하나이다. 문화는 사회의 두뇌 집단이며, 총체적 인식 기관이다. 그렇지만 문화의 더욱 중요한 특성은 그것이 정보량을 증가시키는 능력을 보유한다는 것이다. 그런 의미에서 문화는 '사고 체계'라 할 수 있다. 예술은 새로운 사고 발생의 가장 능동적인 핵심이다. 이런 면에서 만약 예술이 문화의 의미론적 형상의 근원이라면, 그중에서 영화는 가장 큰 역할을 하는 예술이 된다. 인공지능 창조가 당면한 연구과제로 적극 떠오르는 지금, 새로운 정보 산출 과정을 분석하는 것은 점점 더 큰 의미를 갖게 된다. 문화의 일반적 발전에 대한 관심뿐 아니라, 현 시대의 과학적 사고 과정은 정통한 예술에 대한 지식의 보급을 더욱 요구하는 것이다. 끝으로, 예술은 도덕적 책임의 문제와 긴밀하게 연관되어 있다. 예술에서 도덕은 학문에서보다 더욱 표현적이고 열정적이다. 여기서 영화는 특별한 위치를 차지한다. 말로써가 아닌 '2차적 리얼리티'의 환영의 창조로써, 영화는 지적인 측면뿐 아니라 인간 개인의 정서와 의지에도 보다 적극적인 영향을 미치는 것이다.

저자는 이 책을 읽은 독자가 영화 학습의 길을 지속하려고 열망하기를 바란다. 철자책을 통달했다고 해서 푸슈킨의 가치를 논할 수는 없는 것처럼, 이 책은 이런저런 영화들의 예술적 가치를 판단하는 법을 가르치지는 않는다. 그렇지만 알파벳을 모르고서 시를 읽을 수 없는 것처럼, 영화 해독력은 영화 '읽기'에 도움이 될 것이다. 그리고 영화의 가치를 평가할 수 있다면, 자신을 심미적 수양의 다음 단계로 이끌게 될 것이다.

찾아보기

영 화

338

인 물

옮긴이 **이현숙**

서울 출생. 러시아문학을 전공했으며, 고려대 대학원에서 석사학위, 모스크바국립
대학에서 박사학위를 받았다. 논문으로 「러시아 상징주의자들의 페테르부르그
텍스트 연구」(2003)가 있다. 현재 고려대, 대구대, 부산외대에서 러시아의 문학과
문화, 예술 일반에 대한 강의를 하고 있다.

스크린과의 대화

유리 로트만, 유리 치비얀 지음 | 이현숙 옮김

첫판 첫쇄 펴낸날 2005년 7월 25일

기획 김재범 | **편집** 조은 | **마케팅** 이희웅
펴낸곳 도서출판 우물이 있는 집 | **펴낸이** 김재범

출판등록 2001년 7월 25일 등록번호 제10-2191호
주소 서울 마포구 서교동 396-58 **전화** 02-334-4844 **팩스** 02-334-4845
E-mail woomulhouse@hanmail.net

ISBN 89-89824-35-4 03860
값 12,000원